文学陕军新梯队作家书系

陕西省作家协会◎主编

小说里的村庄

高　远◎著

作家出版社

序：一抹迷人的新绿

贾平凹

八位青年作家的作品摆放在我面前，就好像八个人站在我的面前，他们或高或矮，或胖或瘦，却都揣了一肚子的故事，一肚子的想法，以各自不同的姿势，不同的神情，不同的腔调娓娓地讲述着、叙说着，甚至唠叨着。他们说得那么全神贯注，说得那么情深意切，以至于让我心生感动，倏忽间看见了自己不太遥远的青年时光。

这八位青年作家多生于秦地，是黄土地养育的一群儿女。三秦大地多神奇，神奇的不光是这里的山山水水，沟沟卯卯，更有那些古老的传说，厚重的文化。生于斯，长于斯，骨子里难免就有了这块土地的脾性，血脉里自然就有了这块土地的因子——他们就像是这块土地上生出的几株小树，就像是这块土地上长出的几株庄稼，一边汲取着传统的营养，一边沐浴着时代的阳光，默默地扎着自己的根，长着自己的杆，繁茂着自己的叶，孕育着自己的果。而这一次的集中亮相无疑令人眼前一亮，欣喜的看见在陕西文坛的土地上又增添了一抹迷人的新绿。

作为这块土地上成长起来的作家，我和这八位青年作家大都见过面，说过话，虽然谈不上多么的熟稔，但对于其人其文，每每见之，却总能生出一股子说不出的亲切。这里面有地缘的因素，更有文化的姻近。我耳闻或者目睹过他们如何在纷繁喧嚣的当下抵御着各种各样的诱惑，独守着一份宁静顽强地跋涉、探索；我亲眼见证过他们凭借着汗水和努力取得的大大小小的收获。我常常在心底里为他们加油，为他们祝福；我也常常为为了他们的成长提供各种帮助的人们而心生敬佩。去年以来，陕西省委宣传部启动了“百名青年文学艺术家扶持计划”，包括这八位作家在内的二十余名青年作家被纳入其中，除了给予经费上的帮助，还多次组织学习班、培训班，邀请名家传道解惑；陕西省作协联合鲁迅文学院举办了鲁迅文学院陕西中青年作家研修班，为这些青年作家举行了拜师仪式，聘请了国内一流的作家评论家担任他们的导师。同时，在《中国作家》组织了作品专号，赴京组织了作品研讨会，并在《文艺报》等媒体对这些青年作家进行宣传，为他们摇旗呐喊。今年以来，文学院先后组织了“三秦文学季”系列讲座，聘请国内名刊大刊编辑进行系列讲课，帮助他们打开视野，拓宽思路；为了集中推介展示他们的创作实力，这次，文学院又选拔出八位青年作家，由作家出版社集中推出八部作品。现在，这八本书即将和读者见面了，是丑是俊，是咸是淡，就交给读者去品咂吧。

在和这些青年作家的交流中我说过这样的话，文学上有些道理本来也讲不出来，而且一讲出来就错了。因此，我不想就创作的方法原理一一赘述，我也不想就这八位青年作家的八部作品一一分析。我想说的是，创作需要个人的实力和努力，创作也需要一个良好的环境和氛围。幸运的是，在一大帮文学热心人的勤劳操持下，环境和氛围有了，就像唱戏的台子已经搭起来了，开场的锣鼓已经敲起来了，接下来戏会唱得怎么样？我期待，我有信心。

2015年8月　西安

目　录
CONTENTS

写在前边的话

我始终希望读者把小说当作小说去读，小说家言，姑妄听之，姑妄信之，作为作者就不会感到惶恐。多年来，我试图用小说塑造一个虚构的村庄，和所有关中大地上的村庄一样，它在历史的风浪中颠簸、成长，一些人走出去，一些人又返回来，村庄和村庄里的人，最后都投奔各自命运的归宿。这是一个美好的愿望，却从来没有实现。那个想象中的村庄一落到纸上，都离不开一个真实的地方——薛录镇。像我身体中的DNA一样，薛录镇成为我小说里的DNA。我生于去镇子二里地的一个村庄，在那里度过童年和少年，斯地斯人，缠绵纠结，是无可奈何之事。所以，出现在我小说里的村庄，最终大抵都围绕这个镇子。为了让这些故事读起来更连贯、更明了，我想在书的前边说一说薛录镇以及与薛录镇有关的人和事。

薛录镇

薛录镇是关中腹地的一个小镇，镇上曾经有一座南寺，解放后改造成一所初级中学。我曾在这所中学就读，用作宿舍的一间老屋的墙上，当时还能看到青面獠牙的画像，令人夜里常做噩梦。就是这所学校，却是镇子的文脉，许多走出薛录镇的人都从这里出发。学校的隔壁是一座气势宏大的戏楼，坐在教室能听见戏院的开场锣鼓，一边学文化，一边搞娱乐，那时的薛录镇人就理所当然地把文化和娱乐搅在了一起。可惜，改革开放后人们忙于经济，昔日的戏楼日渐荒废，直至最后垮塌。进入新世纪后，镇上出了不少善男信女，在镇店的南面修了一座城隍庙，香火十分旺盛。再后来，大约在五年前，有识之士在镇北立了一座牌楼，上刻着“唐授薛采”四个大字。这是数十年来，薛录镇第一次真正找到属于自己的荣耀。

清晰可见的荣耀刻在牌楼上，在薛录镇，许多人并不领会其中的意味。镇街的十字路口有个开茶楼的老者，已经开了若干年，年轻时便一手拉风箱一手提茶壶，直到眉毛胡子在烟熏火燎中变白。老者为生意计，常常充当着义务讲解员的角色。据老者说，唐朝年间这片地面是大将薛仁贵的封地，他的府衙就设在镇上，所以叫“唐授薛采”——唐王封授、薛家采邑。也就是说，这里曾经有一处恢弘的将军府，位置或许正在他的茶楼。当然，也可能在临近的凉皮摊，前来消费的茶客，可以坐下来慢慢地想象和猜测。有一点是肯定的，散落在镇周围的村庄，不是叫薛宅，就是叫薛仵、薛梅，都是确凿无疑和薛家大院有关的。

十年前，有个薛录镇人在临县开了一家羊肉泡馍馆，借薛仁贵的名头，起名“仁贵餐馆”。餐馆的生意相当火爆，原因并非是他的羊肉泡胜过西安“同盛祥”或“老孙家”，当地人也不知道薛仁贵是谁，大家都是冲着“仁贵”两字去的。这消息传回薛录镇，镇上的人们从中品出了一些味道：“仁贵”不单是人名，中间是蕴含了许多意思的。过去，他们没有留意过这个意思，因为他们常常为吃不饱饭而熬煎，只留意自己的肚子。现在留意到了，逢着二五八的集市，在和行商走贩讨价还价期间，他们总会把“仁义贵在先”挂在嘴边。

薛录镇的存在有上千年，这是镇上的人们都知道的。人们不知道的是，“仁贵”两个字，也一直在他们的血脉里流淌了上千年。生老病死，婚丧嫁娶，穿衣吃饭，为人处世。一切的一切，“仁贵”都隐藏其中。他们有时会丢掉它，末了又捡回来，丢丢捡捡，捡捡丢丢，丢和捡都能摆出一大堆理由，始终就这么纠结着。

和薛录镇有关的人和事

自古以来，薛录镇就统辖了周围数十个村庄，刘前进是这些村庄里第一个出外打工的人。

刘前进在第一次进城打工期间，曾经和我有过一次会面。那是一个冬天的夜晚，他身无分文，徒步十多里来到我在郊区的住所。我在路边的一家饭店里请他吃了顿火锅，当时的火锅还是木炭的，锅中间一个黄铜罩子，四周的汤用来涮羊肉和煺了皮的蛇肉。我们吃到半夜，完了在黑暗的马路上散步。那天的刘前进雄心勃勃，不满足于在一家建筑工地上当保安，发誓要自己当经理。其时，社会上出现了许多皮包公司，一个人包里塞一个章子就是经理。但是，刘前进的美梦最终没有实现。后来和刘前进就失联了。直到许多年后，我收到一封来自南方某个小岛上的来信，刘前进在那个小岛上服刑。来信的目的是希望我帮他找一个律师，以申诉他的不白之冤。隔山渡河，路途遥遥，加之对他所谓“冤案”的判断，他的这个愿望我也未能帮他实现。有关刘前进的事情，后来都被我记录在了《月光下的麦田》里。

我曾经设想，刘前进如果没有进城打工，而是和他的弟弟刘跃进一样，在家里作务果树，或许命运会好点。刘跃进如今还在作务果树，虽然和村里的教师刘玉文打过一场官司，刘玉文还算大度，看在学生刘吉米的分儿上，没有把事情做绝。当初老站在房顶上给他爸刘跃进当瞭望哨的刘吉米，后来上了大学，现在在深圳的一家公司里上班。村里人都说，刘吉米是个孝子，每逢春节都会回家，先是挤长途大巴，以后坐火车飞机，近几年改开车回乡了，带着自由恋爱的老婆和儿子。他的儿子眼下已和小说里的他差不多年龄。他爸刘跃进唯一感到遗憾的是，从来没听过吉米的老婆叫过一声“爸”。那个来自外乡的女子说话叽里呱啦，他是一句也逮不住。

和刘跃进相隔几家的靠靠，也打过一场官司，结局就没有刘跃进那么幸运了。靠靠睡在亮亮房檐下的时候，事情原本还有一丝解决的希望，等到上了公堂，情况却发生逆转，最后一分钱也没有捞着。这件事对靠靠影响深远，据说，他后来成了上访户，进过县城、市里，还去过省上。每一届县长上任都亲自来村里看望他，因为他一直住在村小学废弃的教室里。有一年，县上的领导准备用扶贫款给他盖几间房子，事情刚安排妥，北京打来电话，靠靠又进京了。所以，靠靠如今仍住在村小学废弃的教室里。

刘跃进和靠靠的事，一个写在《房顶上的吉米》里，一个写在《房檐下的靠靠》里。《房顶上的吉米》发表在北京，吉米的老婆是天津人，相隔不远，说不定起到过穿针引线的作用。《房檐下的靠靠》发表在青海，冰天雪地，山高路远，对靠靠丝毫没有帮助。

再说进城打工的事儿。刘前进开风气之先进城打工，带动了村里一大片人，刘小放和董卫峰也进了城。刘小放从脚手架上摔了下来，他爸用赔偿款给他配了冥婚，不管刘小放心情如何，这事后来被派出所罚了款。董卫峰比刘小放好点，但在当保安时也因为一桩诡异事情，回村后神经不大正常。他现在在镇子上打零工，据说动不动就找不着回家的路。和他们同时期出外打工的人，还有村里的来喜。来喜是个笨贼，村里人都这么说。来喜每一次偷窃都被人抓住，完了又去偷，以致到后来，别人捉弄他给他后背上写了“我是小偷”几个大字，他仍浑然不觉在大街上绺窃。抓了放，放了又抓，每次被抓住后嘴还挺硬。来喜就是这么个人。来喜已经好大年岁了，至今还这么在城里混着。奇怪的是，来喜对休假非常重视，像坐在机关里的公务员。每到节假日，他都会穿一身西装回村。家里有八十多岁的老母亲，他包里给老母亲带着茶叶和红糖，有时还会带一件时兴的衣服。

村庄里的人越来越少了，所以故事也越来越少。故事大多发生在外出打工的人身上。他们既像城里人，又是村庄的人。和刘前进那一代人比起来，香草算是新一代的打工族。香草什么活都干，三天两头换职业，凡事凭自己的兴趣。有一年，有个网名叫“明日黄花”的人在网上卖末日船票，后来又卖墓地，村里有会上网的人就怀疑，那是庆生家的女子香草。庆生不承认，此事最终无法确认。但村里的安安成了网络名人却是众所周知的。安安和香草退了婚，也进城打工，结识了城郊的一个姑娘，当了上门女婿。可惜好景不长，因为拆迁的事安安成了那边的上访户。安安偶尔会回村，给村里人说，他现在是网络大V，名字叫“西门大官人”。听名字就很奢华、很有钱的样子。了解内情的人都知道，安安这是想气以前的未婚妻香草。可香草的日子过得比安安要舒心得多。当年庆生公权私用，为了把香草哄回村子，用一种叫“一枝黄花”的野草绿化街道，结果野草疯长，差点毁了农田。香草最终也不肯回乡，庆生退还了安安的彩礼，不久又辞掉了村长。香草嫁了一个台湾人，她是在福建一家饭店打工时，和台湾人认识的。那个吃热带水果长大的台湾人，祖籍却在关中。这一点刘庆生想不通，说绕了一大圈不是又回来了嘛。有了孩子的香草，近年忽然变成了一个恋乡的人，在村里一住就是半年，带着孩子，早晚穿行在田野的苹果树地里。不过，香草如果想回台湾了，是谁都阻挡不住的。香草说，我要回去投票，又该选领导人了！

同样是外出打工的人，结局和命运相差甚大，他们的故事分别写在《艳婚记》《灯光》《来喜的爱情》《香草回家》和《秒杀时代》里。

再说说村长的事。村庄自然得有村长，但是这些年，已经很少有人提及村长了。时代发生了变化，各家忙各家的生活，政府免除了税费，又给各家的卡上按时打钱，这些都和村长没有关系。村长似乎成为过去、曾经以及回忆，人们也希望能确定、一定以及肯定地忘掉他们。但刘水平和刘庆生的经历，事实上已经发生过，把发生过的事情记载下来，是为了不再发生。这也是我写《竞选村长》和《套子》的初衷，希望村里的人们看到时，能理解我这一做法。

村庄的历史是漫长的，甚至比小说的历史还要漫长。在这条漫长的河流里，总有一些河湾需要驻足，需要回望和凝思。我这本书所提供的人和事，包括上面没有提到的、可以留作村庄档案的（《陈年匪事》《半个世纪的谋杀》等），都是这条河流里一些不起眼的石头。这一切看似乡村的历史，又像城市的历史。我不知道。作为一个喜欢舞弄文字的人，我能做的也只有这些。

最后，我不得不承认，与其说薛录镇是我的DNA，倒不如说乡村是我的DNA。

事情就是这样。

月光下的麦田

1

每年春二三月，刘前进总会生出些稀奇古怪的想法。那时村里还没有栽种果树，田野上是一望无际的麦田，地垄开着生机盎然的野花。初中生刘前进喜欢吃春天的花，他常常蹲在上学的路边上，舌头触碰不同颜色的花瓣，然后用嘴唇一点点嘬吮。喇叭花，麦瓶花，油菜花，不知名的狗尾巴花。尤其是油菜花，璀璨金黄的花朵簇拥在蓝天下，点染着天空的色彩，也灼烫着他的眼睛和嘴唇。刘前进迷恋这样的感觉，它们像一些播撒进胸腔里的种子，整个春天都会孜孜不倦地生长。

多年之后，刘前进已经娶妻生子，媳妇王晓玲脑子里总有一个疑惑：为什么一到春天刘前进的脑壳里就像有无数只老鼠在撕咬，搞得心神不宁，行动也常常出人意料？她怀疑这完全是娘胎里带来的毛病。当时刘前进的娘已经过世好几年了，父亲刘显尧也已年近七十。刘显尧不认同王晓玲的说法。刘显尧年轻时去北山给农业社买过种子，还有过一次远赴千里之外为生产队贩过马的经历，此后一辈子都待在村里。刘显尧认为，儿子刘前进每逢春天出现的一些反常，不过是村里司空见惯的“鬼缠身”。村里很早就有鬼缠身的事例，有人半夜三更坐在街道上大哭，有人正在地里干活，忽然被一阵风刮得晕倒在地口吐白沫，还有人莫名其妙自杀过三回，幸好每回都被人及时发现。

这不算什么，刘显尧说，谁让他没有生在城里呢，乡下本来野鬼就多些。

若干年之后，一个叫柯柳秀的女人，在南方某个城市潮湿狭窄的出租屋里上网，无意中看到一种叫做“桃花癫”的病症。三月桃花癫，说的是桃花盛开的季节，总有一些人经不住花红柳绿的诱惑，做起事来显得有些鬼使神差。她把自己的发现告诉过刘前进，刘前进愣了一下，过后不置可否。那时候，刘前进已经是第三次进城了，那也是他的城市生活历时最长久的一次。

高考落榜后的刘前进在薛录镇开了一间书店，他青春年代富余的时光，大都消磨在拥挤的书架和川流不息的人群中。用他父亲刘显尧的话说，他虽然名落孙山，但脑壳里并不缺乏知识。当时的刘前进沉迷在知识的海洋里，他在一本书上看到一种叫做“转基因”的技术，思忖着通过动物的交配或许也能实现，于是就打算在父亲饲养的长毛兔身上试验。那时家家饲养长毛兔，兔毛是除过庄稼之外重要的经济收入。他希望通过猪和兔的配种杂交，使兔子长得和猪一样茁壮，以此来提高产毛量。桃树和梨树能嫁接在一起，猪和兔当然可以杂交。他对父亲说，试验成功后的兔毛会像猪鬃一样又密又长，你从早到晚都剪不完。他们父子二人进行了长达半年的猪兔杂交试验，此事瞒着王晓玲，对东邻西舍的人也守口如瓶。不久，人们看到一只又一只死兔被刘显尧从家里拎出来，扔进村口的土壕里。半年之后，秘密试验的结果导致三十八只兔子相继死亡，而用来配种的公猪因为得了厌食症，瘦得皮包骨头。一些人觉察到了这对父子间的秘密，多次旁敲侧击地询问过刘前进，他始终没有透露过一句话。这件事过后，刘显尧再给人提起儿子刘前进，就会说，他脑袋里是不缺乏知识，只是想问题又怪又偏，像是钻了牛角尖儿了！

不过，在村里人看来，刘显尧似乎并不了解儿子刘前进，倒是王晓玲更能摸准他的脾性。王晓玲发现，刘前进所有的奇思怪想都发生在春季。他用春天的桃花给母鸡授粉，期望母鸡产下天然的桃红色的鸡蛋；用柳絮喂养过布尔山羊，想以此来淡化羊毛被漂染过的赭色。其中只有一个春天，他显得有些碌碌无为，或者说是半途而废。他的同学刘建新养了几头奶牛，每过几天就去县城交一次牛奶。刘建新在那个春天找到他，希望他发明一种药水，滴入掺水的牛奶后能逃过仪器的检测。他为此耗费了将近一个月时间，当那种神奇的药水即将诞生时，他突然决定放弃。这是一种毒药么，他对刘建新说，如果你想给牛奶里下毒，为什么不去买砒霜？事后，尽管刘新建再三保证掺假后的牛奶绝不会卖给本村人，更不会卖给他父亲刘显尧，他还是断然拒绝了他的请求。

春天对刘前进来说是个诡异和令人不安的季节，因此，每当春天来临，王晓玲就变得格外谨慎起来。

有一年初春，王晓玲发现刘前进表面看着没什么异样，白天去镇上开书店，天一黑就在床上躺着。可是他改变了以往躺在床上看书的习惯，书胡乱扔在床角，在夜晚的床上翻来覆去，到天亮时，眼睛仍像兔子一样红通通睁着。第二天下地前，她特意叮嘱公公刘显尧说，你儿子又动怪心思了，你要留意呢。说完心里仍不踏实，下地前又反锁了家里的大门。她猜不出刘前进接下来会做什么，但是预感到他一定会做。尽管她预先做了防范，这年春天的一个中午，刘前进还是在父亲刘显尧的帮助下翻过院墙，搭车去了城里。

刘显尧后来是这样对王晓玲解释的，他说，我儿子没考上大学不假，但是难道天生就该待在乡下？一辈子和我一样种麦子种果树，不会沤烂他肚子里的那些书？他不过是想进城打工么，我看挺好的。

村庄的历史上，以前进城的人不是做官就是做生意，要么是考上大学的大学生，刘前进是第一个进城打工的人。

他在城里找到一个职业介绍所，破破烂烂的，在一个厕所边上，墙上纸糊着大大小小的招聘信息。他希望找到一个总经理秘书的职位。开书店的几年间，他研究过七八本职场博弈的书，上面画满了心得体会。介绍所的一个中年人听了他的想法后瞄了他一眼，告诉他说，你要么去当保安，要么就自主创业开办一个公司，自己当总经理。他后来把他介绍到一家保安公司，在那里交了几百块钱押金，领取到衣帽服装，随后被派往城郊的一处建筑工地。

刘前进以前从来没想到过，保安会是世界上最危险和充满陷阱的职业。和他一起当门卫的保安是个二十出头的小伙子，有小偷小摸的习惯，每天贪婪地盯着工地上随处散落的钢模板、钢筋，因为得手不易，时常急得团团转。他把偷来的钢筋先是掩埋在离大门不远的土堆里，夜晚留下刘前进一个人值班，自己用三轮车拉到废品收购站去卖。这是盗窃！刘前进说，咱们来做保安是为了防贼，不是为了做贼的！小伙子不理睬他，深夜从外面回来，把用麻纸包裹着的羊蹄猪肝塞到他手里。八个月时间里，他没有参与过一次盗窃和事后分赃的行动，但是小伙子带回来的羊蹄猪肝，有时候推辞不过，却免不了会尝上几口。躺在门卫室的床上嘴里嚼着猪肝，看着远处城市里辉煌的灯光，偶尔感觉还挺好，仿佛一下子触摸到了自己真实而惬意的人生。不过白天对他来说，总显得有些漫长，有些忐忑不安。

八个月后，包工头终于发现了他们的秘密。他此前挺欣赏刘前进，认为他没事就读书看报，是个文绉绉的人。包工头说，刘前进我和你不一样，我是个大老粗，做事也爱简单。如果把你们扭送到派出所，那样我也要跟着去做笔录不是？他叫司机用小轿车拉着刘前进和他的同伴，车跑了一天一夜，途中翻山越岭，穿越了一场沙尘暴和一场冰雹，外加两场暴雨，最后，把他们丢在了一望无际的戈壁滩上。

这年腊月的一个傍晚，刘前进回到了村庄。王晓玲看见他的第一眼，忍不住捂住脸“哇”地大哭了一声。在里屋见到了父亲刘显尧，刘显尧神情茫然，大半天没有认出面前的人是谁。他叫了父亲几声，父亲才从一片茫然中挣脱出来，恍然间以为自己又坐在了

1948年的村口。那一年闹匪患，马家军在咸阳北塬上被打得七零八散，村口的马路上一天到晚能看见一瘸一拐的伤兵。儿啊，你不是进城去打工么？怎么像背枪吃粮上了一回战场？他问。他问完抚摸着刘前进的头，刘前进头发里散发出浓烈的酸臭味儿，发际间长出了野草，几根纤细的藤条缠绕在耳朵上。此后许多天里，刘显尧一想起那个夜晚就禁不住眼眶湿润起来。

刘前进这次进城的遭遇，让王晓玲也开始相信鬼缠身的说法。所有人都在乡下待得好好的，他为什么偏要往城里跑？除非是鬼缠身了。她怀疑起对门家死去的刘老七。刘老七解放前背过枪，走南闯北，解放后仍不安生，进川贩卖过烟土，从甘肃省贩卖过女人，是个一辈子跑世界的主儿。他死去三年后，戾气依旧很重，据说时常夜晚里回家，踢烂过家中厨房里的面罐，还摔碎过挂在过道的一面镜子。

来年早春，王晓玲早早请来村里外号叫狐仙婆的“顶神”，招呼她安顿刘前进身边的乱神厉鬼。买来香蜡纸表，宰杀了一只鸡，又请来几个会念经的神婆神汉。这些人在院子里念经，狐仙婆压住刘前进的脖子跪在脚下，自己又手舞足蹈折腾了一会儿，狐仙就附了她的身，她口里开始念念有词。

刘显尧坐在一只马扎上看热闹。刘显尧说，鬼缠身的人口吐白沫、胡言乱语，刘前进不过是进了一次城么，怎么会是鬼缠身？

说完，他仍旧坐在马扎上看热闹。看着看着，忽然觉得一团东西从空气中飘过来，从衣服后领那里钻进去，他喉咙里咕隆了几下，打了个响亮的嗝儿。大家发现他脸色一时间异常红润，像一张刚落地的婴儿的脸。他不停地用手揪自己的头发，脸上红扑扑的，喘着气说，这一趟险些跑断了我的腿！王晓玲问他，你不是在马扎上坐着么，好端端的，跑什么跑了？他仰头嘘了一声说，虽然跑断了腿，但是走州过县我心里却欢喜得要紧么！这是我带回来的巴山雪茄，还有南充的橘子，这是工分本，吸了烟吃了橘子赶紧给我记上工分。说着话手伸向刘前进，又是给他怀里塞东西又是摩挲刘前进的头和脸。众人慌了手脚，埋怨狐仙婆没有赶走野鬼，反而招来了刘老七的魂。狐仙婆对着刘显尧大声吆喝，打了一巴掌仍没有奏效，又命令王晓玲抱来一堆柴草，在门口点燃。几个人把刘显尧抬在火堆上悠了三下，他长出了一口气，喉咙里又咕隆了几下。他重新坐回到了马扎上。他问周围的人，你们不好好给我儿子念经，手忙脚乱地抬着我晃悠啥？

这件事之后，一连几个春天，刘前进都过得平安无事。他平时骑着摩托车去镇上的书店卖书，王晓玲则在地里作务果树。刘显尧一有空就给儿子回忆死去的刘老七，在他看来，刘老七生前尽管没少挨批斗，却是村里唯一一个见过世面的人。

2

刘前进从戈壁滩回到村庄的那一年，沿途的经历后来成为他一生都难以磨灭的记忆。他和同伴离开飞沙走石的戈壁滩，一路上跋山涉水，经过的浩瀚的沙漠、荒凉的湖泊和人烟罕至的深山，有的多年后成为游人如织的旅游胜地，有的成为国家森林公园，有的因为湖水干涸，从此成为一片洼地。一处挂着长长藤条的悬崖峭壁，几年后成为登山爱好者的天然训练场。一座长年积雪的山顶上，阴面开阔平坦宛若天然的滑雪场，当时还是一片处女地，压根儿没有人来过。他们翻越过的一条荆棘丛生的山沟——里面住着几家以打猎为生的猎户，那里经过地质部门的勘探，不久被认定为一亿五千万年前形成的一条地沟。因为阴雨连绵，在一个废弃的古城里，他和同伴住过一周。街道上的石条被雨水冲刷得又白又净，两旁的山坡盛产世界上最香甜的一种果子，拖着华丽羽毛的孔雀四处游荡，从一栋古楼悠闲地穿行到另一栋古楼。

美好的东西总是昙花一现、转瞬即逝。曾经让他们流连忘返的一座城堡中，宫殿金碧辉煌，大街上随处可见足蹬朝靴顶戴花翎的行人。殿前高大的圆柱几乎触手可及，但是任凭他们费尽力气，最终也无法踏上通往宫殿的台阶。古堡的出现被沿途众多的人们口头证实过，而事后相关部门却坚持认为，那不过是海市蜃楼。不管怎么说，那仍是一趟令人无法忘怀的旅程。刘前进在那个冬天的傍晚回到村口时，看着逼仄的街道和街道两边杂乱无章的景象，甚至都产生过想原路返回的冲动。

如果你不走出村庄，就永远想象不到世界有多大！他后来常常这样对媳妇王晓玲说。

王晓玲的世界里只有四亩果树，还有抱在怀里的女儿小曼。王晓玲说如果不是丢不下女儿小曼，她也和村里人一样去闯世界了，到时候看谁给你们父子做饭烧水。刘前进第一次外出打工后的第二年，王晓玲的妹妹就去了南方。只用了一年时间，她的丈夫在家里就翻修了旧房。又过了半年，她又叫去了丈夫的妹妹。丈夫的妹妹是在村口的商店里接听电话的，她们的通话后来传遍四镇八乡，成为许多人出门打工的兴奋剂。王晓玲的妹妹当时在电话里说：千万不要告诉外人，放下电话立即过来，这里遍地都是人民币！

越来越多的人拥向城里，薛录镇上逐渐失去了昔日的人流和喧闹声。街道上一栋曾经崭新的三层楼房，现在外墙的瓷片脱落了三分之一，上面挂满灰尘，原有的玻璃门窗上也锈迹斑斑。年久失修的道路凹凸不平，下雨天能陷进去一辆卡车，刘前进经常在书店门口帮助那些车轮陷进泥坑里的人。镇子周围的果园出现了荒芜的迹象，镇上中学的一名学生被勒死在果园里，过了两个冬天才被整修水渠的村民们发现。世界在另一端显得生机勃勃，在这一端却似乎死气沉沉，像一台运转不动的机器。

村里像刘前进这样的男人大都候鸟一样春天出门，腊月从四面八方回来。王晓玲不希望刘前进再去外出打工，村里日渐变得寂寞空旷，这让她非常没有安全感。她提醒刘前进说，你吃不了苦干不了重体力活，还是安安稳稳待在书店里好。可是刘前进书店里的顾客愈来愈少，有时甚至一连几天见不到一个人影。刘前进一跺脚说，我他妈不该进城时去了城里，该进城时却去不了！王晓玲也生气了，她说，你可以去，我拦挡不住你，去了咱们就离婚！

公路两旁的柳树又冒出新芽，地垄上蓝白相间的野花在镇子四周一点点向远方蔓延。当杏花铺满树梢，桃花在树枝上含苞待放的时候，刘前进感觉胸口那里热了一下。他在一个清晨去镇上后，没有打开自己书店的门，站在冷清的街道上吸了一根烟，随后，挡住了一辆迎面开来的班车。

和上一次进城不同，刘前进这次没有把省城作为目标，而是选择了一条和省城相反的道路。他脑子里总有一些东西挥之不去。充满异域风情的城市，瓜果飘香的明亮的街道，只有在夜晚才自由呼吸的奇花异草，它们像天上的云彩一样在他的脑海里飘荡。遗憾的是，那些曾经留下他脚印的地方，却没有一个被他记住名字。那时候他总是在深夜抵达一座城市，脚到就搜寻可以充饥的食物，根本没想过要记住它们的名字。他倒了两趟班车，又坐上一列西去的列车，心里只想着一路向西。原本只想坐一天一夜火车，但在这一天一夜漫长的旅途即将结束时，却遭遇了一个小偷。他站在窗前看着不断闪过的站牌，小偷在他肩膀上蹭了一下，他摸了摸上衣的口袋，发现丢了一百块钱。他拉住他的胳膊和他撕扯，撕扯没有结果，又把他从一节车厢追撵到另一节车厢。他白天和那人形影不离，夜晚就守在他身边打盹。小偷终于难耐其烦，掏出一百块钱还给了他。我不差这点钱！刘前进说，但是我这辈子最恨小偷！他说这话时火车已经到达终点站，下了车，他发现自己来到了乌鲁木齐。

他在新疆拾了三年棉花。那时候的城里虽然有了大大小小的公司，但是在多次应聘失利后，他还是去拾棉花。他在棉花成熟的季节拾棉花，其余时间给一家机关单位担任门卫，也就是保安。王晓玲在不断寄回的汇款单里找到了安慰，她告诉刘前进，如果是在城里拾棉花干农活，她一点不反对，还可以把女儿小曼交给父亲刘显尧照管，也来新疆帮着他拾棉花。这原本是个不错的主意，因为当时的农场里还没有采棉机器，正需要大量的民工。但是刘前进还是劝阻了王晓玲，刘前进说我们都到这里来拾棉花，四时八节谁去给我娘烧纸上坟？这事总不能靠我爸吧？王晓玲不同意，王晓玲认为不能因为死人而影响了活人，没必要为上坟的事就专门把她留在家里。刘前进对王晓玲的说法很生气，感觉她亵渎了亡灵。一来二去，这样的争论在电话里持续了将近一年。当他们最终商定由王晓玲娘家的哥哥代办这件事时，农场里开进了几十台大型设备，采摘棉花的工作再也用不着民工了。

他又做了一些日子保安。但是和以前相比，保安的收入对他没多少吸引力了。于是，他在那座边疆城市里延磨了三个月后，又坐了两天两夜火车，从乌鲁木齐回到了薛录镇。

3

那一年，女儿小曼已经上了幼儿园。刘前进去村子西头的小学里接小曼时，才知道小学里的幼儿园早已停办，因为村里人口减少生源不足，幼儿园和小学都合并到了镇上。曾经熙熙攘攘的学校里如今变得寂静冷清，梧桐树已长成有一抱粗，上面密密麻麻垒着鸟窝。他三年没有看见女儿小曼了，当他从镇上老师的手里接过小曼时，她极不情愿地拉着他的手，一路上都呆愣地瞅着他。用了好几天，王晓玲才帮女儿把刘前进和“爸爸”这个词儿联系起来。

刘前进把经营多年的书店转让出去那天，在镇上的商店里给自己买回来一台电脑。以后的世界还得靠这个！他对他女儿小曼说。小曼当时才四岁，不明白他的话。他于是又告诉王晓玲，有了这台电脑，你即便是坐在自己家里，照样也能走遍天下了。刘前进对于电脑的认识，缘于他在新疆最后几个月无聊寂寞的生活。那时候他为了寻找保安之外的兼职，一有空闲就在大街小巷里奔走。乌鲁木齐的街道上充斥着大大小小的网吧，他走累了就随便找一家网吧坐下来，然后喝着咖啡上网聊天。他认识了一个叫柯柳秀的网友。网络世界的茫茫人海里，他结识的这个网友其实近在咫尺。柯柳秀是赵镇人，距离薛录镇不过三十里地。她在赵镇开着一间商店，同时又在网上开了一家网店，以销售苹果为主。她怂恿刘前进也回家开一个网店，农副产品的网上销售，势必会成为趋势。怎么说都是农民，你在城市里是种不出庄稼滴！她对刘前进说，你现在知道世界很大我们很渺小了吧？

刘前进从薛录镇上搬回电脑，告诉王晓玲，他准备开一家网店。王晓玲大惊小怪转告刘显尧说，你应该管管你儿子，他又要开网店！刘显尧不晓得什么叫网店，王晓玲也不晓得。刘显尧以为刘前进又要进行某项秘密的研究行动，拖着笨重的双腿把他跟前跟后。开箱拉线，连接电源，最后，他只看见一面比电视小得多的白花花的屏幕。没有节目？他问，这么小的电视又没有好看的节目，为啥要浪费钱买回来？在刘显尧看来，儿子刘前进只要看一些日子书，就会有新鲜的想法出来。如果他以后和自己一样老坐在电视跟前，还有什么出息？他后来多次偷偷拔掉过刘前进的网线，在电脑键盘里撒过两次盐，塞过几回沙子。

有一天，刘前进给苹果树地套种黑豆的时候，发现父亲刘显尧在苹果树的间隙里种满了罂粟。刘显尧已经种了好多年罂粟，树地里飘荡着一股奇怪的香味。他一个上午拔掉一亩罂粟，回家后对父亲说，这是毒药你知道不？再闲着没事，你也不能种毒药吃！刘显尧当时已经七十三岁。在七十岁以后的岁月里，他惊恐地发现村街上见不到生龙活虎的年轻人了，都是和他一样走路有气无力的老人。这些人正走着路就犯迷糊，一坐下就耷拉着脑袋打瞌睡。他不想染上和他们一样的病怏怏的瘟疫，所以每天都用罂粟壳子给自己泡一杯茶水，以此来振奋精神。面对刘前进的责问，他完全否认罂粟是毒药的说法。不过是一种野花么，他辩解说，有一股甜甜的香味儿，我喜欢闻这种味儿。几天之后，三亩树地里的罂粟被刘前进彻底铲除，全部套种上黑豆。秋天，成熟的黑豆圆润饱满，刘前进开始每天待在电脑前销售黑豆。

刘显尧把刘前进铲掉的罂粟秆收拢到一起，先是把它们搬弄到平房的房顶上晾晒，然后又一捆一捆从房顶上搬下来，塞满自己屋子。在生命最后的两年光阴里，他把所有买回家的药物都扔在床下，每天靠这些枯枝败叶维持生活。折断的罂粟秆被他泡进水杯，撒进吃饭的饭碗，混入旱烟的烟末。到后来，他干脆一天到晚嘴里塞着罂粟秆，用牙齿反复咀嚼。

冬天的几个夜晚，刘前进每次打理网店到深夜后，门外都会响起杂沓的脚步声。有鬼！父亲刘显尧在里屋里说。一群黑影聚集在门外，嘀嘀咕咕，像以前生产队里开社员会。

白天，刘前进找到村长刘耀先，告诉了夜晚出现的奇怪现象。刘耀先听后一点也不惊讶，他说，你仔细数数村里剩下多少人了，原本我手下的精兵强将有一个营，现在连一个班都凑不齐。没有人了自然鬼就多些，这没有啥可奇怪的。

刘前进说，你说得不对，古书上说得很明白，鬼做起事来无声无息的，现在明明能听见他们的声音。

这话刘耀先不以为然，刘耀先说，我知道你爱读书，那你告诉我，涝池边上的老皂荚树一个晚上往东走了八百米，这是怎么回事？

刘前进第一次听说这件事情，他到涝池边上去看皂荚树，发现涝池岸边光秃秃的。再往东走，皂荚树在村口刘文利家的商店门口。刘文利正在皂荚树下站着，一个穿着像男人的女人开着一辆农用车过来，车上拉了一头猪。猪一见刘文利从车上蹦下来就钻进商店，刘文利一边和拉猪的人说笑，一边左追右撵帮他把猪捉住，又抬上车用绳子绑紧。农用车开出去很远，那头猪还在车上摇头晃脑冲着刘文利嘶叫。

刘前进走近后对刘文利说，那头猪一定认识你。

刘文利冲他吐了一口唾沫，吐完忽然转身跑进后院。后院的墙上不知什么时候被开了一个洞，猪圈里没有猪，食槽里的猪食还冒着热气。

漫长的冬天里，一些预谋的行动一直在延续。刘老七的儿媳大清早把摩托车刚推出门，一双手立即在门外接住，转眼间摩托不见了踪影。刘建新开着农用车去送奶，在村口上了一趟厕所，出来发现车朝前跑了，在后面紧追慢赶也没有赶上。夜晚里不是这家丢了一头猪，就是那家丢了一只羊，刘前进家里的电线、网线也被人偷剪了。他和同学刘建新找到刘耀先，叫村上组织治安巡逻队。刘耀先两手一摊说，村里青壮劳力加起来不到十个人，平时又各有各的事情，怎么能组织起巡逻队？

人心惶惶的景象持续到阴历年前，村街里出现了四个小时的塞车现象。从四面八方回家过年的村民打开家门，清扫门前的积雪，村里才一时间有了生气。刘耀先的儿子刘小毛带回家两个女人，两个人的口音都饶舌难懂。其中一个让刘前进想起在新疆拾棉花的一个工友。另一个说话时的神态，很像他那年翻山越岭在一个山村遇见的女人。当时他在她家的屋檐下躲避暴雨，她曾经给他手里塞过一只烤得金黄的土豆。

过完正月初五，刘小毛请来城里的记者，请他们调查发生在冬天的各种怪相。刘前进对记者说，没办法，除非大家都住在村里不走，不然都是些老弱病残，啥事都有可能发生。刘耀先不同意他的话，他说有出息的人当然不能老待在乡下，待在乡下那是没出息！我们祖祖辈辈在乡下待着，难道没待够？他建议记者呼吁实施村庄搬迁计划，把村民全搬进城里，那样既安全又免去了逢年过节的来回奔波。记者的总结言简意赅，记者说，村庄没有人就成为空壳，这样的村庄已经失去了对外界侵扰的抵御能力，看来搬迁是迟早的事情。记者的话让村里人都很兴奋。刘显尧嘴里嚼罂粟秆在街道上走来走去，逢人便说，大家都要活得精精神神的，要不了多久，咱们都是城里人了。

家里断电后刘前进的网店歇了一些日子，他去了一趟赵镇。在柯柳秀的商店里见到柯柳秀，他对柯柳秀说，乡下人迟早还是要生活在城里，你相信不？柯柳秀当时正被网店的事弄得焦头烂额。销出去的苹果因为农药超标，买家不断要求退货退款。苹果是从各家各户收购来的，打什么农药是农户的事，她有什么办法？她坐在电脑前，两眼无神地看着刘前进说，我也觉得乡下没法待了，你是闯过世界的，我怎么能不相信你的话！刘前进想和柯柳秀一起进城，他说，晚进不如早进！这话把柯柳秀吓了一跳，柯柳秀说你不要搞错了，我还是大姑娘呀，难道要我和你私奔？

那你就在乡下待着吧，只怕你想进城时，城里连你落脚的地方都不会有了。刘前进说。

他原本对柯柳秀不抱多少希望了。柯柳秀身上有一股城里女人才有的灵气，他喜欢这股灵气。但是强扭的瓜不甜，他从小就知道这个道理。没想到过了几天，柯柳秀却意外地给他发来短信，柯柳秀告诉他，自己已经在网上订好了两张南下的车票。

接下来的几天里，刘前进兜里装着卷尺和照相机，在村里四处测量拍照，打算制作一幅村庄地图。说不定什么时候村子就会消失，有了这幅地图，以后的生活就会多一份念想。他勘查了村里的两口枯井，一个涝池，一处旧庙遗迹，六个农业社时期的饲养室和保管室。又去刘耀先家查看了磨坊，去刘文利家看了醋坊，在刘老七家后院里看了染坊，在他家的厢房后边，找到了村里从前的油坊。随后，丈量了多年前已经模糊不清的城壕的长度和宽度。为了预防村长刘耀先私卖公物，他登记造册了村小学里的柏树、桐树、杨树和槐树。最后，又把丢弃在大队部旧址的几截残石断碑收集到一起，放进小学的一间教室。

做完这些，他在一个黄昏从刘文利门口的商店走过，走出了村庄。

4

刘前进先后在城里从事过的职业，后来柯柳秀在南方一个城市潮湿的出租屋里，多次帮着他一起梳理、回忆，最终都无法弄清。

刚到南方的那几年，他仍没有放弃第一次进城时的梦想，打算应聘总经理秘书或办公室文员。由于自身条件的限制和招聘单位的苛求，这个愿望始终没有实现。他倒是做过类似于文员的事儿，给一家礼仪公司誊写过礼仪流程，不过当时主要的工作还是搬运花盆和音响设备。保安这个工作总像影子一样伴随着他，他总是在求职的空档期去做保安，省心省力又可以自由发呆。前后加起来，他断断续续做过五次保安。在酒店做保安时转行送过外卖，后来又在服装厂做童装，在食品厂烤面包、点心，在绿化公司修剪花木，为两家不同的装修公司做过现场监理。还代卖过麻花、方便面、醪糟，在情人节来临前的广场上批发过玫瑰花。和这些琐碎的毫无发展前途的工作相比，他做过的最体面的工作，是在一家“酒店私访团”里担任试睡员。

刘前进知道世界上除过种庄稼还有各种各样的职业，以前却从来没听过“酒店试睡员”。情人节去一栋写字楼里送鲜花，看到好多人坐在电脑前边上网边打电话，他很奇怪，询问后才知道这是一家酒店私访公司。那些接打的电话，是指挥试睡员去不同的酒店进行私访试睡。这是个令人诧异的发现。打听招聘条件，一个业务经理走过来和他聊了几句，指着窗外电线上的鸟问他，你看到了什么？一只鸟刚刚从这只鸟的身上飞走，他回答说，它正在怀孕。他听后很满意，说，这个工作没有别的条件，但是得有很敏锐的观察力！于是让他填写了一张表格，他也成了一名每天接受电话遥控的试睡员。

那时候的刘前进正急需给柯柳秀一个家。几年来他们总是租住在低矮的出租屋里，四面墙皮脱落，睡着硬邦邦的床板，半夜起来需要摸着黑去寻找厕所。柯柳秀常常呆坐在夜晚的床上，嘴里埋怨说，我一个大姑娘跟着你私奔，没名没分不说，总不能一辈子这样过下去吧，你说呢？

这份新工作像是要弥补他们的爱情蜜月。他带着柯柳秀从一家酒店到另一家酒店，从一个城市到另一个城市，不到一年时间，所有想去和不想去的地方，他们几乎都跑了个遍。碰着公司安排的休假日，两个人甚至还可以在一家酒店多住上一天，白天一起逛大街，夜晚坐在路边的地摊上喝几杯啤酒，吃几块油炸臭豆腐。他告诉柯柳秀说，你现在知道了吧，这才叫生活！柯柳秀不反对他的话。柯柳秀喜欢穿高跟鞋，每天都喊叫着脚疼。常常是，他们凌晨不得不从被窝里爬起来，赶一天路，夜晚才有机会歇息。虽然每夜都有柔软的席梦思床可睡，但是一天中的大部分时间总是在路上。他们在一天中经历过的天气，简直是两个季节，早晨雾色苍茫白雪皑皑，黄昏时身上还穿着防寒衣，却站在闷热难耐的椰子树下。按照要求，试睡员每天需要试四次洗澡水，刷三次牙，使用五次抽水马桶。用柯柳秀的话说，他们用过的一次性牙刷、牙膏、香皂、卫生纸和拖鞋，足够她在赵镇的街上开一家日用品商店。

日子在马不停蹄的奔波中过去了一年。一天清晨，在桂林一家宾馆的餐厅里用过早餐，柯柳秀双手放在下巴上，长久地注视着刘前进。

柯柳秀说，你觉得我们跑过的路，别人一辈子能做到吗？

长年的奔波生活使柯柳秀面容憔悴，身心疲惫。刘前进发现她近来情绪也变得有点反复无常。

我不想每天洗四次澡刷三次牙上五回厕所了，柯柳秀大声说，我也不想每天早上都担心晚上的床在哪儿！

其实刘前进也早就厌倦了这样的生活。种庄稼也有歇息的时候，而他一年中没有睡过一次懒觉，没有一天不是在路上，不是担心赶不上火车就是担心火车晚点。每次看见抽水马桶，他就犯头疼，一坐上去就浑身起鸡皮疙瘩。他甚至不敢看见喷头，一看见耳边就响起哗哗的流水声，脖子上立刻像爬满了无数蚂蚁。

但是不管怎么说，夜晚总有一张床在等我们，这是事实。他这样反驳柯柳秀说。

每天除过睡觉就是赶路，觉从来睡不够，路却永远赶不完，必须想些花招才能打发眼下乏味烦乱的日子。他开始用自己的方式评价试睡过的宾馆。如果和柯柳秀同时在一张床上梦见他们未来的家，不论是别墅还是低矮的平房，他就毫不犹豫在报告单写上“特优”两个字。如果他们中的一个做了那样的美梦，他也会在报告单写上“优”字，否则，就胡乱填写一通。没过多久，他遭到了“酒店私访团”的辞退。

每天早上，从低矮阴暗的出租屋里出来，柯柳秀去车站等班车，刘前进则走遍一条又一条街道，重新为自己找工作。柯柳秀以前学过几年财会，幸运地在一家物流公司做了库管，又记了三个月账，不久，升职为财务室会计。这期间，刘前进又做了一些日子保安，随后在家具商场安装了几个月组合家具，还在一家快递公司装卸过邮件。在装卸快件的过程中，他和一个拾破烂的发生口角，打断了对方一颗门牙，本来以为会吃官司。恰巧一个电视剧组就在附近，拉着他和那个满嘴流血的人做了两个小时群众演员，那人因此没有再怎么纠缠。柯柳秀的工作要清闲许多，以前因为长期洗澡变得粗糙的皮肤、干硬的头发，渐渐变得光滑润泽起来。他们中午各自在外面吃盒饭，晚上才回到他们出租屋里的家。由于闷热多雨，出租屋里总有一股潮乎乎的霉味儿，和柯柳秀化妆品的味道混合在一起，像罂粟秆发霉变质后散发的味道。这时常会让刘前进想起老家，想起父亲刘显尧，想起王晓玲和女儿小曼。

那一年，和柯柳秀商定了一起进城的计划，面对媳妇王晓玲，他多次自言自语说，村庄迟早要消失，大家以后的家还是在城里。王晓玲听了这话，始终无动于衷，只是偶尔会反问他一句，你以为我不会在城里生活？她照例每天对照网上的订单缝制大小不同的包裹，缝得细密认真，好像不是要用来装黑豆，而是要包裹住刘前进的魂。这让刘前进一看见额头上就冒虚汗。在他出走的前一天，父亲刘显尧把他叫进里屋，一边揉搓罂粟秆，一边手伸进柜子，从柜子里摸出自己多年的积蓄。这个家是你的，刘显尧说，谁的家还是谁来当！和柯柳秀坐上了南下的火车，他的心怦怦正跳着，王晓玲忽然发来一条短信。她说，存折放在你羽绒服背后的小兜里。那时候他才知道，王晓玲并不是一点没有察觉，只是不想当面说破而已。

王晓玲认为他每次进城都是鬼缠身的结果，这让人一想起来就心生懊恼。存折上是他和王晓玲卖了一年半黑豆的全部收入。父亲的积蓄和那张存折，成为他和柯柳秀进城后最初的生活来源。他做了试睡员后手头稍微宽裕了点，曾经给王晓玲汇过几次钱，但都被以查无此人的理由退了回来。

有一天，刘前进在一家单位正填写个人简历，手机接到一条短信，很陌生的号码，上面说“爷爷去世已安葬，小曼”。

他连忙拨打那个号码，一直没有打通，过后再打时就成为空号。蹊跷的是，那条短信的落款竟然是一年前。

这件事让刘前进思来想去了好些日子。算起来，女儿小曼该有十岁了。父亲刘显尧享年应是七十四岁，祭日在谷雨前后。就在接到短信的那一天，他又找到了一份新工作，是在一家调查所担任调查员，也就是私人侦探。

5

每天睡觉前，柯柳秀喜欢给刘前进读一些关于爱情的名言警句，她读着读着，忽然问刘前进：你说说，为什么放着装修监理的活儿不做，你偏要做什么调查员，这是为什么呢?

当时已经做了三个月调查员的刘前进看着柯柳秀，想了想，他说：为了爱情。

爱情两个字，以前对刘前进来说是个新鲜的字眼，他是和柯柳秀私奔的这几年才知道什么是爱情的。做了几个月调查员，他越来越觉得爱情像一块玻璃，一不小心就会打碎。因此，他不拒绝每天睡觉前听几段爱情的名言警句，这和他调查员的工作一样，都是为了保护爱情。刘前进很喜欢这个工作，不是那么累，而且每次调查都像在看一场悬疑电影。他不讨厌做装修监理，也不讨厌当无所事事的保安，但是相比之下，更喜欢有创意和挑战性的工作。

他现在每天要做的是跟踪那些形形色色的人。老板，教授，公务员，记者，这个城市里有头有脸的人物，都有可能成为他跟踪的对象。起初，跟踪的工具是自己的两条腿，后来就买了摩托车，又买了录音机、摄像机。再后来，在轻工市场买了针孔摄像头，又装备了可以隔空录音的拾音器，半里地能听见人说话。他悠闲地吸着烟或者拿着报纸，冬天头上戴一顶鸭舌帽，从宾馆、饭店、咖啡厅门前走过时，手中像拖着一张无形的网。被跟踪的人常常浑然不觉，他无聊的时候，就走过去和他们聊几句闲话，不想再聊时借用一下打火机，然后拍拍屁股走人。他跟踪过一个茶叶公司的老板，他有七处住所六个老婆，五个正在上小学的子女。还跟踪过一个教授，有十二个情人，他每天像陀螺一样开着车在立交桥上转圈，过着眼花缭乱的生活。一个收破烂的有两栋豪宅三部轿车，这是他接受一个快要发疯的债主的要求，一个月内调查取证的结果。鱼塘水底下存放现金，游泳池轻钢龙骨结构的横梁上存放金条，汽车备胎填塞女人的内衣和头发，晾干的猪肉里包裹存折和银行卡，等等。这个城市里已经发生或即将发生的事情，都逃不过他手里的那张网。叫他黯然神伤的是，拍摄的每一段摄像里除了出轨的丈夫、偷情的老婆、躲债的债主以外，总能看到小偷的身影。他憎恶小偷，他们常常令他想起第一次进城那段不光彩的经历。

不过总体来说，这是一份刘前进得心应手的工作。他甚至鼓动过柯柳秀辞职，叫她帮着处理拍摄的视频资料。柯柳秀不干，柯柳秀说她虽然喜欢看爱情片，但是不喜欢悲情片。她照样每天睡觉前给他读关于爱情的名言警句，她说，刘前进，我们千里迢迢跑出来是为什么呢？你说得很对，为了爱情。

偶然在夜里，刘前进会想念女儿小曼。他希望柯柳秀也生个孩子，最好是个男孩，那样和小曼姐弟俩以后会相互有个照应。但是柯柳秀暂时没有这个打算。她不但没有这个打算，还和他约定，等他们在城里奋斗到自己的单元房，那时候再怀孕。我的孩子不能一出生就生活在臭水沟边上。柯柳秀说。

在长达四年的调查员生涯中，刘前进的事业一帆风顺。找他来的雇主越来越多，他干脆租了一间文化馆闲置的库房，办起了自己的私人调查所。当时城市的上空已经开始笼罩起了雾霾，而他每天早上去调查所上班时，心情却无比晴朗，仿佛能看到自己未来生活的万里长空。他一直都是一个有想法的人，总希望自己的生意越来越好，事业越来越辉煌。他后来多次反思过自己走麦城的那次经历，可以肯定的是，那完全是他急功近利的结果。

一个和柯柳秀年龄相仿的女人向刘前进提出，要调查自己的丈夫。她怀疑丈夫有了外遇，证据是一年之中他们只做过一次爱。她为此跟踪过丈夫，找过丈夫的父母，还把他堵在家里和他谈过三天三夜，而他坚决否认自己有什么外遇。我希望他没有外遇，女人说，但是只有你的调查可以还他清白，不然我会一辈子都怀疑下去的。三言两语就能感觉到，女人既有忧郁症又有臆想症。她的丈夫是一个公务员，在政府里任职。谈妥价格又留下她丈夫的照片和电话号码，刘前进告诉她两周之后来取结果。

那一天，刘前进灵机一动，不想用以往的方法去跟踪拍照了。那样辛苦劳累不说，得到的结果雇主往往很难满意。看着一堆铁证如山的照片，她们（他们）总表现出将信将疑，常常在最后一刻，仍不放弃为自己的丈夫或妻子辩解。他想提供一些更加直白的让人一目了然的东西。当时他刚在网上认识了一个叫“地平线”的人，他声称只要肯出钱，可以提供世界上任何人的相关信息，包括银行账号、通话记录和手机短信。你可以买断一个城市的信息，“地平线”说，当然，也可以只买一个人的。

第一次，刘前进只买了女人丈夫的信息。“地平线”的价格很公道，只有五十块钱，得到的资料却叫人大吃一惊。一百多页的通话记录和手机短信显示，女人的丈夫三年中交往过四个情人。他们的短信从清早发到凌晨，内容不放过各自生活的任何一个细节。刘前进不忍心让女人知道得更多，抽出其中的一小部分资料，在调查所的办公室里交到她手里。

天啦！女人只看了几眼，就尖叫一声晕倒在沙发上。

他连忙叫来一辆出租车，打发司机把她送回家去。谁也没有想到，女人一回家就万念俱灰地站在了自家的阳台上，打算跳楼自杀。这事幸亏被楼下的人及时发现，叫来消防车才把她从阳台上营救下来。

同样在那天下午，刘前进从“地平线”手里又购买到这个城市一百个人的个人信息。相互猜疑的人越来越多，他的业务范围也一定会越来越广。夫妻、朋友、兄弟姐妹，大街上行走的每一个人，不知道哪天就会成为他的雇主或者调查对象。他当时一点没有觉得自己的行为有什么问题，如果有问题的话，也怨不得他，应该怨父亲刘显尧。父亲从小就教导他说，只要有机会，你就得给家里储存些粮食。

几个陌生人是在他和柯柳秀吃晚饭时敲门的。他边吃饭边对柯柳秀说，等着瞧吧，用不了多久，我们会住上自己的房子。柯柳秀吐了一口酸水，瞪了他一眼，怀疑自己怀了孕。不可能，刘前进安慰她说，我一直是按约定做的，有了自己的房子再怀孕。

这时候又一次响起了敲门声，刘前进打开门后，看见几个陌生人。他们自称是当地派出所的警察。

在后来审讯中，刘前进始终不承认自己犯了盗窃罪。他说，我没有偷谁的东西，即便是那一年在建筑工地上，我也只是吃了几块猪肝和几只猪蹄，从来没有干过偷鸡摸狗的事儿。警察提醒他说，你犯的是非法收集个人信息罪，严格来说，和盗窃罪是两码事儿。可是在刘前进的感觉里，这二者似乎并没有多少区别。这成为他此后的几十年中，一直都无法消除的一个心病。

刘前进后来待过的地方，他没有给外人提起过，也很少有人知道。那是一座四面环水的小岛，海浪常年不歇地拍打着海岸，像随时要掀翻这艘抛锚在海上的船。那里曾经让他出现过严重的水土不服，呕吐，腹泻，得过两次皮肤病，又出了一次水痘。他在岛上学会了打鱼织渔网，给劳改队的队友们上过文化课，讲课时先患了近视眼后来又转变成老花眼，戴上了眼镜。几年工夫，他的头发花白了一半。等到有一年他倒了四趟班车，又坐了一趟火车回到薛录镇时，那时的薛录镇上几乎没有人能认出他了。

6

刘前进拎着行李下了长途车，起初，他也没有认出眼前的薛录镇。薛录镇的历史不知已经往前滚动了多少年。从前破烂的镇子全变了样，马路笔直、开阔，人流和车辆潮水般在街上涌动，尖锐的喇叭声此起彼伏，每次过马路时，他都不得不捂紧自己的耳朵。他用了一个半小时穿过三条大街，越过两个十字路口，又过了一座立交桥，来到镇子外面的一条公路上。公路的一边是一大片白色的厂房，另一边的树林像宽大的腰带从镇外绕过，田野上是一眼望不到边的油菜地。油菜花刚刚开放，又黄又嫩的花瓣层叠交织在一起，把远方的天都映成金黄色。镇子北面原本有一条渠，渠岸边荆棘丛生，顺着渠岸一直往东走就是他以前的村子。

他在镇子外面的公路上来回往返了几次，始终没有找到水渠，也找不着通往村庄的渠岸。从前站在镇子的边上，远远就能看见村子，村子距离薛录镇不到四里地，笼罩在一片烟树中。但是现在朝着远方看去，油菜地开阔空旷，除过满地耀眼的油菜花，村庄连一点踪影都没有了。他茫然地又返回镇子，迈开腿在大街小巷奔走了一阵，没有遇见一个熟人，也没有人认出在这里开过七八年书店的他。最后，他只得在一家超市买了一个指南针，在指南针的指引下一路向北，走了一会儿，又沿着油菜地的地垄向东拐去。

黄昏的油菜地里出现了一小片树林，有些突兀，夕阳在树梢上聚集起一团亮光。刘前进走进树林后，先发现一道围墙，顺着围墙再往前走，看见了一个铁栅栏门。他站在门口想了一会儿，翻过栅栏门，在一间黑洞洞的教室的角落，找到了自己当年堆放在那里的儿块残石断碑。他现在知道了，这里就是村庄的位置，栅栏门内是村里从前的小学。

大清早躺在一张门板上，正对着教室的屋顶发呆，学校外面响起嘈嘈嚷嚷的人声。他抖开身上的蚕丝被——那是多年海岛生涯留下的唯一的纪念，走出教室，走过夹道的两排高大的白杨树，见栅栏门外的菜地里来了一群人。他们像一群游客，一个导游模样的人拿着一杆小旗子，脖子上挂着一个小喇叭。一些人蹲在菜地里拍照，导游过一会儿抓起吊在胸前的喇叭，向他们介绍眼前的这片千亩油菜园。前边的这队游客刚走远，后面又来了一队。他站在门前张望的工夫，田野上出现了四五拨游客。一个游客在菜地里喊起来，指着自己脚下的菜地，叫导游过去看。刘前进好奇地跟导游一起跑过去，看见他脚下有一盏压扁的马灯，塑料壳毁了一半，勉强可以提在手里。塑料壳外面贴着一小块塑料胶布，胶布下面的纸条上写着人名。是一盏马灯，刘前进说，是刘文利家从前的马灯。他小时候和刘文利的儿子在黑暗的村街上玩耍，曾经提过这盏马灯。游客们同时发出一声惊叹，一个游客在地上踢了一脚，又踢出一只塑料外壳的手电筒。刘前进这回再没有解释什么，又捡起了脚下的手电筒。

两个骑着高头大马的人从田野上过来，前边的马上骑着一个身穿风衣的男人，后边骑着一个脚蹬高筒靴的女人。马蹄发出嘚嘚的响声，游客们争相举起各自手中的照相机，拍摄这难得的景观。走近铁栅栏门，马上的两个人看见刘前进后翻身下马。女人说，这个人是谁呀，从哪儿冒出来的？男人摘下鼻梁上的墨镜，端详了一会儿刘前进，又看了几眼他提在手里的手电筒和马灯。

你是从哪儿来的？他问。

刘前进回答说，海上。

他听完这话愣了一下，随即咧了一下嘴。他咧嘴的动作让刘前进忽然想起一个人。他转过身开始捡拾学校大门内的垃圾，一边说，叫刘耀先来，你说刘前进有事想问问他。

他的话让刘耀先的儿子刘小毛又愣了一下，他朝身后的女人摆了摆手，两个人一起骑上马走了。

刘耀先是一个小时后骑着代步车从镇上赶来的。他穿着一身黑西服，打着领带。当时刘前进把院子里的垃圾已经收拾了一半，各种矿泉水瓶、易拉罐、方便面盒，堆成了一座小山。刘耀先给他带来一张汇款单，他说一个月前有刘前进一张汇款单，就知道他该回来了。刘耀先似乎并不知道他的经历，以为他在外面发了大财，回来想购买村里的小学。刘耀先说，如果是为了买学校的地皮回来的，你算是白跑一趟了。

刘前进不想和他说学校的事，他问，村庄呢？村庄到哪儿去了？刘耀先对他的问话很诧异。按照刘耀先的说法，刘前进的父亲刘显尧去世那一年，全村就搬迁到了镇上，村里留守的人全住上了高楼大厦，再也不用种地作务苹果养猪养羊了。他的儿子刘小毛复垦了村子，又承包了村里以前的土地，在这里建起了观光农业生态园。刘小毛原本打算把学校买去做生态园的办公地点的，但是从前开商店的刘文利多次带村民游行、上访，认为村庄没有了，再卖掉学校就是彻底斩断了村里的脉气。学校是在村里旧庙的遗址上修建的，最早是财神庙，后来又演变为城隍庙、关帝庙、土地庙，上世纪70年代时改建成了小学。

我这个村长之所以至今还挂着名，就是村里还有这点公产没有最后处理。刘耀先说。

刘耀先建议他不要想着买学校，如果这些年真在外面跑累了，想回来居住，可以去镇上的民政所先登个记。凡是村里的村民，都有资格在镇上买到廉价房。

刘前进没有这个想法。他说，我不想买房也不想买学校，我以后就住在学校里。

马灯挂在教室的墙上，手电筒放在枕头一边，刘前进没事就去菜地里转悠，寻找村里以前的遗物。他捡回了各种各样的塑料制品，板凳，窗帘，毛刷，茶叶盒，热水瓶外壳，可以装七号电池的塑料灯笼，电子表和手机充电器。在菜地上一间低矮的水房里，他发现了一只木斗，一辆独轮车子，两挂犁和一对铃铛。田野上无法确定自己家以前的准确位置，可惜当年绘制的村庄地图，在最初几年的奔波中早就不知去向了。他清扫出一间学校教职工居住的平房，作为自己的卧室，又清点了一下学校里的六栋校舍和柏树、桐树、槐树、杨树，一共四十八棵，这和他记忆中的数目基本相当。他在校舍间的空地上开出几块地，又去镇上买回了小麦、玉米、黑豆和蔬菜的种子。

在镇上依然没有打听到王晓玲和小曼的消息。刘耀先说他父亲刘显尧去世的那一年，安葬完刘显尧，王晓玲就带着女儿离开了村子。多年以来，村里人都以为他们一直生活在一起，在外面混得挺不错。

从前刘前进开书店的地方，下面是门面房，上面的高楼里安置了村里的所有人。他们平时有补助金，没事就坐在麻将馆里打麻将。麻将馆是刘文利开的，刘文利的儿子去了国外，他和老伴每天坐在麻将馆里消磨光阴。同学刘建新在门面房里开了一家催眠公司。镇上有很多人睡眠不好，他的公司里有全套的催眠设备，不但能帮助失眠的人快速入睡，还可以调节梦境的长度，生意非常红火。刘建新叫刘前进也住到镇上来，帮着他一起打理公司的生意。他知道刘前进爱鼓捣新鲜玩意儿，对他说，如果你肯来做公司的梦境策划师，我可以付给你双倍工资。刘前进拒绝了他。他本来想给刘建新讲讲自己这些年的经历，和做了一场梦差不多，话到嘴边时又忍住了。在他的公司里转了一圈，临走时他告诉刘建新，叫他帮忙留意着，看看谁家有以前村里的遗物就告诉他。刘建新以为他又喜爱上文物了，叫他找刘文利，说刘文利家藏着村里以前爷庙中一个神像的头。

我只要先人们用过的东西，刘前进说，不要神像上的头。

长期在菜地里转悠的结果，他意外地找到了他家对面刘老七门前的石墩。沿着石墩穿过村街就是他家，他在那一片菜地里，找到父亲刘显尧没有嚼完的一堆罂粟秆，秸秆已经腐烂，边上发出几枝细小的幼苗。在一个只有轮廓的草帽底下，他捡到了一部塑料手机，前端烧得模糊一片，后半部分依旧完好无损。这个发现让他兴奋了好一阵子，后来，他又找到了父亲石头眼镜的一个镜片，女儿小曼当年玩耍过的一个拨浪鼓，还有王晓玲挂在墙上的一面镜子，别在头发上的三根发卡。有了这些东西，他夜晚在学校里住得安稳多了。他又清扫出一间平房，把镜子挂在墙上，父亲的眼镜放在窗台上，女儿小曼的拨浪鼓插在墙缝里，王晓玲的发卡别在一颗钉子上。用树枝给从家里找到的老镢头安上木把，他每天早晨很早就起床，趁着太阳没有升高，抡起老镢头把开出来的土地翻了又翻。

刘小毛的千亩油菜快要收割时，学校外面来了一辆车、几个人，说是田野上出现了两个圆形怪圈，他们是专程来研究怪圈的。这些人拿着卫星图片，指点了大致的方位，刘前进在两个圆圈的中心点上，发现了两口枯井。是他从前勘查过的两口井，一个在村东，另一个在村西。刘小毛叫来了起重的吊链机，吊了一天一夜，枯井里全是村庄废弃时丢下的各种农具。藤条编织的耱，播种用的耧，间苗、培土的铁锄，割麦子用的镰，扬场用的木锨，推麦草的插兼。一口井底里沉着一个细长的碾子，另一个井底有一只碌碡。刘前进打开了学校里的一间教室，把吊上来的东西一股脑塞进了教室里。

7

因为耽搁了种豆的时令，刘前进在学校的空地上种了一料玉米。寻找回来的农具帮了他的忙，收割完玉米，用铁耙耙去了玉米根，用藤条编的磨磨了一遍地，又种上了小麦。他已经很多年没有见过麦田了，一想起麦子成熟时那种焦黄的暖丝丝的感觉，心里就有些激动。

这期间刘文利来了一趟学校，把藏在自己家的一尊神像送给刘前进。他说在国外的儿子本来想把学校建成一座庙，可是人都没有了要庙有什么用，既然刘前进愿意在这里住着，神像以后就归他保管了。

空地上的麦子将要成熟的时节，刘前进夜夜都梦见长长的麦穗，饱满的麦粒，还有在微风中起伏的金黄色的麦浪。夜晚躺在床上，隔着窗子已经能闻到麦香味儿了。麦壳在他的睡梦中次第开放，发出窸窸窣窣的声音，有时一觉醒来，甚至能听见麦粒落地的沙沙声。有一天睡到后半夜，他睁开眼看见窗户上飘过几片云，忽然担心要下雨了。成熟的麦子最怕雨天，那样一年的收成就全烂在了地里。他一骨碌从床上爬起来，摘下半墙上的镰刀就往屋外走。

月光下的校园里，不知何时已出现了一片忙碌的景象。麦地里的麦子割得只剩下炕席大的一块，远处的操场上，篮球杆上挂着一盏二百瓦的灯泡，一群人在那里碾场的碾场，搭麦草的搭麦草，还有人正挥动手中的木锨，在灯光底下扬场。刘前进发现他娘正蹲在麦田里，一只手抓着麦子，一只手拉动镰刀，在收割剩下的那一块地。他连忙夹着镰刀走过去，想给娘帮忙。娘头上的头帕汗津津的，能捏出一大碗水。刚在娘身边蹲下，娘回过头说，这一点儿活不经干，我一个人足够了，你快到麦场上帮忙去，天色不好，小心一会儿下阵雨。娘说着话推了他一把，一下子把他推出了麦地。来到麦场上，刘老七脖子上插着长烟杆，上面吊着他的翡翠烟盒，吆着一头黄牛正在碾场。刘文利的父亲是惯常干活偷懒的，站在麦场边的水缸旁用马勺舀水喝，指头上捏着半截纸烟。村里唯一的五保户，无儿无女的宝林担着两桶水从远处过来，路上遇见刘建新的娘，两个人在月光下你一言我一语，拉起了家常。他肩膀上的担子一直那么担着，直到这边麦场上的人又喊又骂地叫他，担子才一闪一闪地走起来。在篮球杆下扬场的是父亲刘显尧，光着膀子，灯光把他的肩膀照得黝黑发亮，手中的木锨像鱼一样在空中翻滚。一个戴着草帽的人在木锨下扫麦壳，麦壳和麦粒从头顶刷刷落下，在草帽上四处崩溅。刘前进发现那人是他爷爷，爷爷的胡子又白又长，在胸前飘洒着。爷爷正弯腰抡着扫帚，一扭头看见了他，咳嗽了一声，吆喝刘显尧说，谁让你叫娃娃上麦场干活的？还不叫他回去！父亲刘显尧停下手中的木锨，看了看刘前进说，回去。说完又开始扬场，嘴里继续朝他喊道，快回去，场里没你的事儿，好好回屋子念书去！在父亲的喊叫声中，他匆忙离开灯光明亮的篮球杆，走过去牵碾麦场上刘老七手中的老黄牛，刘老七双手紧攥住牛缰绳，丝毫不肯放松。没办法，他又去抢搭麦草的人们手里推着的麦秸车，他和他们拉拉扯扯，最终也没有人肯把麦秸车交给他。这时候，娘已经割完了地里所有的麦子，和狐仙婆叽叽咕咕站在地头说话。她大老远喊刘前进说，爷爷叫你回就得回哩，不然你爷爷要生气了。

太阳照得窗户上一片通明，刘前进揉了揉眼，慢悠悠从床上起来。他起床后先在屋子里洗了一把脸，对着一面镜子刮掉刚露头的一点胡子，然后摘下墙上的镰刀。经过几天的烈日暴晒，地里的麦子该熟透了，得把它们收割打碾出来。他这些年习惯了打鱼和织渔网，收麦、碾场的活计遗忘得差不多了，得慢慢摸索着进行。他夹着镰刀在门外的台阶上舒了个懒腰，忽然发现他开出的两块地上的麦子，一夜间光光净净，只剩下一地明亮的麦茬儿。一个麦垛堆在远处的操场上，像一块巨大的魔方。篮球杆下面的空场里，晾晒着刚刚打碾出来的新麦。他踩着脚下的麦茬，麦茬发出“噗噗”的爆破声，一路走到麦场。一只水缸在麦场边上放着，旁边放着一根扁担和两只木桶。麦垛上靠放着一排农具，扬场的木锨，推麦草的插兼，扫麦壳的扫帚，插麦捆的三股杈，还有筛子、木斗、簸箕、镰刀。那些他曾经从田野上、水房里、枯井中捡拾回来的东西，原本杂乱地堆放在教室里，眼下都被擦得干干净净，在阳光下泛起一层幽幽的亮光。

刘前进坐在麦场上，抓起地上的麦粒咬了几颗，又想了一会儿。他知道，那些早已离开村庄的人，真的在夜晚里回来过了。

他打电话告诉刘建新，叫他帮自己在镇上找几个民工。民工来到学校后，他招呼他们把堆放在两间教室里的村庄遗物整理、擦洗，然后从教室里搬出来，安防在学校的角角落落。他把学校当做自己记忆中的村庄，石碾子放在大门口，十多对门墩石分别放在大门和教工宿舍之间的大路上。大路布置得像村街的街道，两旁的树上挂着红红的辣椒和长长的蒜辫。一间教室被布置成磨坊，一间被布置成油坊，还有染坊、醋坊、饲养室、保管室。用一周时间终于把这些布置停当，最后，只剩下神像和教室角落里的几块断碑。两块碑子的字迹仍然可以辨认，一块是村里从前一个进士的墓碑，另一块是几十年前一个战士的光荣碑。在操场后边的柏树林里转了半天，他后来把它们分别安放在了柏树林的边上。

刘耀先和儿子刘小毛来学校找刘前进，一进大门，当时被里面的场景震惊了。在他们看来，刘前进一直都是个有想法的人，但这次的想法实在与众不同，让他们深感意外。刘小毛建议，这是一个现成的乡村博物馆，应该和外面的观光农业园结合起来经营，那样必然会吸引更多的游客。刘耀先说如果儿子刘小毛可以在博物馆里入伙，他会在镇上做工作，为博物馆争取到一大笔资金。

刘前进说，你不还是村长吗？这是你的村庄，怎么会成了博物馆？

父子俩把刘前进劝说了半天没有结果，只好悻悻地走了。

刘前进去了一趟镇上，在一家装潢部里做了一面牌匾，上面刻着村庄的名字，回来后挂在了大门口。

晾晒干麦场里的麦子，他在地里又种上玉米和黑豆。秋天，收了玉米和黑豆，女儿小曼和王晓玲仍没有一点儿消息，他又种上一大片麦子。种完麦子去镇上后，他有几次想给柯柳秀打个电话。只有柯柳秀知道他出狱的时间，所以他刚回村子时她就寄来了汇款。刘耀先交给他汇款单的那天，他就想打个电话。电话上怎么说呢？当初是他鼓动着她进城，难道现在又鼓动着她回来？打电话的念头最终还是被他放弃了。

麦子成熟的日子，刘前进常常三更半夜站在院子里，看着月光下的麦田和麦田边的操场。他在操场的水缸里盛满了清水，把一台饮水机放在篮球杆底下。因为担心那些夜晚里回来的人们迷失方向找不着地方，他又在麦田边上装了一只二百瓦的灯泡。但是，他再也没有看见过他们。只是每年夏天，学校里会飞来几百只燕子，它们在麦田的上空飞舞、盘旋，这情景一直持续了好些个年头。

房顶上的吉米

吉米家前院有一栋没有完工的楼房，一层铺了楼板，二层的东西两面各露出两段残垣断壁。每天中午，吉米放学后都要沿着一张梯子上到房顶，然后，把屁股放在一截矮墙上。这事要放在以前，他爸刘跃进准会骂他，刘跃进会说，刘吉米，你他妈的都是初中生了，你以为自己还是穿开裆裤的小屁孩？吉米十六岁已过，不到十七岁，正上初中。吉米是那种又高又瘦的男孩，两条腿像两枝细长的柳枝从空中荡下来，荡在刘跃进头顶，刘跃进现在却不骂他了。他需要吉米坐在房顶上。吉米坐在房顶上，他在院子里吃饭才会安心、从容，有条不紊。他饭前要吸三支烟，喝一缸茶水，然后吃面条，中间还要再吸烟、喝茶水。吉米不认为这是什么好习惯，吃饭的时间拉得很长，他在房顶上很无聊，就希望他尽快结束这顿午餐。

吉米说，没有人。吉米扭着脑袋朝前后左右看了几遍，又说，我的脖子都扭疼了，连个鬼影子也看不见。

刘跃进喝了那么多水，又给米晓霞舀来一碗面汤。他提醒吉米耐心点儿，多向村口那边瞧瞧。他说，如果我被法院抓走了，吉米，你以后就只有妈没有爸了。

刘跃进去年冬天染上一案官司，因为果行的生意染的，他在镇上开着一间果行。每年秋天，都陆续有外地的客商来此地贩果子，人生地不熟的，为了买卖方便，往往会把收果子的事委托给刘跃进这类本地人。通常的情况是，刘跃进收满一车果子交给商贩，商贩押着车到南方去卖，果子卖掉了，回过头把款再汇给他，由他再向各家结算。刘跃进相信客商，大伙儿相信刘跃进，做买卖要的就是这份信任，几年下来，很少出什么差错。不过，偶尔也有意外。比如果子走了十天半月，刘跃进没有来给大家结账，而是告诉大伙儿说，汽车在半道上翻车了，不要说果子，客商的性命恐怕都难保。遇到这种事情，你只有自认倒霉了。不认又能怎样？山高水长的，难道要亲自去验证他的话？也有私下里说闲话的，说刘跃进不是要盖新房吗，会不会因为手头钱紧，因此硬着头皮给大家说瞎话、昧良心。其中有个别较真的，又去找刘跃进，向他详细询问汽车出事的时间、地点，货物的损伤程度，还有客商是不是投过保，如果投了，保险公司是否会理赔等等。东问西问，问的人愈加疑虑重重，而刘跃进这边也很不耐烦。如果碰巧问话的人又是个脾气有点倔的，爱认死理的，这场问话的结局注定要危机四伏，叫人难以预料。村里的刘玉文就属于这类人。刘玉文是镇上中学的一名教师，家里种了几亩果树，那一车果子，属他的损失最惨重，算起来有六千多块。刘玉文说，我又要教学生又要作务果树，我容易嘛我？刘跃进劝他，说你看你这个人，怎么只想着今年受损失了，不念想去年的果子卖的价又高、收款又快？刘玉文不领这份情，他说，可今年的问题是，车到底翻没翻我没瞅见，还不是全凭你那张嘴？刘跃进也生气了，刘跃进说，没瞅见不要紧，你可以自己掏钱买一张车票，去出事地点慢慢瞅，瞅完回来再好好说话。刘玉文没有去瞅。刘玉文在中学里是教语文的，附带给几个班级代过法律常识，懂一些法律程序。他拿着刘跃进当初打给他的收据，一纸诉状把他告到了法院。

这场官司，自然是刘跃进输了。家里的新房刚盖到一半，法院来了个张执行员，责令他停工。张执行员说，欠债不还，还能心安理得给家盖新房？刘跃进这起官司标的虽说不大，影响却不小。那趟车上拉着村里十几户村民的果子，大家都在等待、观望，在盯着刘玉文这案官司的最终结果。刘玉文能要来果子钱，自然也少不了别人的。也正因了这个原因，刘跃进铁了心，即便已经打输官司，丝毫没想过要把钱赔给刘玉文。所以，张执行员三番五次来执行，他三番五次推脱，到后来干脆避而不见。扑了几次空，张执行员变聪明了，晓得乡下人不管躲到哪个旮旯，饭是一定要回家吃的，因而改变策略，专挑吃饭的时候来。有一次，果然把刘跃进堵在饭桌上。张执行员黑着脸从包里抽出一张公文，是一份拘留决定书。他说，刘跃进，为了你这起案子，刘玉文已经把我告到市上去了。你看到了没有？明天再不到法院来交款，我就只好拘留你。刘跃进挺害怕拘留，倒不是他真怕去蹲监狱，而是一旦被人给戴上手铐，就关乎到自己的名声、果行里的生意，还有日后在人前的脸面。一连给张执行员点了几个头，他表态说，第二天，第二天一定去法院，那些钱一分不少会交到张执行员手中。

第二天他没有去法院，去了一趟镇上。春天的果行里没什么生意，把果行里外打扫一遍，锁好门，然后他回到村里早出晚归，每天把自己隐没在茂密的果树林里。果树需要打尖、疏花、打药、套袋，这些活够他几个月干的。他只有到吃饭时间才回家，那时候吉米也从学校回来，匆忙吃完饭，就被刘跃进撵到房顶上。他叫吉米眼睛放尖、放机灵点儿，他说，吉米，你现在是我的瞭望哨，这说明养你这个儿子没有白养。

常常是，吉米坐着坐着，心里就厌烦了，见刘跃进牛嚼草似地吃着喝着，完了又擤鼻涕、剔牙，就在房顶上喊：来了，来了！

刘跃进从凳子上跳起来，闪着腰往厢房里跑，先钻进床底下，后来又挪到大衣柜里。再后来，半天听不到什么动静，从门背后小心翼翼探出脑袋。妻子米晓霞正在院子里骂吉米，米晓霞说，吉米你再骗你爸的话，我就要撕烂你的嘴！

吉米哧哧笑了两声，吉米说，我没骗，刚才是来了一辆车，可后来又走了。

刘跃进继续坐在凳子上剔牙，一边剔牙一边晒太阳。刚吃过饭不能下地干活，他让自己在太阳下眯着眼歇息。他的眼睛半开半闭，像两片合不严实的门扇。他说，吉米，你以前不是挺爱上高沿低的吗，怎么现在就不爱了？

吉米说，我上学要迟到了，你再不让我下来，我真要迟到了。

刘跃进挑了一下眼帘，问吉米，你知道我为啥供你上学？还不是要你长大后挣钱，挣了钱给家盖新房！这事我现在替你做了，可你他妈的，替我做屁大点儿事都那么不耐烦！

吉米不再说什么，站起身，在房顶上伸了个懒腰。春天的阳光停在吉米头顶上，给他一阵痒酥酥、燥烘烘的感觉。田野上是成片的果树林，一片红一片白的。红的是开得正艳的桃花，星星点点泛着白的，是将开未开的梨花。吉米不大懂得欣赏这些花，感觉它们把田野搞得很乱，像刘跃进一头乱蓬蓬的头发。他看见小路上已经有同村的同学蹬着自行车飞驰，想着自己也该去上学了。他不打算再征求刘跃进的意见，自作主张向梯子走去，到梯子跟前，最后回望了一眼村口。两辆警车从小路上开过来，一前一后，眼看要到村口了。

来了来了，这回真来了！他向院子里喊。

米晓霞说，你看这孩子，不怕别人听见笑话，再喊一句我真要撕你嘴了。

警车这时在村口拐了个弯儿，向他们这条街道上直冲过来。

还不快跑！吉米说，来了两辆警车！

站起身的刘跃进不敢再犹豫，纵身向厢房里奔。米晓霞说，后门，后门！他一溜烟从后门跑出去了。

这天，因为下决心要拘留刘跃进，张执行员带来了两辆警车，六个法警。他已经没法应付刘玉文老师不厌其烦的催案了。刘玉文每次来都带着一提兜法律书籍，他是识文断字的，随便在上面读几句，就足以把刘跃进绳之以法。这还是法治社会吗？刘玉文问，执法如此软弱无力，我以后还怎么在课堂上给学生讲法律？难道要我告诉他们，法律只是一颗软蛋？

刘玉文的话掷地有声，由不得张执行员听后不感到汗颜。因此上，他不想再心慈面软，他想只要这天拘留了刘跃进，这件小小的债务案应该很快可以了结。但是他没有想到，精心组织的一场抓捕，最后却扑了空。他们下车后房前屋后找不着刘跃进，只看见他饭桌上的一只碗。询问米晓霞，米晓霞一言不发，收拾完桌面扭头进了厨房。吉米还站在房顶上，吉米正看着屋后那片果树林。方才刘跃进跑到树林边时崴了一下脚，是一瘸一跛钻进林子的，他现在给树林里制造出一条曲线，波浪似地向远方延伸，在一条小渠边停下。从高处看，刘跃进站在了渠岸边的一棵桃树底下。

张执行员抬头看着吉米，拍了一下自己的脑门。他明白了，刘跃进之所以能那么快逃走，都是这个小子在给通风报信，他是刘跃进安插在房顶上的千里眼、顺风耳。张执行员认得吉米，以前每次来找刘跃进，吉米都有意无意地朝地上吐唾沫。他对吉米说，吉米，你下来，我有话要问你。他想着刘跃进没有跑远，吉米在房顶上一定看见了。吉米没有理睬他，吉米这会儿看见刘跃进跑不动了，坐在渠岸边上。吉米很后悔刚才撒的那个谎，要不然，刘跃进不会跑得那么狼狈，更不会崴着脚。张执行员还在喊吉米，张执行员说，吉米你到底下不下来，再不下来接受询问，我会派人把你从上面揪下来。刘跃进坐在渠岸上揉脚腕子，边揉边向吉米这边远眺。吉米说，你敢！吉米甩了一下额头的头发，他说，你敢上来！张执行员递过去一个眼色，一个法警走过来，顺着梯子往房顶爬。吉米着急了，他们要是上到房顶，一眼就能发现渠岸边的刘跃进。他从墙上扳下一块砖头，警告那个法警说，你再上我就要扔了。法警没有抬头，继续沿着梯子往上爬。吉米的砖头扔了出去，不偏不斜，打在法警右边的耳朵上，耳朵立时就见了红。

米晓霞在楼下慌了神，米晓霞说，吉米，你个混账东西，你不看啥时候了，还不赶紧去上学！

吉米一哧溜顺梯子溜下来，绕过耳朵流血的法警，去骑墙脚下的自行车。刚跨出去几步，另外几个法警扑过去把他胳膊扭住。

张执行员冲米晓霞耸了耸肩，又摊了摊手。张执行员说，没办法，不是我有意要拘留你儿子吉米的，他现在犯了法了。

刘玉文老师这天后半天没有课，专意赶到法院催自己的案子。临走前，他到教室里转了一圈，发现刘吉米没有到校，当时心里还想，这个吉米，难道他爸躲债，他也要躲着我不成？刘玉文是吉米的班主任，这个班级从初一就由他带了。刘玉文从来没把和刘跃进的官司与吉米扯上关系。孩子总归是孩子，那都是大人们的事情。大人们吃饱了，喝撑了，生出许多事端，孩子没有理由也没有必要参与。自从打起官司，他和刘跃进见面连话也不说。他们一个是原告，一个是被告，是原告和被告的关系，往难听点说，是赖账者和受害者的关系，不说话极正常。但是和吉米不同，他和吉米的关系很单纯，也很简单，是老师和学生。在这一点上，刘玉文自认为是个凡事讲章法、讲规程的人，用别的老师的话来说：他这人拎得清。

刘玉文这天在法院里等到下午三点，看见两辆警车进了院子。张执行员从车上下来，后面两个法警押着一个人，他以为是刘跃进，到了跟前，才发现是吉米。戴着手铐的吉米也看见刘玉文了，面红耳赤，手脚一时都无处安放。从刘玉文身边走过，他小声说了一句“刘老师好”，匆匆往前走。我要的是刘跃进，谁叫你们拘留吉米了？刘玉文在后边说。说完，觉得意思并没有表达明白，又拉住张执行员说，吉米是我的学生，你知道吗？你们不去抓刘跃进却抓来我的学生，要把我这个做老师的置于何地？

张执行员愣了一下，说，吉米是学生没错，可他给刘跃进通风报信了，又用砖头殴打执行干警，按照规定，我们要对他司法拘留。

刘玉文摇着头表示反对，规定就不能变通？他问，欠我钱的是他爸刘跃进，又不是吉米，你们不应该拘留吉米！

张执行员站在院子里想了想，又认真看了一会儿刘玉文。要不这样好不好，如果刘跃进今天下班前能如数交来案件款，我可以考虑你的意见，不拘留吉米。但是，他假如还是对判决内容置若罔闻，压根儿不履行还款义务，吉米就一定是要拘留的。我们看看他爱钱还是爱自己的儿子！

这话似乎有一些道理，可这样一来，吉米不是成了人质？把一个正在上学的学生当人质押在法院，这合适吗？这样想着，刘玉文的心里就忐忑起来。张执行员走进大楼时，招呼他到办公室去坐，他摆了摆手，拒绝了。坐在大楼前面的台阶上，他感到这个春天的下午异常烦闷，于是从兜里抽出一本书，解开领口，一下一下给自己扇凉。

张执行员把吉米铐在办公室里一张长条凳子上，去法警队看望了受伤的法警。法警只是耳朵蹭破点儿皮，半路上在诊所包扎了一下，基本没什么事了。他回到办公室后给自己沏了一杯茶水，问吉米喝不喝，吉米不回应，他还是给吉米沏了一杯。他喝着茶水，在靠窗户的办公桌前坐下来。吉米这会儿歪着脑袋，斜靠在长条凳子上。他们都在等待，张执行员在等待刘跃进，而吉米在等他妈米晓霞。吉米临走时给米晓霞说，把我的MP3带到法院来。他想着这天下午肯定不能去上学了，待在法院比待在房顶上好不了多少，他要用MP3打发时间。眼下米晓霞还没有来，他不住地在凳子上打着哈欠。张执行员喝了一会儿水，给吉米做了一份笔录，详细询问了年龄、籍贯、家庭住址等等。问到性别时，吉米说，你看不见吗？张执行员笑了，说你这个小子，这会儿了还有心和我开玩笑。我这是在履行法律程序，到底是什么性别，这得你自己先说。吉米就说了，吉米没有笑。张执行员觉得吉米挺有意思，做完笔录又和他扯起了闲话。

他问，刘吉米，你觉得你爸刘跃进有钱，还是没有钱？

吉米说，没钱。

他问，你怎么知道刘跃进没钱？

吉米说，他每天晚上睡觉前都要用半个小时想钱，他如果有钱，就不会那么想钱。

吉米这话说得没错，刘跃进是有这个习惯。他时常躺在床上后问吉米，吉米吉米，你知道我现在心里在想啥？吉米不知道，吉米只看见他的头枕在两只手上，眼睛亮晶晶的。刘跃进说，笨蛋！我在想钱。知道我为啥要想钱？因为咱家缺钱！咱家缺钱我还得给你盖两层楼，村里那么多人都盖了，咱家也不能落后。不过，吉米不喜欢他嘴上老是钱呀钱的。如果那么爱钱，会不会有一天连吉米也拿去卖钱？

张执行员又问，你现在被关在法院，如果叫你爸刘跃进拿钱来赎你，你认为他会来吗？

吉米不回答了，他没有想过这个问题。他现在想起了刘跃进那只崴伤的脚，一想起来，心里仍不免感到后悔。他这会儿大概正坐在邻村的某个诊所里，龇牙咧嘴地让人给自己揉脚腕。吉米想，他最好不要到法院来，他们已经拘留吉米了，不能再让他们拘留刘跃进。刘玉文老师以前给吉米讲过法律常识课，吉米多少知道一点，知道各人的事是要各人承担的，不能连带别人。那个法警是吉米打的，不是刘跃进打的，和刘跃进没什么关系。

张执行员还想问什么，米晓霞从外边进来了。她进门后见吉米歪七扭八坐在凳子上，很不成样子，走过去拍了他一巴掌。吉米冲她晃了晃胳膊，她这才看清楚了，吉米的一只手被铐在长凳侧面的一根木掌上。吉米把另一只手伸出来，问米晓霞要MP3。米晓霞没什么东西给他，就问，你是要吃的还是要喝的？她忘了MP3的事儿，或许当时根本没有记住。这让吉米异常失望，再不理她，目光移向窗外一片明亮空蒙的天空。

张执行员对米晓霞说，去叫刘跃进本人来。

他过了一会儿又说，除非你是来交案件款的，否则，就叫刘跃进来，他才是当事人。

米晓霞说，那为啥要拘留吉米？你先把吉米放了。

张执行员冷笑了一声，说，要不是刘老师那会儿求情，吉米早被送进拘留所了。拘留吉米和刘跃进还钱，原本是两回事。因为吉米还是个学生，所以可以考虑不拘留他，但前提是刘跃进得还钱，得在下班前一次还清全部欠款。否则，我还得拘留吉米。

米晓霞问，你还是没有说明白，到底该不该拘留吉米？

不该。刘玉文在门口说。刘玉文又说，但刘跃进应该给我还钱，这是判决书判了的事情，是铁板上钉了钉的。

张执行员叫米晓霞给刘跃进打手机，米晓霞不打，他于是自己用电话拨。拨了几遍，手机那边通了，刘跃进却始终不接。他放下电话告诉米晓霞，想让吉米早点儿回家，办法只有两个：要么还钱，要么刘跃进自己来接受拘留。他要米晓霞自己掂量，最好把这些话一字不漏转告刘跃进。米晓霞出去了，过了一会儿，又从外边回来了。

能不能缓一缓，她说，秋天果子下来了，卖了钱再说行不行？

刘玉文拎着提兜一直站在门外。他不想看见吉米，也不想让吉米看见自己。他们以前见面都是在课堂上，那时候的他红口白牙，把这个世界说得山河锦绣、风生水起的，而眼下却开口不离钱字，这让他非常尴尬。但是又不能不回击米晓霞的想法，那也是刘跃进的想法。他说，我已经等了多半年了，猴年马月的事我不会再等！

张执行员叫米晓霞再出去，再给刘跃进打电话。他说，我这是在执行生效判决书，不是和你们在自由市场上讲价钱。你告诉刘跃进，离下班剩下不到一个小时，再不来法院说事儿，我会把吉米送进去的。

米晓霞在外面转了一圈，回来后，还是刚才那一番话。

阳光从窗外的树梢上、电线杆上、远处的楼顶上开始退却，一点儿一点儿的，像一根正在收缩的皮筋。张执行员起身来到门外，问刘玉文，要不就缓一缓？刘玉文不回答。张执行员劝解说，秋天就秋天，权当给他借了一次钱，然后他到秋天再还给你。道理就这么简单……他的话没有说完，刘玉文吐了口痰，大声说，我做人有自己的原则，不会借别人的钱，也不会随便把钱借给外人。这个比方你不用给我讲了！他的话把张执行员弄了个大红脸，从门外进来，张执行员拿出一张拘留决定书，在上面填上刘吉米的名字，又上楼去签了字、盖了章。他把拘留决定书给吉米和米晓霞过目，叫吉米签名。米晓霞挡住吉米不要他签，米晓霞说，再等一等，我再给刘跃进说说去。吉米不让她去说，吉米说我爸在田埂上把脚崴了，这会儿一定在叫大夫揉脚，给脚上涂药水。米晓霞后来还是出去了。

米晓霞这次回来时有点兴奋，脸上的愁云舒展了些，在门口给刘玉文甩了句话：还你钱！刘跃进不差你那点儿钱！

张执行员以为她带了钱来，立即打电话通知财务室，说马上有人要来交案件款，叫他们留人。电话没有打完，米晓霞在一旁说，现在还不能交款，还有点儿事得商量一下。张执行员只好悻悻地又把电话挂断。

米晓霞说，钱，刘跃进倒是同意还了，但是他说，利息和诉讼费得刘玉文自己承担。

米晓霞的话使站在门外的刘玉文暴跳如雷。刘玉文说，这些钱叫我来承担，难道是我告错了？我诬告刘跃进了？六千七百三十五块五角六，一分钱不能多，一分钱也不能少！刘玉文在门外站了两个多小时，腰酸腿疼，说完话给张执行员打了一声招呼，弓着腰走了。我不想待在这儿和你们一起受折磨，他说，但是我相信法律会还我一个公道！

张执行员希望米晓霞叫刘跃进本人来，他想亲自和刘跃进好好谈谈。这不过是一桩民事案件，只要刘跃进能还钱，我不会把他怎样。他说。米晓霞在门口迟疑了一阵儿，去了趟外面，很快又回来，什么话也没有说。这是逼着我要拘留吉米吗？张执行员问，吉米在这里铐着，刘跃进好意思自己在外面逍遥？米晓霞耷拉着眼帘，一脸茫然，退到门外后，把肩膀靠在了一面墙上。

临近黄昏，楼道里响起一阵一阵的脚步声。一个法警过来问张执行员，这个孩子到底怎么办？张执行员在屋子里踱来踱去，有点儿犹豫，还有一丝顾虑。毕竟，对一个少年采取拘留措施，不是一件十分恰当的事情。正像刘玉文说的，他还是个学生，一旦被送进拘留所，和那些三教九流的人关在一起，谁晓得日后会发生什么。他挠着头，把自己的顾虑告诉了这个法警，米晓霞在门外也听到了。

她一阵碎步走出楼道，再回来时，脸上就很是气势汹汹。

我和刘跃进商量过了，你们是执法的，孩子你们看着处理，我们不要了。她说。

她接着说，她也该回家了，不然一会儿天就黑了。

临出门时，她告诉吉米，别害怕，这些人怎么抓你来的，还得怎么把你送回家，除非他们没心没肺！吉米没有听见。吉米不知什么时候已经困意来袭，头在凳子靠背上顿一下，再顿一下。黄昏的影子已经移进室内，把吉米淹没在一片暗淡的阴影里。

张执行员停止了踱步，又一次后悔自己的心慈手软。刚才他完全没有必要说那些话，他是个执法的，他的任务是执行好每一起案件，并且在可能的情况下，制裁每一起违法行为。从见到吉米那一刻开始，砝码一直在他这边，就因为刚才那几句泄气的话，现在好了，米晓霞扭身一走，难题丢给了他。他想最后给自己找个台阶，他拿起桌上的电话拨打刘跃进的手机。手机总是通着，而那边的刘跃进却总是不接。

两个法警从门外走进来，打开凳子上的铐子，重新给吉米戴在双手上。这时的吉米才从蒙眬睡意中彻底清醒。窗外的警车已经启动，司机站在窗口催促张执行员。吉米从凳子上站起来后，头有点发晕，长久保持一种坐姿，也让他的一条胳膊又酸又疼。他对着张执行员打了个哈欠，他问，天都快黑了，你们这是要带我去哪儿呀？

法院门前的大街上，一盏盏路灯已然亮起。夜晚依旧是繁忙的，辉煌的，和所有的夜晚没有区别，充斥着此起彼伏的汽车喇叭声。警车出门前像往常那样鸣响了警笛，很快被张执行员关掉了。这声音今天在他听来太刺耳，简直有些折磨神经。车驶出大门后，他还没有从某种怅然的情绪里解脱出来，眼睛一直在街道两边寻找米晓霞。他相信她没有走远，这一点他可以肯定。米晓霞只要稍在车前耍点泼皮，他都会让行进中的警车停下，然后重新审视这天所发生的一切。但是，车开出去五十多米，他没有发现米晓霞，倒是看见刘玉文在一盏路灯下蹲着。刘玉文也看见了警车，站起身朝这边走过来。他二话不说拉开车门坐进车里，才说，送我们回家！车继续朝前开，他以为张执行员没有听见他的话，又大声喊，我明天要上课，吉米也要到校，我们都得回家！

刘玉文是眼看着警车在十字路口掉转车头后，才回头去看后座上的吉米的。他没有看见吉米，只听见黑影里有人叫了一声，刘老师好！

房檐下的靠靠

靠靠在亮亮的房檐下睡到后半夜，被一阵沙沙声惊醒，他一骨碌从地铺上坐起来，发现下雨了。密集的雨点落在暗夜里，搅起一股潮潮的土腥味儿。傍晚还好端端的天气，怎么说下雨就下雨了？他还没想明白这场雨对他意味着什么，就感到身下一片冰凉，伸手一摸，地铺上的麦草已湿了一大片。他妈的。他骂了一句，骂完往里挪了挪屁股。雨水顺着房檐往下淌，溅着水花，源源不断地注入到檐下的水窝里，水窝里溢满了水，水就漫上台阶，不断朝地铺上的麦草里淫浸。靠靠连续在地铺上挪了两回屁股，屁股就挨到了亮亮的墙上。他生气地在墙上蹬了一脚，心想，都是亮亮狗日的现在硬是把他逼到了墙角里。

靠靠已经在亮亮的房檐下睡了十多天。他和亮亮是邻居，房檐连着房檐的那种邻居。说起来，他们以前的关系并不差，亮亮是个包揽土工活儿的包工头，靠靠除过作务庄稼没别的能耐，农闲时就跟着亮亮打零工。他以前挺感激亮亮，因为村里想跟着亮亮打零工的人很多，而亮亮每次能叫上他，完全是看邻居的情分。他们的不愉快是从在王乐镇建房时开始的。那里要建一个果汁厂，承包基建的外地老板把土工活儿交给亮亮，亮亮就领着靠靠等十多人在工地上干活儿。一座车间快要完工了，交木的那天，老板早早买来啤酒叫大家先喝着，只等时辰一到，招呼人上房顶去给大梁上象征性地钉几颗钉子，再放一通鞭炮交木仪式就算完结。这种事原本轮不到靠靠，上房钉钉子有的是手脚轻快的年轻人。可他那天一连喝了两瓶啤酒，不觉来了精神，眼看快到十二点了，就沿着梯子上到房顶。结果，一个钉子没有钉好，他从几米高的横梁上摔了下来。他被摔得左腿骨折。躺在医院的病床上，起初他没有太多的想法，建房中跌跌撞撞的事是常有的，再说亮亮一开始也显得挺厚道，预交了六千元住院费不说，还三天两头往医院里跑，对他蛮关心。住了两个月院，到了出院那天，亮亮的一席话说得他不高兴了。

那天，亮亮说，靠靠，住院费不是花了六千元吗？要在别人这钱我最多认一半，这规矩你也知道。但是你不一样，谁叫咱们是邻居呢。什么也不说了，六千元的住院费我认个大头认五千，剩下的一千你自己出吧。

这话多少有点出乎靠靠的意料。靠靠想，既然是邻居你就不能再多掏点？难道你亮亮在乎一千块钱？本来和和气气的事情，眼下留了一千元的尾巴，靠靠怎么想也觉得心里不大美气。

看着靠靠半晌不吭声，亮亮又说话了。亮亮说，不是我心疼一千块钱，啥行道有啥行道的规矩，你暂时没有钱了也不要紧，迟早有了再还我吧。

亮亮的话虽然说得生分了点儿，但靠靠心里明白，亮亮毕竟是要领十多号工人的，做事难免要想得多一点儿。至于那一千块钱，估计亮亮十有八九是不会给他讨要的。

按说，那件事就那样过去了。靠靠出院后安心在村里养腿伤，亮亮又继续带人挖另一座厂房的地基。要不是后来靠靠在村街上听到那些阴阳怪气的话，或许那件事真就那样过去了。

靠靠那段时间为了活动筋骨，时常在村街上走来走去。碰见熟人，人家就神情怪怪地说，靠靠，你的左腿怎么一下子变短了，走路也比以前难看多了。这原本都是些戏谑的话，靠靠也知道是戏谑的话。他从小得过小儿麻痹，左腿本来就短，走路一瘸一拐的不大好看。但这话说得人多了，他渐渐听出了其中的味道。大家这是在向他暗示什么，暗示什么呢？他脑子转了无数个弯以后，开始有意观察自己的走姿。他发现他走路的姿势的确比以前难看了许多。

就这么着，他在一天傍晚去亮亮家找了亮亮。

亮亮正坐在院子里吃晚饭，看见他进了门，大老远就说，你看你这个人，那点钱你急啥急，等以后挣着钱再还不就行了。

亮亮的话说得靠靠满脸通红，但是他没有接他的话茬儿。他走进院落，看见院墙边上的梧桐树上罩了个鸟窝，就一眼不眨地看那个鸟窝。他头仰得脖子疼了，才收回目光对亮亮说，亮亮，我最近走路难受得很！他说着话，朝亮亮晃了晃自己的左腿。

亮亮问，怎么难受了？

他说，难受就是不舒服。

亮亮的嘴角抽了一下，很勉强地笑了。他说，你那条腿从小就是那样，怎么现在才觉得不舒服了？

靠靠没有看亮亮，又抬头看那像疥疮一样的鸟窝。靠靠说，你这话说得不对，我的腿我知道，一直舒服着呢，是摔了以后才难受，才不舒服的。

亮亮不说话了，看了看靠靠，放下手里的饭碗，说，靠靠，我最近手头有点紧，欠我的一千块钱，你方便的话这几天还给我。

靠靠没有再搭话，一瘸一拐从大门走出去了。靠靠这天来是想给亮亮打个招呼，想提醒他那件事不能就那样完了，他想他的目的已经达到了。

接下来的几天，靠靠没事就在亮亮家门口转悠。他等着亮亮给他说点儿什么，到底说什么，他不知道，但他还是觉得亮亮应该给他说点儿什么。他这么想着，就时常在亮亮的家门口转悠。亮亮有好几次明明朝着他走过来，但到了近前，脸却拧向一边，好像没看见他，或者说，他根本就不存在。

靠靠夜晚在床上睡不着觉了，翻来覆去想一些事情。他想，为什么同样是人，亮亮这些年日子一天比一天红火，而自己一条腿本来就短，竟然又如同麻花一样脆，碰一下就折了。为什么亮亮的腿不折？他也整天上高沿低的，难道人有钱腿也变得结实？他想不通。冲着自己是个瘸子，亮亮也不能让他白摔了。跟着他干了好几年，他理应有所表示，无论如何不该那么小气，小气就是看不起人，是欺负人，是完全不顾邻居的情分。他这样想着，肚子就气得胀臌臌的。一天傍晚，他腋下夹了条床单，抱了一捆麦草，来到亮亮的房檐底下。亮亮不是装作看不见他吗？他要用这种方法挠挠他的痒痒，看他还能不能沉住气。

他在房檐下睡了十多天。亮亮每天清早开门看见他，脸都像抽风似的黑着。他等着亮亮发作，有钱人脾气大，发作了就好了，事情就有解决的希望了。但谁知道这鬼天气说变就变，半夜里这场雨，很快搞得他在房檐下连立脚的地方都没有了。他听见了亮亮在窗户内的鼾声，鼾声和雨声混成一片，让他的耳根不断承受着难熬的震荡。他周身的血开始往头顶上涌。他对着窗户骂了句很难听的话。和亮亮做了这么些年邻居，他从来没有骂过那么难听的话。他的声音很大，但刚一出口就被雨声吞没。他还想再骂点什么，正想张口，一阵风裹着雨水向房檐下扫来，浇得他浑身湿透。他气急地蹲下身摸到一块砖头，一甩手，砖头朝亮亮家黑洞洞的窗户砸了过去。

村长满和是农村取消了各种税费后才当上村长的，从当村长那天起，基本就没有什么公务，只是偶尔在大队的广播室里使用一下高音喇叭，通知停水停电之类的闲杂事。要不是村里时不时有人家吵闹打架发生纠纷，说不定大家早把他是村长这茬儿都遗忘了。

村长是三更半夜被人敲门叫醒的。那天夜里，亮亮和靠靠在雨地里扭打到一起，靠靠吃了亏，坐在地上大呼救命，靠靠的媳妇就东奔西走敲门打户，搞得半个村子不得安宁。后来，有人就叫来了村长。村长早知道他们之间的事，他还知道，这类事就是那样，尽管早知道了，只能在肚子里憋着，除非当事人自己憋不住弄出些事情来，自己调解的时机才算成熟了。

村长打着一把伞来到亮亮家门口时，亮亮已被人拉开，蹲在自家门口抽纸烟，剩下靠靠坐在泥水里声唤。靠靠说，亮亮你不就是有钱嘛，你有钱买我的命，再来打死我算了。村长站在房檐下咳嗽了两声，他说，靠靠，黑天半夜你喊什么喊嘛，过来过来，心里到底有啥想法到屋檐下来说。靠靠本来不打算起来，憋了十多天的委屈在雨地里一哭喊出来，他觉得很过瘾。但是事情毕竟不是这样能解决的，出气归出气，出气并不是目的。他于是在众人的搀扶下从泥水里爬起来，一瘸一拐地走到屋檐下。他说，村长，我没什么想法，我是个残疾人能有什么想法，你问问亮亮去，看他有啥想法。

亮亮仍闷着头在吸烟，听了靠靠的话，他抬头对村长说，他当然没有想法，他欠了我一千元钱不还，他还能有啥想法?！村长你既然来了就叫他把欠的钱还我，还有他刚才用砖头打碎的窗户玻璃，那都是钱，都要折成钱赔我。

村长听了亮亮的话有点后悔，后悔不该来。时机，解决任何事都得讲究时机，眼下看来并没有这样的时机。谁都知道靠靠无非是日子不好，想给亮亮要点钱，可亮亮不肯让步，事情只好僵持了。村长转过身想走。他看不惯亮亮那股神气，人一有钱有股不可一世的神气。和亮亮比起来，坐在麦草上的靠靠显得委琐多了，日子不景气了，人似乎也就没有神采了。村长打心底有点可怜靠靠。他走出去几步，回过头又对靠靠说，你们的事我管不了，但我得告诉你，躺在人家屋檐下可以，但不能给窗户上扔砖头，更不能赖到人家屋里去，那可是要犯法的。

村长走了。靠靠坐在麦草铺上又准备叫骂哭喊，刚哭了两声，突然感觉不对，一挺身从麦草铺上爬起来，不顾亮亮的阻拦爬到了亮亮的前屋，身子一倒躺到了前屋的床上。亮亮你不是想打死我吗?我就死在你家算了。他对亮亮说。

靠靠就是从那天夜里住在亮亮家的。

亮亮的媳妇后半夜和亮亮吵了一架，天一亮就抱着孩子回了娘家。

靠靠的媳妇一天三顿从隔壁来给靠靠送饭，靠靠吃饱了，不是躺在床上呻吟就是嘴里不干不净地叫骂。

起先，亮亮在家里没法待，就满村子找人打麻将解心烦。雨下了三天，他打了三天麻将，到第四天上天晴了，他心里也瞀乱了。对靠靠这个残疾人打也不是骂也不是，又没有工夫和他这样耗着，思前想后没有办法，他只好去村子西头找村长。他对村长说，靠靠现在赖在我家里了，他赖在我家里了我还怎么在家里生活，还怎么外出干活，你说这事怎么办？

村长说，噢，靠靠赖在你家了，他哪来那么大的胆子，敢赖在你家里？那是明显违法嘛，你不会上法院告他去！

亮亮说，我是个忙人哪有闲时间和他打官司。多余的话我也不说了，这事还得麻烦你给说和说和，关键是我受不了这瞀乱了。

看着亮亮的话软了，村长答应去找靠靠给说和。找完靠靠，他回头对亮亮说，靠靠说了，他没啥想法，他就是浑身上下不舒服。

亮亮说，这不是明摆着想讹人嘛！不舒服算什么病？难道要我给他去买治不舒服的药？我上哪儿买去？

村长想了想，说，亮亮，你算是在外边混世界的人，这些年钱也挣了不少，你知道你眼下缺啥不？

亮亮也想了想，亮亮说，我不缺啥。

村长说，真不缺？你再想想。

亮亮又想了想，说，不就是缺安宁嘛，叫他不要赖在我家里，让我过几天安宁日子行不行？

村长说你知道了就好，花钱买安宁，这话你听说过吧？再说靠靠也不是外人，跟你干了多年零工，如今摔伤了，你也该花点钱把他安抚一下。

亮亮不答应，他说，摔伤的事的确不怪我，花点钱倒没什么，但是先得把责任划分清楚。再说了他还欠着我一千呢。

村长说，不都是房檐连着房檐的邻居嘛，有什么责任好划分的？

要分责任你去找法院吧，我断不清你们的官司。

话说到这个地步，亮亮没主意了。他其实心里也明白，邻居之间的事情就是这样，没道理，也分不清道理，稀泥抹光墙，这大概是最大的道理。

他说，村长我听你的，算我倒霉没遇着好邻居，他想要多少钱就明说吧，钱的事都好商量。

村长一来二去在亮亮和靠靠之间调解，最后，叫亮亮给靠靠拿出一万元来，算是安抚款，此后两家和睦相处，再无纠葛。

村长对亮亮解释说，没别的意思，你不是经济上比他宽裕嘛，拿点钱把他安抚一下，就和电视上的老板们慰问下岗职工一样，乡里乡亲的，你把他安抚一下吧。

凭什么？亮亮问，凭什么拿一万元安抚他？难道我的钱是在地上白捡的？再说了，明理人知道这是我怜念他，不明理的人还以为真是我理亏，这万万不行！

村长说，你整天在外给人盖房，房檐的道理你该懂吧？

村长的意思亮亮明白。农村的房檐大都是家家相连的，其中有个规矩，就是一家不能比另一家高了，高了别人就看着眼红，不舒服。村长的意思是说你亮亮这些年钱挣得多了，靠靠眼红了，所以应该给靠靠匀一点。村长有他的逻辑，他这些年一直用他的逻辑在村里解决各种纠纷。亮亮不说什么了。钱是人挣的，也是人花的。再说和靠靠的事情不解决，他整天要疲于应付找上门来的建筑公司老板，厂房建到中途，工期被耽搁了，老板说话很难听，甚至用扣工钱威胁他。他没有工夫为这事讨价还价了，跺了跺脚，对村长说，算了算了，全当我慰问灾区了！但是话得说到前面，钱给了他，他得从我家里搬出来，往后也不许动不动睡到房檐下羞臊我。

村长说那是自然的，我这就叫人起草协议书，协议书把该说的都会说到。村长叫村里的文书起草了一份协议书，拿着叫亮亮先签了字，然后又去找靠靠。他没有想到，事情只过了两天，靠靠突然却变卦了。

靠靠一直在斟酌那一万元的分量。一万元对靠靠来说的确不算少了，起码比他当初预想的要多。不过话又说回来，亮亮一年到头少说也挣三四万，家里新房盖了，又骑上了摩托车，给自己这点钱能干什么？想翻新一下前屋的房子，这点钱连砖都备不齐。这事是不是便宜亮亮了？他拿不准。他叫来媳妇的娘家哥给参谋。靠靠媳妇的娘家哥以前是县城机械厂的工人，后来机械厂倒闭，在县城开了个机动车修理铺，那里南来北往的人多，故而见识也广。他听靠靠讲说了村长的调解意见，连连摇头，说不妥不妥，一万块钱怎么能够呢？像这一类工伤事故要赔的项目多了，营养费，误工费，还有陪护费等等。再说这也不能叫安抚款，本来就是你应该得的，怎么能叫安抚款？

靠靠问，那你的意思是？

娘家哥说，你们村长是个土包子，不懂法，最好打官司吧，打官司解决。

靠靠心里豁然开朗，心想以前怎么就没有想到法律呢，这事完全可以用法律解决，用不着死乞白赖睡到房檐下。他拿定主意了，决心要打官司。

村长听说靠靠要打官司，很惊讶，说事情不是都说好了吗？怎么想起来要打官司了？再说都是热乎乎的乡党，打啥官司呢，法律可是个凉冰冰的东西！

靠靠说，我不管热乎乎凉冰冰，反正这点钱太少了，我要打官司。

村长看出靠靠铁了心了。他还是想把事情再挽回一下，他觉得亮亮尽管先前对靠靠态度不好，自大了一点儿，但最后终究是愿意拿钱了，总不能为这点事就把他告上法庭吧。

他说，靠靠，打了官司就不能再住到亮亮家里了，以后也不能给他房檐下睡了，这道理你知道不？

靠靠说我知道，我咨询过律师了，那样做违法，我今天就从他家搬出来，一心打我的官司。

村长就再不说话了。村长把一根香烟在嘴里鼓捣了一会儿，从左边的嘴角挪到右边的嘴角，完了又挪回来，明白自己是无能为力了。

整个秋天，靠靠都在打自己那场必胜无疑的官司。靠靠没有想到打官司并不像娘家哥说的那样简单，要写诉状，交纳诉讼费，先是在县法院立案，完了才转到镇上的法庭，由一个姓刘的法官办理。官司耗费了许多时日，深秋的时候，判决书总算下来了。那上面说，亮亮作为包工头没有给靠靠提供相应的劳动保护措施，导致靠靠摔伤，理应承担相关赔偿；赔偿包括医疗费，误工费，营养费，陪护费，等等，共计16056.23元，扣除亮亮已付的住院费六千元，应再给靠靠10056.23元。也就是说，和村长当初的调解比起来，靠靠多得了56.23元。靠靠多少有些丧气。尽管有些丧气，既然法庭这样判决了，自己也只好认了。

过了十五天上诉期，靠靠拿着判决书去法庭上领钱。刘法官说，钱不是现在就能领的，得申请执行才行。靠靠于是又找来媳妇的娘家哥写了执行申请书，递交到法庭。又等了些日子，仍不见法庭送钱过来，他又去找刘法官。这回刘法官脸上露出难色，他说，亮亮既不上诉，又不愿意自动履行判决，看来只有强制执行了。靠靠问，什么叫强制执行？刘法官说，就是先把亮亮的那辆摩托车扣押了给你抵债。靠靠想扣了摩托也好，反正他现在骑着摩托车外出建房也不叫自己了。过了几天，刘法官果然扣押了亮亮的摩托车，将车折抵一千三百块钱交给了靠靠。靠靠问剩下的钱呢？刘法官两手一摊说，按法律规定，农村的宅基地上的房是不能卖的，暂时又没有查到他什么存款，案件只能执行到这个程度了。

靠靠急眼了，他说亮亮是村里出了名的有钱户，怎么能没钱呢？一定是你们没找见。

刘法官说，法律是要讲证据的，你认为他有钱，可他说他没钱，这就需要证据。如果你能提供来相关证据，我们可以采取措施，否则，案件只能执行到这个程度。

靠靠气闷地从法庭上回来，决定亲自去找亮亮。他后悔一抬腿就到亮亮家了，何必三天两头往镇上的法庭跑。法律就是法律，法庭判决了的事情，亮亮总不会耍赖吧！

他来到亮亮家的时候，亮亮正在给几个民工付工钱。为了防止被法庭截留了建房款，亮亮已经几个月没有外出干活。他没有想到靠靠会起诉自己，村里大大小小的事情都是由人说下场的，惟独自己被人告上了法庭，他感到憋气，丢人现眼。人不就活一口气吗？钱算什么？就是穷得叮当响，也不能让大家把他看扁了，觉得他亮亮是个软蛋，没志气。他想通了，钱挣不挣不要紧，和靠靠这口气却是要憋到底的。他不是想要钱吗？要命倒有一条，钱一分也不会给他！他打算把民工的工钱结清，以后除了种地，也不再外出干活了。他手里拿着一沓人民币，往指头上蘸一点唾沫，一张一张给那些人数着。看见靠靠进了自己家门，他数钱的声音陡然间响亮了，纸币闪着铮铮亮光，像一群蝴蝶在手中上下翻飞。一张张耀眼的人民币递到几个民工手中，民工先后就走了，剩下靠靠一个人。他手上还有一沓票子，他把票子在空中清脆地甩了两下，装进了上衣口袋。

靠靠说，亮亮，你的官司输了，我的钱你啥时候给我？

亮亮白了他一眼，说，你不是有法律吗？你以后不要来找我，我不认识你，你去找法庭！

靠靠说，亮亮你以前可不是这样的人，你怎么也学会耍赖了？

亮亮说，耍赖？你当初能躺到我家里耍赖，就不兴我耍赖？我总没有给别人房檐下睡吧！

靠靠窝了一肚子火，一离开亮亮家就赶到镇上的法庭。他给刘法官发作了一通，他说，难道法官不如我们的村长？村长当初都答应给我要一万元，法律为什么就不能？他明明是有钱的，你们为什么就不能执行他？刘法官很无奈，刘法官说，钱是暗的，我们去他家搜查过了，银行也查遍了，总不能一天到晚监视着他。末了，刘法官给靠靠说了最后一个办法，刘法官说，要么就把他拘留了，如果他真有钱，兴许一拘留钱就出来了。靠靠气愤地说，拘留吧拘留吧，不拘留我咽不下这口气！

第二天，法庭上果然来人拘留了亮亮。

和靠靠隐约预感的结果一样，亮亮这家伙牛劲上来了，宁愿在拘留所里待十五天，钱却一分也没有给法庭交。

十五天一到，法庭只好又释放了他。

释放后的亮亮忽然在村里有了很好的人缘。以往村里那些喜欢和靠靠说笑的闲人，现在见了靠靠大老远就避开。在大家眼里，一个人为几个钱就能把邻居送进局子，这个人一定是阴毒的、危险的，轻易不敢打交道。人们倒是三天两头去看望亮亮，好像他遭受了多大委屈。亮亮感觉到了这种变化。自从被靠靠告到法庭，他一直灰头土脸，他现在一改此前的晦气神色，在镇子上理了发，换了一身新衣服，春色满面，时常站在家门口迎来送往，说说笑笑。

渐渐的，靠靠就不大愿意出门了。他心想这是怎么了，明明是自己打赢了官司，结果却像是做了贼，既没有得到实惠，又得罪了亮亮，还惹得全村人都怕他，把他当成一个毒物。这让他胸口堵得慌，像砧着一块石头。

很长时间再没有去法庭上催过案子，有一天县法院两个法官却主动来村里找靠靠。来人说他们是县法官审判监督庭的，关于他们的官司，亮亮现在向县法院申请再审了。据这两个法官说，那个官司因为亮亮只是个小包工头，所以被告不应该是亮亮，而是承包建果汁厂的建筑公司，原判要亮亮承担责任看来有问题，可能要纠正。

靠靠问，你们的意思是说应该由建筑公司给我赔钱？建筑公司的老板是个大老板，我也同意由他赔钱。

法官说，道理当然是这样的。问题是，经过我们调查那个建筑公司是个皮包公司，老板干完果汁厂的活就走了，眼下找不着人了。

靠靠一听这话就来气了，他说你们这话是什么意思，是不是亮亮以前给我垫付的钱我还要倒找给他？亏你们想得出来！我的事不要法律管了，我以后再也不找你们，你们也不要来找我，我的事我自己会解决。

靠靠几乎是连推带搡地把那两个法官推出了家门。

靠靠腋下夹了一条被子，夜晚又睡到了亮亮的房檐下边。

亮亮大清早看见了，骑着自行车去了一趟镇上，叫来几个民工，半下午用砖封死了大门，给后院重开了一个小门。

春寒料峭，靠靠在房檐下睡了几个夜晚，感到又冷又没趣。回去吧，村里好多人都看见了，这样草草收兵难免被人笑话。不回吧，亮亮把前门封堵了，也就是说，即便睡上一年半载，亮亮看不见，也不会在乎。他左思右想睡不着觉，这天夜里，夹着被子又睡到亮亮家的后门。

亮亮的后门上只有一面光秃秃的墙，连房檐都没有。

睡到半夜，又下雨了。

春天的雨不像夏天，又轻又软，蒙蒙地扯着细丝，像柳絮在脸上荡悠着。这样的小雨下了大半个晚上，靠靠还是浑身淋得湿透了。他恼怒地从墙根上起来，在地上捡了块砖头，绕着亮亮家的围墙前前后后转着。他看见了亮亮窗户上的玻璃，他想他只要把砖头再扔进去，亮亮一定又光着身子冲出门，那样的话，他又能借机住到他的前屋里了。但是他在黑夜里绕了好几个圈，却怎么也下不了手。他想到了法律。他以前不大想这些，但是现在他想到了。他觉得自己的手脚被什么东西捆绑住了。他又急又气，最后，坐在亮亮的房檐下痛哭起来。

邻居们从黑夜里围过来，大家以为这两家人又打架了。村长嘴里叼着香烟，睡眼惺忪，看看亮亮屋内的灯黑着，只有靠靠一个人坐在房檐下哭，很奇怪，问靠靠说，啥事都没发生嘛，黑天半夜你哭的什么丧？

靠靠仍旧坐在房檐下哭，他说，没有啥，我知道没有啥，我不舒服我想哭。

村长说，官司你不是打赢了吗？该判的也都给你判上了，你还有啥不舒服的？

靠靠哭得更厉害了，哭了几声，突然从房檐下跳起来，对着亮亮的窗户骂道：亮亮你个狗日的，钱算什么呀！你怎么就弄得我这么不舒服呢！你就不能让我心里舒服一点……

艳婚记

1

姐又一次提起小放的婚事时，小放当时正躺在城里医院的病床上。姐捂着脸站在床边，想哭，但没哭出来，她说，小放，咱们回家吧，你看你早都该结婚了，我们回家去给你结婚吧。

小放一动不动地躺着，全身缠满纱布，像一截硬邦邦的树桩。听了姐的话，他眼皮猛烈地跳动了几下，睁开眼看着姐。姐于是就看见了，他的目光是疑惑的，他并不相信姐的话。他说，姐，你就别骗我了吧，我身强力壮时都没有人肯嫁给我，如今身子败成了这样子，谁还肯和我结婚？除非人家是傻子！

姐这天表现出了少有的自信，小放的话没有说完，她就把手里一个紫色人造革提兜抬高点，在他眼前晃了晃。姐说，你怎么这么傻，你现在不是成有钱人了嘛，你有了这么多钱，还愁没有人肯嫁给你！就算七仙女也是爱钱的，你就放心和姐回家好了。

姐从乡下来的时候，她的紫色人造革提兜尽管华丽，却是干瘪的。眼下不同了，那里面塞满了钞票，像一副酒足饭饱的肚子。这都是姐许多天来东奔西走的结果。一个月来，她去小放打工的建筑公司吵闹过，去政府门前喊冤，去信访局、电视台、报社，去所有能进入的机关和单位，差不多和整个城市闹翻了天。总算没有白费工夫，她心满意足地为小放讨来了赔偿款。

这不是你偷的，也不是抢的，是他们心甘情愿赔偿给你的。姐现在说，有了这些钱你什么干不成？你想干什么就能干什么了。姐的嘴唇忽然哆嗦起来，她必须用两个指头同时把它们压住，才勉强能继续说话。她说，爹在乡下开始给你张罗了，爹说了，一定给你找个上等人样的媳妇。姐终于忍不住号啕大哭起来。她嗓子眼一哽一哽的，像有什么东西拼命从里面挤蹿。她哭得弯下了腰，手把宝贝提兜使劲掐着，像掐着仇人的脖子，眼泪流水般往衣服上淌。

卫卫不知所措地在窗户前站着。卫卫是小放的伴儿，他们一起从乡下到城里来，又在同一家单位打工，他是被老板专门派来医院照管小放的。但是自从对象张小红出事以后，卫卫其实连自己都照管不了了，呆头呆脑的，一天到晚只知道傻乎乎在窗前站着。

小放在枕头上转过脸，叫了卫卫一声。小放的意思很明白，他想让卫卫劝劝他姐。姐一哭就没完没了，听得人心烦。另外，病房里还有一个病人，他不想让姐的哭声影响了别人。

卫卫从窗前走过来，他一看见病床上的小放，眼睛就慌忙逃开。他低着头走到床边，目光始终盯着床下一个红色的塑料盆。他把塑料盆从床底下拉出来，从小放腰上抽出一根胶皮管子，把管子的一头放进塑料盆里。做完这些，他回身又向窗前走去，很快又把自己镶在了窗框里。阳光从窗户上照进来，映照着他蓬乱的头发和黑红色的耳朵。他的耳朵支棱着，他在听。他想他很快能听到一股绵软的水声了，他最后什么也没有听到。

我不想撒尿。小放有气无力地说，我想撒尿就会告诉你，但是我现在不想。

卫卫和以前比起来，的确傻到家了。他以前可不傻，又机灵又有眼色，不然张小红也不会看上他。可张小红出事后，他就再也机灵不起来了。

姐的呜咽声把对面床上的一个老头搞得心烦意乱了，他伸出干瘦的手，鸡啄米似的点床头的按铃。几个护士从门外跑进来，东张西望，又一路小跑着出去。接着她们又跑回来，手忙脚乱摘下老头床头的氧气罩子，打算给他戴上。老头愤怒地呵斥了一声。就在这时，几个人从门外走进来了。

小放不用看就知道，走在最前面的是他们的老板。老板来过几次，都是和姐商量他出院的事。他一直不想出院，他原本打算在城里奋斗三五年，给乡下盖了房子，然后再娶个老婆，这辈子好歹就算是有着落了。但老板不同意他的设想，老板说你现在都成这样子了，还待在城里做什么？姐也在一旁劝他说，小放，我们还是先回乡下给你结婚吧，结完婚，你以后身体好了，还可以再回来。他就不说话了。姐站在老板身后，又给他晃动那个紫色的提兜。他明白姐的意思：他现在已经挣了那么多钱，继续留在城里是没有多大意义了。

老板说——老板拖着鼻音，听起来像是感冒了，他说，这种事是谁都不想看到的。老板咳了一声，走到门外去，在墙角里吐了口痰，然后又回来。他接着说，唉！不是我这个人不好，主意是你们拿的，丑话已经说在前头了，给赔了钱病就不给看了，以后是死是活都和我没有关系了。

姐抹去了眼泪，姐说，以后什么也不用你管了。他到城里来打工是为了挣点钱讨个老婆，现在好了，我们回家去就把他的心愿给了了。

老板向病床边走来，像个大人物那样伸出手，想抚摩一下小放的脑袋。他的脑袋猛然间朝墙上撞了一下，发出沉闷的响声。老板短粗的胳膊后来就停在了半空中。

2

车在路上颠簸了三个多小时，到村口时，天早就黑严实了。村口围聚了许多人，人们在车灯的指引下在村街上涌动，最后聚集到小放家的门口。爹在门外站着，手放在额头上，他在用这种方法抵挡车灯刺眼的亮光。车在门外还没有停稳，爹的手就过来了，用劲在车门上抠，他不晓得怎样打开车门，只是一个劲儿在抠。围观的人比他聪明，最先从门缝里挤进来的不是爹，而是众多好奇的脑袋。车灯熄了，街道上恢复了夜晚的黑暗。几束手电筒的亮光穿过玻璃照进面包车的车里，光线像游魂一样在车内浮动。

死了？有人说，活着还是死了？

人们都怀疑面包车内拉的不是从村庄走出去的小放，而是他的尸体。小放是从城里六层高的楼房上掉下来的，从那么高的楼上掉下来，万万是没有活的希望了。

泰和那家伙又有生意可做了。有人在黑影里说。

只要一死人，泰和就该发财了。又有人说。

泰和是个开花圈店的，泰和的生意是把纸做成花圈和高高的纸幡，然后卖给死了人的人家拿到坟地上去烧掉，那就是他的生意。

围观的人群乱哄哄的，女人们胆怯地躲在一边叽叽喳喳；男人们嘴里叼着纸烟，把脑袋次第朝着从面包车上抬下来的木板伸过去。

夜晚很黑，天空的星星显得异常明亮。小放从木板上一看见星空，就再也舍不得把眼睛移开。他已经很多天没看见过星星了，他喜欢它们。他在城里一看见星星就想起乡下，想起乡下的家和爹，但现在，一看见它们却想起了城里，想城里路灯，街道，还有街道两旁灯火辉煌的商店。他还想起了张小红，张小红每次来找卫卫的时，都在工地前边一家商店的灯光下站着。她的眼亮晶晶的，比天上星星还亮。不要说卫卫了，小放一看见她脚都像踩在了棉花上，整个晕晕乎乎的。因为她的漂亮，还因为她是伙伴卫卫的对象，所以他每看见她都感到局促。他想，他什么时候能像看星星那样毫无顾忌地盯着她的眼睛就好了，他就是世界上最幸福的人了。当然，他知道这是不可能的。谁也想不到那么洋气的一个姑娘，竟然也是从乡下来的，她是张家堡子人，那个村儿离他们村不到五里。小放现在想知道，爹在家里会给他找个怎样的姑娘，有张小红那样的脸蛋和身段吗？

小放看见了爹迟到的脑袋。爹是费了好大劲儿才挤到跟前的，他们现在离得很近，几乎鼻子碰到了鼻子。一些清凉的东西从上面滴下来，滴到他脸上。他叫了爹一声，爹粗重地喘着气。他本来想问问爹关于对象的事情，但爹的喘息声越来越重，像家里破烂的风箱，他只好把到嘴边的话又咽回去了。

街道上很冷，风无声无息地从脸上扫过。爹在黑暗中指挥姐和卫卫把床板往家里抬，姐和卫卫都太笨了，根本抬不进去。爹指挥着他们反复折腾了几次，仍旧抬不进去。爹在黑夜里开始骂人，他总是在自己无能为力的时候，就一反常态地胡乱骂人。他边骂边从姐手里接过床板的一头，明知道自己在枉费心机，可仍然企图把木板侧着从门口挤进去。最后，他终于放弃了。他知道如果他继续一意孤行，到头来抬进门的就只会是一块空荡荡的木板。他气喘吁吁地蹲在了地上。

三叔手里提了一把镢头走过来，他挥起镢头向门框上挖去，爹没有拦住，门“哗啦”一声倒在地上。

现在好了。三叔说，好赖回村儿了，总不能把尸体停放在大街上吧！

面包车在门外启动了，街道上亮起一道白光。

姐在黑夜里忽然从家里冲出去，大喊着去追赶面包车。幸亏街道凹凸不平，面包车跑得很慢，让她在村中间撵上了。她扑进车门把一个东西从座位上扯下来，那是她的人造革提兜。回来的路上，她一路都把它紧紧抱在怀里，生怕它长了翅膀给飞了。

3

姑姑说，得四万六。

姑姑是站在院子里说这话的。院子的一面墙上搭建了一个厨房，厨房一面是空的，爹和姐坐在厨房里。姑姑进门后没有多余的话，她只是说，得四万六。

这是财礼钱。讨老婆虽然不是买东西，但有时候和买东西差不多，得花彩礼钱。

爹说，贵了。

姑姑说，哥呀，你以为这是什么年代了！不要说小放挣了钱，有人从煤矿上回来，挣的钱能塞满一棺材，也不一定能找到一门亲。这家人是姑娘在城里待过，姑娘的意思要找个在城里待过的，这么着才轮到咱们小放了。

姐坐在厨房里拉风箱。姐说，四万六就四万六，姑，你早点给定了吧，再晚怕来不及了。

姐又说，爹，不是赔了四万吗，小放他要钱做啥，只要能把小放的亲事撮合成了，花五万都行。

小放在屋子里喊道，姐，你就别穷大方了，一共才四万块钱，要给爹看病，还要给家里盖房子，不能为小放的事把钱给折腾光了！

外面一时间静下来。风箱声也停下了。

姐从门口走进来，站在土炕边上。她的眼睛又红又肿，像两颗成熟的樱桃。她说，小放，你好好在炕上躺着，别的事你不用管。姐说了给你结婚就给你结婚，你只管躺着就行了。

小放说，你告诉姑姑，四万六太多了，不能花那么多钱。

姐说，说过你不要管了，这些事你就不要再管了。

姐扭身向门外走了。姐回到厨房以后，外面说话的声音就小了许多，小放再怎么努力也听不清楚了。

姐从外面抱了一大堆柴火，要把土炕给小放烧暖和一些。小放说，姐，我一点儿也感觉不到冷，我是不是快要死了？你们不要给我忙活亲事了吧，我大概活不久了。姐说，别说傻话了，你会好起来的。小放仍然有点担心，他怕万一家里给定了亲，自己却死了，浪费了钱不说，不是白白把人家姑娘也给耽搁了？他说，姐，要不相亲的事再缓一缓吧，等我好了后再说。

姐不再接他的话，贪心地把一堆柴火全塞进炕洞里，用一把扇子在扇。

姑姑是过了一天又来的。她仍旧站在院子里，对爹和姐说，还是得四万六。

姑姑的话像一块石头掉到井里，很久没有回音。

末了，爹才说，泰和真是个狗日的！一点儿都不能少了？

姑姑说，一分一文都不能少。泰和说了，再少这门亲就不给小放说了，后边很多人排着队，都是从煤窑上回来的，钱多的是……

姐忽然哭了。她说，都怪我，怪我在城里不会办事，给小放要的赔偿款太少了。

爹叹了口气，边咳嗽边在地上磕烟锅。他说，怪你啥？人家给赔了四万不少了，我是骂泰和是个狗日的。

姑姑说，泰和说了，今天再不给话，这事他就不管了。

他们在院子里说话，小放躺在屋内的炕上，头发一根一根在头顶竖起来。他想姑姑是不是老糊涂了，还有爹、姐。泰和是什么人他们不是不知道，他是个扎花圈的，是个一天到晚坐在公路边上用破花圈伺候死人的。自己又没有死，怎么能轮到他来伺候。结婚是多喜庆的事，为什么要找他来说媒，那能喜庆起来吗？一群糊涂虫！

他们的做法搞得小放的情绪十分败坏。他这天一整天都闭着眼躺在土炕上，和谁也不说话。爹进来了几次，他没有搭理。后来姐也进来了，他同样没理睬。他就那么气鼓鼓地躺着。姐在屋子里站了一会儿，走过来，用手摸他的脸，她越摸他脸上的眼泪越多。她自己的鼻子也就酸溜了，身子一软伏在了炕边上。

小放睁开了眼，他说，姐，你们不要浪费钱了，叫泰和给我用纸糊个媳妇不就好了。

姐立时变得眼泪汪汪，她说，小放，你不要生气，姐知道你为什么生气，可泰和不是个坏人，再说他现在不做花圈了，改给人说媒了，你生什么气呢。

小放听了这话，扑哧一下笑了。那你怎么不早说？他责怪姐说，我以为我快要死了，所以你们才找泰和要给我糊个纸媳妇呢！

姐也破涕为笑，轻柔地在他脸上摩挲着。姐怎么会骗你，不会是纸糊的媳妇，一定是真媳妇。姐说。

小放长长出了一口气，心里一高兴，就想和姐说点什么。小放说，也难怪爹骂泰和，我小的时候，泰和做花圈买不起彩色纸做花，就叫我们到田野里去采野花给他用，红的黄的，我们一个下午能采一大堆，他把那些花用一根铁丝拴起来，然后绑到花圈上去卖。他说好的采了花每人发一颗糖吃，可到最后只发给每人半颗。泰和就爱骗人……

姐抿着嘴，笑着笑着眼泪又出来了。她说，姑姑和泰和说妥了，这回他不会骗你了，再骗你姐也不会答应。

4

泰和带着一群人到家里来时，卫卫正在小放的炕头上坐着。卫卫阴沉着脸，半天没有说话，一会把头低下，一会儿又抬起来，半张着嘴巴，呆愣地看着窗外。窗外正在下雪，大片大片的雪花从门口扑进来，给进门的地方铺了一层耀眼的白。

卫卫说，他们要给你成亲了。

卫卫的话说得小放有些不好意思。小放看见卫卫的脑袋拧过去，眼睛通红，鼻子一耸一耸的。他知道自己的婚事勾起了卫卫的伤心。按说卫卫早就该结婚了，他进城的那年，卫卫已经和张小红谈了多半年对象。从头算起来，他们前后谈对象的时间两年还要多一点。可谁知道张小红后来就出事了呢！

张小红是在发廊里出事的。她进城后刚开始在发廊里理发，后来就不理了，做保健更赚钱，就改给人做保健。这生意原本很稳定的，虽然和男人们的接触多一些，卫卫不吃醋，张小红自己又能把握自己，何况挣钱又多，算不上什么坏事情。卫卫平时在工地上干活，一到周末，就去发廊对面的柳树底下等她。卫卫挺骄傲，卫卫说，有张小红给我挣钱，我们很快就可以在乡下盖结婚用的新房了。卫卫的想法和小放一样，也打算在城里苦干几年，然后回乡下过舒心日子去。可惜的是，张小红却不这么想，她是发誓要留在城里。她说，乡下有什么好，生活又单调又不卫生，我以后死也要死在城里。卫卫顶嘴说，城里的房子那么贵，我们怎么能买得起，不要说房子，就是死了城里连我们的坟地都没有！张小红心气很高，张小红说，那不要紧，以后有了钱什么都有了，所以要好好挣钱。她于是经常加班，一干就干到三更半夜。她是在一天后半夜里被一个男人用刀子捅死的。男人乍看着像个平常的顾客，进门后用一把刀子见人就捅，一共捅死了两个，张小红算一个。那个男人是谁？和张小红有什么关系？没有人知道。男人捅完人后逃之夭夭，事情就再也弄不清楚了。据说张小红家里人为这事在城里闹得厉害，不安葬人，把她的尸体一直放在医院的冰柜里。

张小红挺可怜的。小放看着卫卫，觉得卫卫和张小红一样可怜。自己终于要结婚了，卫卫以后怎么办呢？他很为卫卫担心。他猛然想起了另外一件事情，担心陡然间就更甚了。卫卫不是还要回工地上去吗，有件事他得给他叮咛，他得提醒在工地不要只顾着干活，还得小心飞在天空中的鸟，他就是被一只鸟撞到眼睛上，眼前一黑从架板上栽下来的。他说，卫卫，你回去后给老板建议，叫他给工地的四周围上网子，那样鸟就不会随便乱飞了，要不然以后再撞到你眼睛上怎么办？卫卫回过头看着他，眼圈一下子红了。小放说，这话你一定要记住，以前城建局的人就那样给老板说过，可老板就是不听，你回去再给老板说说。

卫卫点了点头，卫卫的头刚抬起来，看见泰和带着一帮人从门外进来了。

泰和穿着一件大红袍子，上面落了不少雪，手里拿着一个用花花绿绿的纸糊成的棍子，一进门就吹胡子瞪眼，在屋子里胡乱舞弄起来。

空气里响起一阵虚假的沙沙声。泰和的红袍子也是用纸糊的，已经被雪花淫湿了，露出星星点点的红，像涂抹了鸡血。一群人围着泰和看，姐和姑姑也在其中。泰和舞个不停，血红的东西甩到墙上，地上，还有小放发烫的脸上。

泰和舞弄一毕，姐晕厥地扶着墙，姑姑拉着她的一条胳膊。姑姑说，别哭了，别哭了，新人进门，婚礼就要开始了。人群一闪，门口亮了一下，几个人从外面拥进来，夹带着屋外的寒气，身上披着银色的雪片。这些人把一个漆黑的柜子放到屋内的地上。小放眼睛一花，末了才看明白是一口棺材。

屋外响起了怪诞的风声，卷着雪花从窗缝里灌进来。

这一切简直太荒唐了，明明是要结婚，他们抬棺材干什么？难道是自己真的已经死了，这是来装运尸体的。小放看见卫卫和他一样目瞪口呆。卫卫一定吓坏了，身体紧贴在一面墙上。几个人把棺材在地上摆弄好，棺材就稳稳当当和小放并成一排。

爹站在屋檐下哭，哭声搅着风声，听起来飘忽而苍凉。泰和对着棺材又开始手舞足蹈，口里念念有词。爹边哭边在屋檐下擤鼻涕。姐显得比姑姑还要衰老，在姑姑的搀扶下，艰难地走过棺材和土炕之间的过道，又来到小放跟前。姐伸出手，冰凉的手放到小放热气腾腾的脸上。

姐说，小放，现在你可以安心地走了。你在医院里就该走了，姐知道你闭不上眼。现在好了，给你找的媳妇叫张小红，是张氏堡的姑娘，人样又好又贤惠，有她陪着你，你到那边再也不会孤单了。

卫卫猛地哭出了声，挤出人群发疯般向门外跑去。

姐把手放在小放眼上，抚了一下，又抚了一下，想把他的眼皮给合上。

小放本来有许多愤懑的话要说出来，但不知怎么搞的，他心里清清楚楚，却什么也说不出口。他想把卫卫叫住，他得告诉他，张小红永远是他的人，他虽然有时候也梦见过她，可从来没想过要把她夺走。世界很安静。他一个人叫了许多声，卫卫也没有回来。他已经没有多少力气了，但还是扭过头看了看身旁的那口棺材。躺在里面的张小红一定很委屈，她有那么多的心高气傲的梦想，怎么会安心和他躺在这里呢？她应该回到城里去，穿着漂亮的裙子，走在光滑干净的街道上，要么，就和卫卫一起去公园里玩耍，在茂密的树丛里搂抱着度过美妙的黄昏或夜晚。可现在什么都不可能了，她只能那样毫无生气地躺着。

外面仍在下雪，大片的雪花不时从门口抛进来。

小放听见了雪花从天上下坠的声音，听见了树枝、围墙，还有冬天干硬的地面被雪压迫的轧轧声，也听见了自己在土炕上的叹息。他在合上眼睛的那一刻还在想，自己怎么一有钱就抢了卫卫的女人？假如他有一天来质问他，他该怎么回答呢！

小偷来喜的爱情生活

不管刮风下雨还是烈日当头，来喜每天都有件雷打不动的事情，就是在午后两点左右，乘坐19路公交车赶到滨河路。那里有个富丽苑小区，小区里有一处假山，下午三点钟的时候，他会准时坐在假山一侧的凉亭上。这件事情已经持续了很长一段时间。对来喜来说，这本身不是一件事情，而是一种生活，一种能让乏味的日子变得有滋味起来的生活。一般来说，当来喜在小区的凉亭里坐定，要不了多久，或许五分钟，或许十分钟，凉亭斜对面的一面窗帘就会拉开。来喜每天从城市西郊租住的民房赶过来，唯一的原因，就是等着窗帘拉开后和站在窗内的女人约会。

有很多回，来喜在心里自问道：这样算是约会吗？之所以会产生这样的疑问，是因为迄今为止，他还没有真切地看过那个女人。在夜晚的床上，在往返富丽苑小区的路上，在无数次对约会的咀嚼和回味之中，他一直想把这个女人想得清晰一些，有质感一些，但除过大脑中闪过一个人的名字，其余都是徒劳。那个名字叫“王小花”。他虽然清楚地记得“王小花”这个名字，但回忆仍然是模糊和朦胧的。来喜有时也想，爱情是什么？爱情本来就是看不见摸不着的，是一种感觉，感觉有了，自然说明爱情降临了。或许正是基于这样的认识，几个月来，他对于奔赴约会一直热情不减。

来喜和这个女人的约会，确切地说，是和一个影子的约会，是从夏季的某一天开始的。

那时候，来喜用了很多天在富丽苑小区所在的滨河路一带踩点儿。踩点儿是件烦琐辛苦的工作，你要观察小区周围的环境，还得留意出入小区的人。有时候，外表给人的印象是虚假的、不可靠的，几栋外形别致的家属楼，兴许只是个经济适用房小区，里边的住户不是下岗工人就是低保对象，家里一贫如洗。对富丽苑小区观察的结果，来喜感到很满意，充满信心，决心在这个新开辟的阵地上大干一番。他那天拎了个棕色的大旅行包来到小区的时候，上班时间已过，但小区的路上仍不时有走动的行人，大概是午睡睡过了头，一个个行色匆匆，把自行车铃声摁得炸响。在等待机会的那段时间，他就一个人在小区的院子里溜达。

午后的日头很毒，不一会儿工夫，热得他满头大汗。后来，他就坐在假山一侧的凉亭上乘凉。来喜在凉亭上刚一坐下来，突然感到浑身燥热，如坐针毡，第六感觉告诉他，他被人盯上了。他吓了一跳，心想不会吧，不会这么快就被人盯上，再说了，眼下他可是什么都没有干呢。他打量了一下自己，想看看有没有什么露出破绽的地方。没有。他这会儿的模样最多像个走亲访友而找不到家门的人，和常人没有什么两样。但是他还是相信自己的感觉，他的感觉是敏锐的、职业性的。他用了很长时间寻找那双让他不安的眼睛。一根烟过后，他发现盯着他看的，原来是一个站在窗前的年轻女人。

女人站在一楼的一扇窗户后边，窗帘露出一道缝隙，不大，仅够她露出自己的一张脸。她看样子却并不想露出脸，站在缝隙处，和窗户保持一点距离。午后的阳光经过窗帘的过滤照在她脸上，她的脸上便浮现出一片清淡的光影。看见女人的那一刻，来喜的大脑高速运转，像一台开足马力的机器。几秒钟之后，他就把各种潜在的危险一一排除了。女人很年轻，二十多岁，看起来并没有什么恶意。怎么那么眼熟呢？来喜心里嘀咕。他又观察了一阵儿，突然就想起来了。单从脸部的轮廓来看，她简直就是自己以前的恋人王小花。

来喜以前的恋人叫王小花。他们的恋爱是好几年前的事了，那时候来喜还不是个小偷，是乡下中学里的一名学生。王小花和他一样，当时也在上学，他们是同学。在高考即将来临的那个酷热的夏天，他和王小花一起辍学了，辍学的理由很简单，不是担心考不上大学，而是担心万一考上了，让家里人为难。按他们两人的学习情况，当年要考上大学几乎没有什么问题，问题是，家里都很穷，即便考上了也不可能供给他们。在辍学后那段情绪糟糕的日子里，他和王小花时常相约在通往学校的路上见面，那是一片广阔的麦田，他们肩并肩坐在田垄上，长久仰望天空。那是一段失落和困惑的日子，两个徘徊在人生低谷中的人恋爱了，爱得很简单，也很纯粹，一起打发了那段百无聊赖的日子。一年过后，像村里许多姑娘一样，王小花去了南方打工，他也来到了城里。他们仍然用手机短信维持了一段时间恋爱关系，直到有一天，王小花从他的生活中消失了。那是来喜第一次失恋。最初他不明白王小花为什么会突然不理睬他，后来从一个同学口里才知道，王小花知道他当了小偷，她厌恶小偷。再穷我也不会嫁给一个小偷。王小花对别人这样说。

她真是王小花吗？来喜坐在富丽苑小区的凉亭上想。据说王小花后来嫁给了南方一个老板，是她忍受不了南方的生活又回到家乡这座城市？完全有可能。在来喜的记忆当中，王小花对于打工的那个地方是有许多怨言的。来喜觉得心底有什么东西被勾上来，温暖？憧憬？惆怅？似乎都有一点。在城里的这些年，他享受过了城市里的各种生活，有钱的生活和没有钱的生活，周末生活，夜生活，还有性生活，但是却再也没有过爱情生活。在城市这个汪洋大海之中，爱情和他这样的人是无缘的，他最多只能靠回忆和王小花的爱情来打发心里的落寞和焦渴。

从那天起，来喜开始一次又一次地赶往富丽苑小区。他没有心思干偷窃的营生，一心只想着站在窗后的那个女人。他每天下午三点都会准时见到她。她像一只囚在笼子里的鸟，每天下午都会定时站在窗前放风。隔着一扇窗户玻璃，她永远都是模糊的，脸上的表情也是叫人琢磨不透的。有一点却很清楚，她并不讨厌来喜，只要来喜一坐在凉亭上，她就一直面朝着他，好像在目不转睛地看他。来喜感到很满足，也很快慰，他很久没有享受过被一个女人注视的待遇了。

来喜的约会进行了三天，第四天的时候，他突然在女人的注视中窘迫起来，面红耳赤，不知所措。他无意中看见了放在脚下的旅行包，旅行包像个标签，揭示着他不为人知的身份。就算再善良的女人，怎么可能接受一个小偷呢？以前和王小花的事给了他很深的教训，他不能让这个不光彩的尾巴老是盘踞在脚下，从而影响自己的约会。以往，来喜总要等到下午六点左右女人离开窗户后才从凉亭上起身，那天，他像个做错了事的孩子，早早就拎着包逃跑了。

来喜回到租住的房屋，下决心把旅行包往床下一扔，生活的来源就彻底被斩断了。他很快感到了经济上的拮据。本来就没有什么积蓄，往常在城里挣的钱，一部分供自己开销，一部分寄回乡下的老家，眼下每月二百元的房租，吃饭，置办换季的衣服，往返富丽苑小区的车票，这些一时间都成为沉重的经济负担。生活中出现了爱情的曙光，尽管手头紧了些，来喜仍决定放弃以前的生活，他不想再当小偷了。为了约会，为了爱情，为了不在每次约会时自惭形秽，他决心要换一种活法。

离来喜住处不远有个公园，公园附近有一处建筑工地，他以前光顾过那里，也顺手牵羊拿走过几条钢筋。现在，这里九层的主体工程已经完工，剩下些室内粉刷的活儿。他成了这里的一名粉刷工。粉刷活他过去在乡下干过，没有什么技巧，就是脏一点累一点。他把报纸叠成斗形戴在头上，提着涂料碌子在工地上干了一个上午，到了吃午饭的时候，就和一帮工友围聚在工地的临建房门前。刚端起饭碗，看见对面楼房的窗户，他忽然身上打了个激灵。他想起了他的约会，他是每天下午都要去约会的，根本不可能把全天的时间都消耗在工地上。

这时候来喜才明白，把白天交给约会，就应该找一份夜晚上班的工作。那样的话，他夜晚上班，中午睡觉，下午约会，生活显得充实而又有条理。

这样盘算好了，他后来就成为火车站货运处一名上夜班的搬运工。三年前，来喜刚进城的时候，曾经就是这里的搬运工。这是一项全凭力气的活儿，一个班下来会累得人半死。他在这里干过半年，那半年曾经给他留下了非常痛苦的记忆。嘈杂的人群，永远清除不掉的汗臭味，霉味，呕吐在地上的脏物被太阳蒸发出来的臭气熏天的酸味。时常一个夜晚要搬运上百个行李包，偶然发困，刚靠在行李包上迷瞪住了，到站的火车吼叫起来，接着又是广播声，杂沓的脚步声，车轮开动时的轰鸣声，简直没完没了。但是，在城市很难找到一份能为他的爱情开绿灯的工作，几乎没有选择余地，他又回到了货物堆积如山的行李房。再次成了搬运工，来喜惊奇地发现，原来这份工作并没有记忆中那么可怕。熙熙攘攘的人流和彻夜不灭的灯光，不但一点儿也不让人感到烦乱，相反倒让人产生出异常温暖的感觉，好像一个离开人世的人，又回到了生气勃勃的人间。看来记忆并不都是可靠的，记忆有时候也会发生扭曲和偏差。

夜晚的工作虽然繁重了些，第二天约会的时候，因为心地坦荡，来喜显得精神抖擞。气色一好，他脸上也焕发出青春的光彩，每次约会结束时，都惹得站在窗前的女人恋恋不舍。来喜也越来越留恋这个女人，她成为他夜晚劳作的动力，成为他时刻在心里惦念的宝贝，成了他生活的全部内容。每次在她离开窗户之后，来喜都要看着她屋内的灯光在夜色中亮起，才怅然地转身离去。他不知道这样的日子何时才到尽头。他很多次鼓励自己勇敢一点，再勇敢一点，用某种方式把自己的爱情大胆表白一下。后来，他就把希望寄托在了第一个月的工资上。他想，等第一个月八百元的工资下来，他一定要买一盆花，买一盆清清爽爽的、清香洁净的玉兰花，让它在她的窗户下热烈地怒放。他相信她会明白自己的良苦用心。

发工资的日期，是来喜扳着指头一天天等来的。这一天越来越临近，眼看着只剩下两天，他抑制不住内心的激动，这天下午，很早就来到富丽苑小区，想把自己的喜悦和站在窗后的女人一起分享。他不到一点就坐在假山一旁的凉亭上，一直等到下午六点，她却一直没有出现。这种情况以前从来没有发生过，来喜一点儿思想准备都没有。他站在夜色中等待着她屋内的灯光，他心想只要灯光亮了，他就可以安心去上夜班，然后明天再来。他一口气又等到夜晚十二点，灯光仍然没有亮。他再也没有心思去火车站上班，魂不守舍地回到租住的房屋，整个夜晚，他一秒钟也没有合上眼睛。

第二天，来喜像先一天一样很早就来了，她又一次失约，屋里一片漆黑。

第三天，情形仍和前两天一样。

来喜觉得自己快要崩溃了。他后半夜一回到租住的屋子就开始发烧，头昏脑涨，在床上翻腾了半夜。他不知道她为什么会失约，出了什么事吗？她每天都生活在他的眼皮底下，会出什么事呢？是她搬走了，搬回南方去了？或者是，迁居到另外的楼房里了？似乎都不大可能，因为没有任何搬家的迹象。窗帘尽管紧闭，却仍是原来的窗帘，门口也看不到有新的房客出入。那究竟是为什么？在他的胡思乱想中，所有的假设都既合理又荒谬，既可能又不可能。他一夜未睡，很早就从床上爬起来，天色微明，坐当天的第一趟班车又去赶赴约会。

刮风了。秋天里时常刮风。凌厉的风像一只无形的手，把满地的落叶抓起来，在空气中搅动一阵，然后有力地抛向凉亭，抛到来喜的头上和身上。他披挂着落叶和灰尘的样子一定很滑稽，惹得小区里的行人走到近前都忍不住停下脚步，用奇怪的眼神打量他一番，然后才摇摇头走开。风整整刮了一天，到深夜才渐渐平息。她家里的灯光仍没有亮起，而其他人家的灯在夜晚十二点过后纷纷熄灭。星星从云层里冒出来的时候，来喜抖了抖身上的树叶，枯叶坠地的声音，像绸子在静夜里的撕扯声。他从凉亭上站起来，拨开脚下的树叶，拎起他早晨带来的旅行包。几乎是毫无意识的，他走进黑洞洞的楼道，来到女人的家门口。把包里的钢丝和钳子拿出来，往钢丝上滴了几滴菜油，不到一分钟，女人家的防盗门就“咯噔”一声被捅开。

来喜在墙上摸到了开关，摁了一下，头顶的吊灯亮了。橘黄色的窗帘静静地挂在一面墙上，灯光一照，给屋内映射出一片辉煌的亮光。这是一套两室一厅的住房，从屋内的陈设看起来，简单雅致，像一个单身女人的住处。他在屋子里转了一圈，打开了所有房间的灯，屋内空无一人，很显然，她不在家。他一进门就闻到一股扑鼻的清香，香气扑面而来，沁人心脾。虽然几个月来他和她都在隔窗相望，但是从这种气息里他仍能嗅到她的味道。他坐在松软的沙发上，在这个陌生的屋子里让自己陶醉了很长时间。不久，他不满足了，他的屁股离开了沙发，脚步向她的卧室里挪动。他被更加浓烈的气味包围住了，他躺在了她的床上。

他在女人的家里一共待了七天。七天的等待当中，他满怀着焦虑和怨愤。他不能相信一个正在热恋中的人会这样无缘无故地不辞而别，是移情别恋还是本来就不爱自己，只是拿他开心？他又一次想起了王小花，虽然屋子里没有任何东西能表明这个人是王小花，他还是一定要等到她回来。他要底气十足地质问她一句：我如今已经不是小偷了，你这么做又是为什么呢？

七天里，他一步也没有敢离开房间。他惟恐她在短暂的瞬间出现，然后又重新消失。生命中最重要的东西已经来临，他觉得稍有不慎就可能永远流逝。七天漫长的等待中，他饥饿难耐，把家里能吃的东西都翻腾着吃了。巧克力，夹心饼干，绿茶瓜子，杏干，话梅，最后连厨房里的萝卜和生土豆都没有放过。

七天过去了，她仍没有回来。

来喜突然有些担心起来，觉得过去几个月发生的，是不是自己的一场梦？那个站在窗前的女人，那个模样俊俏长着一对勾魂眼的女人，和自己有关系吗？她或许根本没有注意过他的存在，不知道有个男人为了她每天都坐在窗外的凉亭上。要真是这样，自己眼下这算是在干什么？撬开防盗门闯进一个陌生人的家，这不是小偷吗？他害怕了，感到屋内的一切都变得龇牙咧嘴的，透露出一种阴森不祥的气息。

他从沙发上跳起来，飞快地在屋内四处翻检了一遍。女人的床头柜里有两条项链，梳妆台的抽屉里，有一枚戒指，一块精致的女士手表，衣柜的角落里还有一部照相机。他从进门的玄关处拎起旅行包，旅行包一拉开拉链，就像一张饥饿已久的嘴，把这些统统吞进。完了，他又把客厅里的影碟机的连线拔掉，把影碟机也塞进包，然后向门口走去。

走到门口，他最后看了一眼屋内。一切都结束了，陌生的恋人，陌生的家，这一切都和他毫无关系了，只是让他白白浪费了几个月光阴。

他现在很平静，站在门口小心翼翼地打开了防盗门。一想起屋外阵阵发凉的秋风，他下意识地拉紧了外衣的领口。门打开的一瞬间，一个穿着红色风衣的女人差点和他迎面碰上，女人手里拿着一串钥匙，看样子正准备开门。在她身后站着一个身材高大的男人，他们有说有笑着，猛然看见了来喜，两个人脸上的笑容立刻就凝固了。

“呀！小偷！”女人尖叫一声，钥匙掉到了地上，声音尖锐而响亮。

女人一扭身向男人身后躲去。

来喜还没有明白是怎么回事儿，一瞬间工夫，男人扑过来了，一阵拳打脚踢，来喜很快就感觉自己的脸贴到了冰凉的水泥地面上。

灯　光

保安董卫峰在门卫室里看了一会儿电视，电视是他最喜爱的小品节目，他边看边笑得前仰后合的，几天来的烦恼差不多就抛到脑后去了。

他这几天正和对象王玲闹着别扭。那天王玲突然问他，我过生日你准备送我什么礼物呀？王玲要过生日了，他当时一高兴随口就说，送你个MP3吧。王玲爱唱歌，他觉得给她买个MP3挂在脖子上是最合适不过了。但是他后来却没有兑现自己的诺言，因为他口袋里满打满算不到六十块钱，最多只能买个中等档次的生日蛋糕。他拎着生日蛋糕去王玲的宿舍里给王玲过生日，王玲就生气了。王铃倒并不是嫌弃他穷，她自己是个临时工，父母在几年前就下岗了，家境也不富裕，她只是觉得在这件事上董卫峰不像个男子汉，所以从那天起就有意和他闹别扭。这件事从根本上来说，其实还是自己太穷了，一个乡下来的穷保安，一个月只有五百五十块钱工资，除过穿衣吃饭，哪里还有钱买几百块一个MP3呀！但是又不能为这么件小事和王玲老别扭着吧？他这几天一直眼巴巴等着发工资，他已经决定了，在工资到手以前，在给王铃兑现生日礼物以前，他没有脸面去见王玲，要不然自己在她眼里成什么人了。

董卫峰这天看电视一直看到夜里快11点。和他一起值夜班的李军台谈了个在超市卖货的女孩，9点一过就去接那个女孩下班，估计这时候正和她在公园冰凉的石条椅子上坐着。李军台和他一样，也从来不把对象往酒吧、茶楼，或者恋歌房那类地方带，那是有钱人才去的高消费场所，他们通常都是花两块钱买两张门票，兜里再揣包瓜子坐在公园里谈恋爱。不过像今天这么大冷的天，那滋味也够他受的，一定鼻子冻得通红，边说话边哧溜哧溜吸着鼻涕。

11点过后，小区大门口的行人稀落起来了。插播电视广告的空隙，董卫峰走出门卫室，把大门上了锁。一对夫妇这时从小门外走进来，女的挽着男的胳膊，两个人都冻得缩着脖子，匆匆向小区里走去。董卫峰又锁了小门，回到屋子把电视屏幕拧过来，对着床，舒舒服服地坐在床上。他坐在床上刚看了没有几分钟，有人敲门卫室的门。这么晚了，还有人要出门？他很不情愿地从暖和的被子里钻出来，打开门见刚才进门的那一对男女在门口站着。

“是你值班吗？”男人问他。

“是我，有什么事？”他问。

“有情况，快去看看吧。”女人用双手哈着热气，在一边插嘴说。

董卫峰心里十二分不乐意。这么晚能有什么情况，他不过是个保安，就算有情况也应该打电话给派出所报案去，给他说能解决什么问题？但是小区里这些住户有时候很难缠，你尽管心里不乐意，还不能流露到脸上。

“是吗？你说说到底出什么事了？”他问。

男人就说：“目前还说不准，但肯定是件怪事。事情是这样的，我们刚从外面回来，走到楼下忽然发现二楼一户人家的窗户上有灯光，不信你去看看。”

董小峰觉得这些城里人真是脑子有毛病，别人家有灯光，碍自己什么事，又不是屋顶渗水或者下水道堵塞了，为这点小事也值得来告诉他？

他就说：“有灯光又怎么了？难道我没见过灯光？三更半夜跟着

你去看灯光?”

“问题不在这儿。”男人说，“关键是那家多半年都没有住人，房子一直空着，猛然家里有灯光你说我能不管，能不告诉你一声?”

董卫峰这时才认出来男人好像是个司机，经常开着一辆进口轿车从大门出出进进的。听他这么一说倒还真是个事儿，他于是只好把门卫室的门关上，和这一对夫妇向小区里走去。

走在路上，董卫峰问，你们是哪栋楼的?男人说，25号楼。男人又说，我们住三单元三楼，二楼原来住了个老太婆，可半年前已经死了。发现她家灯亮着我就很奇怪，起初以为来亲戚了，可敲了半天门也没人答应，这不才来给你说了。男人说完话，董卫峰打了个激灵就停住脚步。

“估计没有什么大不了的事吧，不就是灯亮着，明天我叫个电工过去看看不就完了。”他说完话就转身往回走。

“你这个小伙子，怎么一点儿责任心都没有，要是坏人隐藏在里面怎么办?”这对夫妇跟过来说。

可是董卫峰说什么也不想去了，他径直回到门房，这对夫妇也一直跟了进来。男人露出很生气的样子，走进门卫室威胁董卫峰说:“现在恐怖分子可是到处都有，要是什么人躲在里面搞破坏活动，放火，用炸药包炸楼，出了事你能承担起这个责任吗?你再不管我就打你们物业公司的投诉电话了。”

按照公司规定，被住户投诉一次查证属实的，最低处罚是罚款一百元。董卫峰本来这个月工资还没有到手已经派出去了用场，再罚一回款，那只能喝西北风了。

“黑灯瞎火的，我拿个手电筒还不行?”他没好气地对男人说。

董卫峰咣咣当当把桌子上三张抽屉全都拉开，里面乱七八糟塞了些杂志、报纸，还有值班记录扑克牌之类的东西，翻了半天也没翻出来手电筒。他眼睛瞥着电视，就不紧不慢挨个抽屉整理里面的杂物。电视上的小品还在播放着，不时响起一阵阵鼓掌声。那一对夫妇等得不耐烦了，女的说:“你是不是不想去，不去我可真打投诉电话了啊!"男的这时发现手电筒原来在墙上挂着，一把摘下来塞到董卫峰手里，拉起董卫峰的胳膊就往外走："走吧走吧，别磨蹭了，像这样子犯罪分子早溜了。"

董卫峰没有办法，刚才还希望磨蹭一会儿能把李军台等回来，有李军台做伴，心里好赖能踏实些，现在只好硬着头又出了门。锁门的时候，他问这对夫妇说："你们到底看明白没有，是不是灯亮着，别让我空跑一趟。"

"走吧，别废话了。"男人不由分说拉着他就向小区里走去。

董卫峰觉得今天怎么这么倒霉，最不想遇上的事，可偏偏就遇上了。多半年时间里，他一直都不敢到25号楼那边去，有事路过的时候也是尽量绕着走。25号楼死了的那个老太太他以前认识。其实又何止是认识，他和她简直太熟悉了，就是因为太熟悉，所以她尽管死了多半年，可一提起来他心里仍然有些怯怯的。他们之间曾经有过一段很密切的交往，当然，不是男人和女人之间的那种交往，而是一个门卫和住户之间的那种很有些人情味的交往。

他们的交往还得从前年秋天那场连阴雨说起。那个秋天的雨水很涝，停停下下，持续了有二十多天，小区门口的雨水就积了有半尺深。物业办给水里面放了几块砖头，半米一个，以便住户们进出能方便些。那时候董卫峰刚来不久，那天他值早班，看见一个七十多岁的老太太晃晃悠悠在几块砖头上走着。门口忽然过去了一辆小车，车轮子把地上的积水一碾，水立刻掀起波浪向大门里涌进来。老太太吓坏了，一只脚洇在水里，另一只脚也站立不稳了，身体左右摇摆着，眼看着就要摔倒。董卫峰连忙蹚着水跑过去，把她背起来，背到大门外边才放下来。老太太很瘦，背在身上像背了一捆干柴火。她从董卫峰背上下来后，干瘪的嘴使劲嗫嚅了一下，好像想说什么，后来什么也没说，拍了拍他的肩膀就去了菜市场。董卫峰把冲散的砖块重新拾掇起来，在水里摆放好，还是半米一块，刚好一步能跨过去。做完这些正准备去吃早饭，刚才的老太太买菜回来了，手里提了个白色塑料袋。她这回一到门口就不打算再冒险了，老远站住脚，朝董卫峰这边张望。董卫峰心想好事做到底吧，就又把她从门外背了进来。老太太进门后给了董卫峰一个塑料袋，里面是刚出笼的小笼包子。董卫峰和老太婆就是这样认识的。

这个心肠不错的老太太孤身一人在小区住着，据说曾经有个女儿，很多年前去南方做那种不大光彩的生意，老太太因此和她断绝了母女关系。她女儿生活在南方，虽说从不回家，但却隔三岔五给老太太汇钱回来。有时候三两个月汇一次，有时候一月内就汇两次，时间没有规律，汇款的数目也不确定。三百五百也汇，千儿八百也汇，好像完全随自己高兴。董卫峰和老太太认识以后，汇款单到了门房，他就很认真地给她送到家里去。老太太腿脚不大灵便了，间或也托付他去邮局帮她取汇款。董卫峰在农村养成了勤快的习惯，为人也朴实，做事又踏实又尽心，加上时常还帮老太太做些买煤球扛面袋之类的事情，很得老太太的信任。天长日久，老太太干脆连身份证也给他留在门房了，招呼他只要来了汇款就帮着取回来。作为回报，她过个一月二十天的，给董卫峰发上百十块钱的小费，董卫峰也不推辞。一来二去，关系倒也处得相当融洽。

董卫峰起初根本没想过会贪污老太太的钱。老太太对他那么信任，他虽然穷，但也不是那种见钱眼开的人，这事要说起来还得怪对象王玲。那时候他和王玲刚认识不久，正赶上过圣诞节，王玲死活都要他陪她去蹦迪。他从来没去过迪吧，经不住王玲软磨硬泡，就和她一起去了市中心的“红棉迪吧”。王铃为了给他表现的机会，还特意邀请了自己单位的几个同事。那天他身上一共揣了六百六十块钱，其中五百是老太太的。老太太的汇款单是先一天就到的，他当天中午在邮局取了钱后打算第二天值班时就给她送过去，可就在那天夜里，一下子花了将近四百块。当天虽然玩得很尽兴、很痛快，可回来后他一夜也没有睡着，不知道给老太太该怎么交代。说是借吧，说不出口，再说问谁借钱也不能借到一个老太太头上去。说自己花了？更不行，万一她不高兴在小区说出去，以后还怎么在那儿工作？翻来覆去想了一夜，天快亮的时候，他咬了咬牙说干脆算了吧，反正她女儿汇钱单是他签收的，只要他不告诉她，她怎么能知道这笔钱？就这样，他第一次贪污了老太太五百块钱。

有了第一次，后边当然做起来就轻松多了。时间长了，董卫峰甚至还总结出一点儿经验：逢着老太太的女儿寄钱频繁的时候，适当就截留一次，一般都是数目大一点的；要是两三个月汇一次，那坚决不能动的，那样容易被她察觉。八九个月下来，前前后后算了个账，他总共贪污了有两千八百多块钱。这个数目把他吓了一跳，不知不觉竟贪污这么多，听别人讲，盗窃一千块钱都要判刑的，他已经接近三千了，万一犯了事，那可真是一辈子的事情啊。那一段时间他心里很恐慌，老担心老太太发现了，或者她女儿有一天突然从南方回来，两个人一对账，一定会带着警察把他从门卫室给抓走。

老太太突然就死了。她死的那天董卫峰正好歇假，他晚上和王玲看了一场电影，完了在她的单身宿舍里挤了一宿。第二天一上班，李军台见了他说："董卫峰，还不快去看看，你干妈死了。"

李军台一直嫉妒他和老太太的密切关系，都是乡下来的，你董卫峰又不是比我聪明伶俐多少，凭什么老太太偏偏就喜欢你？送吃送喝又给零花钱的？李军台阴阳怪气地对他说，"还有你那个干姐，从南方来的，长得可风流啦，三十多岁的人脸上还粉扑扑的，像十七八的姑娘。"

按说他当时无论如何也应该去老太太家看看，毕竟老太太对他不错，何况他还欠着人家的。但是他挠着头皮想了半天，最终还是没有胆量去。不知为什么，一想起去见老太太，哪怕只是见她供奉在灵堂的照片，他心里都冷飕飕的，感觉很不安宁。他骗李军台说，家里老父亲病重了，他要立即回家，麻烦他给顶几天班。他在王玲的宿舍里待了三天。等他再回来的时候，老太太已经火化，她女儿又去了南方，这件事终于有惊无险地过去了。

这件事儿已经过去多半年了，和老太太那档子事他早都忘了，她家里突然亮起了灯光，董卫峰心里就不由得打鼓。不会是见鬼了吧？他从来也不相信神神鬼鬼这类事儿。但他现在推测，绝对不会是小偷。老太太还活着时候，小区家家户户都张罗着安装防盗网，她就是不装，结果也没有被盗过，难道家里成了没人住的空屋子倒会吸引小偷？

快到25号楼的时候，董卫峰忽然抱了一种侥幸心理，心想，说不定是这一对夫妇眼花了，根本就没有亮灯这码子事。但是拐弯抹角穿过几栋家属楼，刚一拐过25号的楼脚，他一眼就看见老太太家挨着阳台挂了个小挂篮的那扇窗户，灯果然亮着。

“那里，看见没？窗户上吊个竹篮子，看见灯光没？”男人指着头顶对他说。

灯光从一张陈旧的窗帘子上透过来，泛着黄澄澄的光亮。老太太的家董卫峰去过好多回，亮灯的这间屋子应该是她生前的卧室。他走到窗户底下抬起头向上看着，头发就竖起来了。

“你又没有她家的钥匙，就这样看看有什么用？我说等明天让物业办的人来处理，你们就不行，我有什么办法？”他对这对夫妇说。

“你们当保安不是都受过专门训练吗？从窗户上翻进去呀，真要什么也没有，你免去麻烦我们也能睡个安稳觉，你说呢？”男人说。

董卫峰心想孙子才受过训练呢，给保安公司交了一千块钱押金，然后就穿上了这身保安服，真要受过训练才不当这成天受气的破门卫。这男人倒觉得自己的想法很高明，指着一楼的防盗网怂恿他说：“从这儿上，手一扒就能够着阳台，里面真没人上去把灯关了，也算是你又排除了一次险情，明天我好到物业办表扬你。”

现在不要说上去，董卫峰一想起老太太生前的样子腿就有点发软。他一时间觉得肚子有点疼，抱着肚子蹲在地上不到半分钟，男人就走过来要拉他。他一甩膀子走到一边，打开手电筒在老太太家的阳台上晃着。阳台的窗户因为风吹日晒，一扇已经脱落了一半，在外面斜吊着。手电光再往里照，能看见客厅的屋顶，推拉门似乎开着一半。他本来想找个借口，推说阳台上的窗户关着，或者客厅的门是上着锁的，即便扒着防盗网爬上去也进不了屋子。但现在已经晚了，这对夫妇的眼睛一直跟着手电的光亮在转动，对自己方才的设想更加充满信心。

“我不上去。”他嘟囔说，“你们也看见了，明明什么也没有嘛，有什么不放心的?”

“难道坏人藏在里面还会走出来让你看看，你是保安都不敢上去，难道叫我上去？这是你的职责你明白不?”男人用训斥的口吻说。

这要是在乡下，董卫峰一脚会把这个不讲理的臭男人踹翻在地。但是他现在不敢，他不能没有门卫这份工作。他在黑暗里瞪了男人一眼，男人却根本没有在意，一伸手把他的手电筒给他塞进衣兜里，拽着他就向防盗网上拉。

“有我在底下，你怕什么嘛。”他边托起他的腰边说。

董卫峰手心已经开始冒汗了。男人一点儿也不理会，双手举起他的屁股往上托着。他两只手抓到阳台的边沿时，头上的冷汗已经流到了鼻梁骨上。

男人说：“发现有情况就喊一声，我立即就上去。”

阳台上的窗户响了一下，紧接着上半截“咣当”一声掉下来，可能因为下边连着合页的缘故，并没有彻底跌落，“吱扭吱扭“在半空中晃悠。董卫峰一爬上阳台，就慌忙掏出手电筒把手电摁亮，手电光照到客厅深处一团黑乎乎的东西，他一紧张，身上立即起了一层鸡皮疙瘩。回过头去，楼下的路灯很亮，那对夫妇正屏住气在楼下的路灯下站着。

“有情况?”男人问。

手电光照到的不过是客厅角落的一个塑料袋子，黑色的，鼓鼓囊囊。正对面的墙上，挂着一幅大红颜色的图画，图画上方是一个挂钟，挂钟静悄悄地停顿着。

“什么也没有。”他壮着胆子回头对楼下喊道。他的喊声像一股气流在屋子里游荡了一圈，然后又折回来，一股冷风从耳边擦了过去。

“什么也没有，那不会是老太太的魂儿回来了吧?”女人战战兢兢在下边说，“这老太太生前我就觉得她面相挺凶的，不会是和谁置气，回来找事来了吧？”

男人马上制止了她。男人说你胡说什么呀？和谁置气？和我们置气？和人家小保安置气？别胡说了你。

董卫峰这时头皮因为紧张就绷得生疼，到了这个份儿上，再中途下去是不可能了。从阳台仍然能看见那边窗户上的灯光，但是客厅深处黑黢黢的，一丝光也没有，凭这点可以断定老太太那个屋里的门是闭着的。他忽然觉得老太太似乎正在那边屋子的床上坐着，脸上灰蒙蒙的透着死人气，眼睛盯着他，好像专等着他走进屋子要问他点什么。他没有勇气走进那间屋子。再说死人急了会使用什么武器，完全无法预测。他现在几乎坚信这一切都是对着他来的，他非常后悔怎么会贪污一个老太太的钱，而且直到死也没有给她坦白过。看来老太太是个小心眼，这事怎么躲也躲不过去了。他脑子转得飞快，好不容易想到一个最起码眼下能保护自己的措施。客厅的右侧就是她家的大门，他只要快速跑过去把大门打开，楼道上是有灯的，跑到楼道就等于逃离了危险地带，接下来的事，完全可以叫楼下的男人来做。

董卫峰这样决定了就憋了口气向大门跑去，刚跑到大门口，脚下被什么东西绊了一脚，他一个趔趄就趴在了地上。屁股一时间很沉，好像一只脚在上面踩着，他身体挺了几挺都没有从地上爬起来。

漆着棕红色油漆的木门最后还是被打开了。董卫峰蓬头垢面从门口伸出头时，那对夫妇已经在楼道的灯光下站着。男人这时候显得很勇敢，从董卫峰手中接过手电筒就一个房间一个房间巡查。整个屋子里其实什么也没有，地面打扫得干干净净，家具也早就腾空了，客厅的墙角堆了一塑料袋垃圾，另外门口还有一只藤条编制的篮子，刚才就是它绊了董卫峰一脚。他们把几间屋子都巡查了一遍，最后才推开老太太房间的门。明亮的灯光顷刻让几个人的眼前黑了一下。一阵土腥味扑面而来，呛得鼻子直想打喷嚏。

这间屋里也是空荡荡的，就剩下一盏灯。是一只瓦数不大的白炽灯泡，在屋子正中间吊着。靠窗户的一面墙上蜿蜒爬行着一根铁丝，一端缠在一枚钉子上，另一端从窗户的缝隙伸向窗外，不用看是系窗户外头那只花篮的。几个人奇怪地打量着头顶的灯，无缘无故的，这灯怎么就亮了呢？

“不像是有人进来过呀?!”女人咳嗽一声，小声嘀咕道。她说这话时像自己在吓自己，说完牙齿就咯哒咯哒碰出响声。

男人和董卫峰注视了一阵灯的开关，开关在屋门一侧，一抬手就可以触摸。但他俩起初谁也没有打算这样去做，因为他们早就发现，从平常的经验来看，开关分明是被人摁开着的。

董卫峰一刻也不想在这间屋子里待，这里有一股阴气，从裤腿下边凉飕飕地往上钻。他从男人手里把自己的手电筒要过来，他已经完成分内的工作了，如果他现在离开男人没有理由再阻挡他。男人马上从他冰凉的手上感觉到了他的惶恐。

“不就是盏灯嘛，紧张什么?”男人说着话挥手摁了一下墙上的开关，开关没有摁下去，几个人也没有听见“吧嗒”的响声。灯仍旧亮着。

“开关坏了!”男人说。

“原来是开关坏了!”女人摇着男人的肩膀娇气地说，“搞得人神经兮兮的，心都跳到嗓子眼了。”

几个人这时才同时长出了一口气。笼罩在董卫峰头顶的异样气氛顿时也消散了。又是虚惊一场，刚才在不知不觉中，冷汗把他脖子上的衣领都洇湿了。他现在从衣兜里摸出一根烟，点燃烟吸了几口稳了稳心神。

男人用身上的钥匙去拆开关的外壳。外壳一拆下来，两截松软的弹簧掉到地上，显然，是弹簧不堪常年累月的绷拉，老化后断裂了，开关因此就自动弹了上去。男人又用钥匙勾另外一根弹簧，弹簧倏忽间蹦了出来，灯猛然就黑了。

问题解决了。“这回神仙也给它搞不亮了!”男人在黑暗中说。几个人就着手电的光亮快速往屋外走。走到中途，女人忽然弯下腰在地上捡了个东西，在亮光下一看，是张身份证，上面模模糊糊是老太太那张苍白干瘪的脸。董卫峰一紧张手电筒立即跌落到地上。女人也尖叫了一声，手使劲一甩，那东西不知又飘到什么地方去了。

经过了方才这一番折腾，董卫峰回到门卫室的时候，墙上的挂钟已指向夜里两点。他走的时候没有关电视，节目早播完了，屏幕上跳动着雪花一样的斑点。李军台还没有回来。他昏头昏脑地上了床，用被子蒙着头躺在了床上。

他脑子里乱糟糟的，心里有一种莫名的恐惧在聚拢着。他心里安慰自己说，不就是灯光嘛，问题已经解决了呀，像所有东西一样，开关也会坏，再结实的弹簧也会绷断，有什么好紧张的？但是他马上就想到了掉在地上的那张身份证，当时他拿着手电筒，看得清清楚楚的，明明就是老太太那张身份证，这又怎么解释呢？

那张身份证他太熟悉了，从前年冬天起，身份证一直都是他带着的呀！他有时候把它装在衣兜里，不用的时候，一般就锁在桌子的一个抽屉里。大概是老太太火化后一周左右吧，他收拾抽屉时把它拿了出来，当时就觉得那个东西很恐怖。再说老太太一死，它已经变成废纸一张，留着一张死人的身份证他认为很不吉利，他就把它插进一个空烟盒子里，然后扔进了院子里的垃圾桶。记忆中他确实把它扔进垃圾桶了，可怎么会在老太太家里，而且家里打扫得干干净净偏偏就把它落到地上。是他记错了吗？

董卫峰一遍一遍地回忆着扔身份证那天的情形，最后累得自己气喘吁吁的。他睡不着，觉得屋子里的灯太亮了，好几次从被窝儿里把手伸出来，伸到中途又缩了回去。他不敢关灯，有灯光充盈在屋子里，他心里的恐惧感多多少少还能减轻一点。

他觉得自己差不多躺了有一个世纪，到后来不但睡意全无，而且变得越来越清醒，冷不丁地就想坐起身子找个人说说话，好驱赶一下周围孤寂的空气。

门卫室外头这时响起了敲门声。

是李军台回来了。他一骨碌从床上坐起来，心想一定要把今晚的事给李军台说说，要不然窝在自己心里会憋死人的。这家伙逛荡了半夜，不知道还有没有精神陪他说话。

董卫峰裹着棉大衣从床上下来，打开门，门口站的却不是李军台，是25号楼上的那一对夫妇。

“今晚是你值班吗？”男人瓮声瓮气地问，“快起来看看吧，我们楼下那户人家的灯又亮了，那里以前住了个老太太，可她已经死了……”

董卫峰忽然觉得自己来到了一个很奇怪的地方，他拔腿想跑开，两条腿却像灌了铅似的沉重。他伸手在自己脸上打了一下。远处的夜黑洞洞的。一眨眼工夫，眼皮底下，亮着清冷灯光的小区铁栅栏门外头，好像站了个小孩。他看见他一只手里拿了一串冰糖葫芦，另一只手使劲地在铁栅栏门上拍打着。

香草回家

一连和香草通了几次电话，香草仍没有回家的意思，他爹庆生就感到有些懊恼，问老伴张菊花，她是不是把乡下给忘了？把你和我都给忘了？张菊花不同意这话，张菊花说，就算把你和我都给忘了，还有给她找的女婿安安呢，她能把所有人都给忘了？香草不是说了嘛，在城里工作忙，所以才没有回家的空闲。庆生摇了摇头，又问，不是时常来电话说逛商场逛公园了嘛，有空在城里瞎逛荡，就没时间回乡下一趟？张菊花白了他一眼，亏你把这话也能说出来，不逛商场逛公园，孩子到城里去干啥？张菊花说，你说说，那去干啥？

通常情况下，这件事是和张菊花说不出什么名堂的。自从香草到城里去打工，她就和庆生一样寂寞、烦躁，谈起话来也经常和庆生打别。庆生后来就不大愿意和张菊花说这事了，他叫来和香草定了亲的安安，没事就和安安说。

他问安安："这些天和香草通过电话没？"

安安说："通了。"

庆生说："我当然知道你通了，我是问她在电话上咋说？"

安安不吭声，闷了一会儿头，把头又抬起来，说："香草说秋天老是下雨，家里路不好，一回家踩得满脚泥，所以暂时不回来了。

她还说等天上不下雨了再说。”

“说他娘的混话！”庆生说，“本来就是乡下的一棵草，进了几天城就嫌家里路不好了，嫌一踩两脚泥了？这是说她娘的混话！”

“可人家城里的地上没泥，是水泥路，下雨和不下雨没什么两样。”安安说，

安安这话有些埋怨的意思，似乎还隐藏了点儿别的意思，庆生没弄明白，也不想弄明白。“你怎么不早说？”他问安安，“路不好了可以修路，总不能因为路不好就不回家吧！”安安的左脸上抽了一下，像个蚊虫叮咬，抬手在那里打了一巴掌。“你以为你是谁？”安安没好气地说，“你能把村里的路修得和城里一个样？”

“没出息！”庆生说，“怪不得香草不见我也不想见你，我看就因为你没出息。”

庆生是村里的村长，以前，他从没想过为自家的事动用村长的权力，看着安安又要打自己的右脸，他突然就想了。他穿过半条村街，来到村委会的办公室，扭开喇叭，对着话筒吹了一口气，又吹了一口气，他的吹气声就像麻雀一样落到各家各户的院落里。村里人于是好奇地站在院门口，看着庆生用高音喇叭和大家说话。

庆生说：

“今天要和大家说的这事，在我肚子里最少憋了两年了。什么事呢？修路。为什么要修路，我想我不说大家都能明白。榆村的桃子为什么卖得又快价钱又好？一句话，路修好了，客商的汽车能直接开到地头上去了。而我们呢，只有把果子拉到他们村里去卖，费时费力不说，还要看他们的脸色忍受他们的压价，他们还会随意在我们前面插队，你说气人不气人？所以多余的话我不说了，一家一户出几个人，再拿一点钱，把村里的路得修好了。”

吧嗒。庆生把广播关了。庆生头上冒了一层汗。他知道他没有说谎，他说的都是事实，可他还是冒了一头汗。

没有人看出在这件事上庆生有什么私心。修路的事这些年大家一直在唠叨，可别人再唠叨没用，只有庆生唠叨了才起作用。

下了一场雨，凉爽了几天，地皮一干，庆生马上发动村里人修路。从县交通局请来了一个技术员，他用白灰把路面画成一段一段的，用一把尺子立在路边说，就照这个高度打路基吧。路基是大家用锄头和铁锨就可以完成的，石子白灰也可以用钱去买。没过多少日子，一条石子路通到了一华里之外的备战公路上。眼看着路要完工了，安安提醒庆生说，这样不行，香草是爱穿高跟鞋的，石子路她怎么走？不方便不说还会崴了脚。庆生想想也是，又打电话向村里在外干事的绅士们求助，叫他们捐助些钱，干脆给路面铺上柏油，这样他们的小轿车就可以开到家门口了。又过了些日子，压路机和铺柏油的车进村了，不但铺设了出村的道路，连村里的街道也铺得油光锃亮。

路刚修好，正赶上早熟的桃子下果。一些外地客商的卡车在备战公路上拐了个弯，没有去榆村，而是开进了他们村子。村里人都挺高兴，眉开眼笑地看着这些人在几户人家门前设了点，开始收购果子。收完桃子又该收苹果，村里来往的人就多起来。庆生灵机一动，建议安安用塑料布在槐树下搭了个棚子，开了一家餐馆。他是去安安的餐馆吃羊肉泡时，看见安安又对着他嘴撅脸掉的。

庆生把筷子丢在了桌上，发出挺大的响声。他说："狗日的！我拿个黄花闺女换不来几碗羊肉泡？"

安安红着脸说："我不是这个意思。"

庆生问："那你是什么意思？"

安安却不说了，只顾忙着给那些收果子的人端饭。安安的餐馆里雇了两个人做饭，他平日只负责给客人端饭。

庆生就那么在一把椅子上坐着，看着安安在眼皮底下晃来晃去。看了一阵子，终于看明白了。安安抽空就从怀里掏出手机看一下，再看一下，然后装回去。过一会儿又掏出来，再看一下。

安安说："路修好了还不见回来，你看，连信息也不给回了。"

庆生翻了翻眼皮，说："谁叫你发信息的？你不会直接打电话？"

安安说："打电话不接才发信息的。"

庆生就不好再说什么了，脸上露出一丝窘态。“噢噢，那你勤看着手机，说不定啥时候就回了。”他说。说完背着手往家里走，心里空落落的，一回家就数落张菊花：“难道是长在城里了？不是嫌路不好吗，可现在路修好了，为啥还连个人影也看不见？”说到闹心处，一脚踢翻一个小板凳，板凳滚出去多远，吓得张菊花半天不敢吭声。

张菊花正在给香草做鞋垫。香草说城里买的鞋垫穿着不舒服，让她做好后托邻村的同学捎过去。香草是在电话里说这些的。她在电话里还说，妈呀，我最近确实很忙，等忙过这一阵我一定抽空回家看你们。张菊花说，为了你回家脚上不沾泥，你爹和安安他们整整忙了两个月，把村里的路修好了，上面还铺了柏油。你七个月没有回家，也该回家来看看了。香草就不往正题上说了，只管和张菊花在电话里瞎扯。末了，急遑遑就要挂电话。哎呀，洗澡的热水来了我该去洗澡了，有话下次再说吧。把电话就挂了。

香草给家里打电话通常都在晚上。在张菊花的记忆中，她好像每天晚上都要洗澡。这死女子是爱上洗澡了？张菊花想，乡下没有澡洗，所以她就赖在城里不肯回来？她这么想着，却不敢给庆生说。她怕庆生听了又会变脸，骂什么一年土两年洋三年忘了爹和娘。

没过几天，这话安安还是说了。安安是好不容易拨通了香草手机的，兴冲冲想给她报喜，刚说了一句话，就讨了个没趣。安安说，我和你爹把村里路搞得和城里一样了，路面上铺了柏油，光得可以当擀面的案板。香草说，哦？路像案板了？那你就守在乡下好好擀面吧！安安又说，村里也比以前热闹了，我还开了饭馆……香草问，你没什么事吧？没事我该去洗澡了，忙了一天还没顾上洗澡呢。安安怕香草挂电话，连忙问，你啥时候回来，你回乡下来我照样可以让你有澡洗。安安看见了自己餐馆里的铁锅。铁锅里每天都有热水，一锅水足够香草洗一回澡。香草在电话里笑了两声，好像是用鼻子笑的。香草说，你现实点好不好？用你这话骗鬼去吧！还是把电话挂了。

安安说：“得再买一口铁锅。”安安仔细思量的结果，觉得一口铁锅又要下面又要给香草烧洗澡水，是有点不大现实。“得再买一口。”他说，“不然顾不过来。”

“你以为洗澡是烫猪毛？”庆生问，“你想让香草坐在铁锅里烫猪毛？”

安安挺委屈，安安说谁叫你家香草爱上洗澡了，她就是嫌乡下没有澡洗才不肯回来的。

庆生挠着头想了一下，说：“买一套洗澡设备。”他又说，“洗澡不算坏习惯，爱洗叫她回来洗个够。”

安安也觉得这话说得有道理，决定第二天就上县城去买。庆生说香草这不是还没嫁给你吗，要买也是我买，轮不到你买，她回也是回我家而不是回你家的。庆生还记着吃羊肉泡那事，他警告安安说：你狗日以后见我来吃羊肉泡，别给我嘴撅脸掉就行了。

村子距离县城不到二十里路程，庆生一个上午到县城转了一圈，用自行车带回一套太阳能热水器，顺便还带回一个安装热水器的人。这个人在家里来回转了两圈，最后选定厨房旁边一个堆放杂物的房间当洗澡间。他说，把这屋里的地面得用地砖给铺了。庆生说，好么，铺了。他又说，墙面也得用白瓷片贴了，这样才能起到防潮作用。庆生说，贴么贴么，还有啥？这人又说，排水管道在哪儿？庆生在家里找了一圈，没有。没有排水管道怎么行？出来的水往哪儿流？这人问。庆生说挖么挖么，当即叫张菊花找来安安，两个人从家里往大门外挖。挖到了门前的街道上，问题又来了：街道上也没有排水沟，水还是排不出去。装热水器的小伙子站在街道上看了看，对庆生说：“没有排水沟不对。你们的路虽然用柏油铺了，可没有排水沟时间一长路面会被水浸坏，路就白修了。”

这事以前修路时庆生没有考虑过。他现在想考虑，感觉已经晚了。街道两旁都是村民的猪圈和厕所，要修排水沟就得叫这些人挪走猪圈和厕所，这不大容易。

“可不挪怎么办？热水器就没法装了。再说你们村的路尽管修得挺好，可门前都是这些东西既不卫生又不雅观，外边人一进村，保证得捂着鼻子。”小伙子说。

安安想起来了，香草以前回村里就是捂着鼻子的。香草不是外边人，可香草是进了城的，是在城里时常洗澡的，就算修了路安装了热水器，如果满街上都是人屎猪粪，她照样不爱回来。

“挪么挪么。”安安对庆生说，“你是村长你叫挪他们能不挪？”

可庆生没把握。村里人是方便惯了的，现在要叫他们为了讲卫生就放弃方便，他没把握。果然，庆生把这事在村街上一说，很多人当场表示了反对意见。凭什么？他们问，总不能因为你家香草，把全村人的猪圈厕所都挪走吧？庆生解释说当初村庄规划时在后街上预留了卫生街，就是修猪圈盖厕所的，这样做符合当初的规划。这些人不听，他们说我们不管规划不规划，我们不能看不见猪叫别人把猪偷走，也不能憋急了提着裤子满街道去找厕所。庆生建议他们给后墙上开个后门，他说开个后门其实很简单。这些人说不用了不用了，不挪就简单着呢。

庆生就没办法了。

这件事和此前的修路不一样。修路会产生经济效益，每个人事前都可以预见。讲卫生能产生什么？能产生经济效益么？村里的卫生条件好了，果子就可以多卖钱？没人听说过这个理儿。他们都猜透了庆生的心思，知道他是心急着让香草回家。还有安安，担心香草在城里找了别人，千方百计想把她哄回来。这事和大家没有关系，受惠的只有他们两个。所以不管他们怎样磨破嘴皮子，不挪的人就是不挪。

村里的小特会写毛笔字，安安请他帮着写了一块牌子，上面写道：不挪厕所的人不得在此就餐。

一些人想到安安的餐馆里吃羊肉泡，被安安谢绝了。他说，去去去，哪里方便到哪里吃去。这些人说，看你这个人，又不是不给你钱，为啥非叫我到镇上去吃？有事等吃完羊肉泡再说不行？安安说，不行不行，要吃羊肉泡先把你家的厕所挪走。安安又说，你们为啥爱吃羊肉泡？除了嘴馋，还图个香是不是？可你们的厕所扎在街道上，风一吹什么味儿都过来了，把我餐馆里的香味全给破坏了。

他们最终拗不过安安和安安的羊肉泡，只好把猪圈和厕所都挪走了。

庆生家的澡堂很快就装修好了。村里很多人都去他家澡堂里新鲜过。女人们从里面出来，脸蛋红扑扑冒着热气，嘴里说羞死了羞死了，过几天又来。有些人不想让人看见自己红扑扑的脸蛋，就撺掇自家的男人，也买了热水器装修了澡堂，在自己家里随便洗。庆生也洗了，庆生说狗日的城里人就是聪明，会享受，热水从脊梁上淌过，像过电般麻酥酥的。安安因为在餐馆里油烟大，隔几天就要洗一次。他从洗澡中洗出了一丝忧虑，他想城里人爱洗澡，没事把自己洗得白白净净的，会不会就去勾引香草？于是就后悔自己觉悟得太晚，心里埋了许多悔意，平添了不少心思。他怂恿庆生给香草再打电话，他说："澡堂子是给香草准备的，现在全村人都洗过了，唯独香草还没洗。"

庆生给香草打过电话，他在电话里说了修路的事，又说了安装洗澡水的事，说到最后就躁火了，粗着嗓子问香草："香草你八个月没回家了你说个准话，到底啥时候回来？你不想我不想安安，难道都不想你妈？"

香草在电话那头支吾着，香草说："现在不是冬天嘛，我一想起家里光秃秃的树杈就害冷。你知道我从小就害冷。要不你带着我妈来城里吧，城里一年四季都是绿的，你一点儿冬天的感觉都没有。你就和我妈来吧！"

香草还在那头说话，庆生把电话就挂断了。张菊花正在一边看电视，她一想香草就看电视，看《都市快报》，看香草所在的省城里的角角落落的事。她现在问庆生："她说了没有，啥时候回来？"庆生说："香草不回来，香草说城里的冬天是绿的所以她不回来。"张菊花"噢"了一声，张菊花没听明白："你刚才说了些啥？"

"得把村里绿化一下。"庆生说。

"村前村后都是果树，你还嫌不绿？"

“你不懂！”庆生说，“城里一年四季都是绿的，果树冬天里能绿？还是得绿化一下，不然香草不回来。”

庆生说干就干，叫来安安合计。安安说街道上栽些风景树自然就绿了，可那样太贵，还是种草便宜，如果把街道两边全种上草，就和城里的草坪一样了，那样香草一定喜欢。庆生觉得这个主意挺好，可不知道有没有在冬天能种的草。假如到开春种还有什么意思？难道要把香草等到明年春天？

安安说我上县城去看看，第二天，就去了趟县城。以前村里有人过红白喜事，安安帮着到县城的花店里租过鲜花，见过花店里有卖各种各样的种子。他是半下午时回来的，自行车的后座上驮着个半截口袋，把半截口袋卸到了庆生家门口，安安说：“花店的老板说了，这是一种稀缺种子，生命力很旺盛，啥季节都可以下种，完了还能开好看的紫颜色的花。”

庆生本来准备在广播上广播一下，叫大家都在门前种上，整条街上都是草坪了，看起来才壮观。可大家一听说种子是免费发放，没等他广播就过来一抢而光了。此后几天，每家每户都按安安传授的方法，把门前的地用锄头刨松了，撒上种子敷上土，再用盆子浇几盆水。种子是国庆节前几天撒进去的，过完节就开始发芽，又过了一周，蹿上来的草已经有三寸长。此后更是一天一个模样，仿佛见风就长。

村街上变得绿汪汪一片。庆生走在街道上，看着一街青草在眼前柔软地铺开，浅黄嫩绿的，像一条地毯铺上了村外的公路。可香草一直没有从公路那里回来。他不明白她为什么还不回来。再过几天就是元旦，元旦过后该到新年了。庆生站在冬天冷清的村街上，感觉他已经等得不大耐烦了。

冬日的夜晚有些漫长，庆生睡在床上总睡不安稳，心里毛辣辣的，老感觉有人在扯他的脚腕。他蹬了一下张菊花，他说你想女儿睡不着觉，不能老扯我的脚腕儿。张菊花也睡不踏实，她说我做什么扯你脚腕儿了，我感觉你在扯我的脚腕儿。两个人拉开电灯一看，发现脚都被一簇藤蔓缠住。藤蔓是从窗户上吊下来的，扯不掉拽不开，非得用剪刀才能剪断。蔓上的叶子很密实，边缘长着锯齿，他们的脚从藤蔓里抽出来，竟划了几道口子。庆生很惊诧，披着衣服开了家门，黑暗中看见街上茂盛的草扑到了门口，从门口的地上扑到墙上，又从墙上钻进了窗户。

第二天，好多人都在街道上说夜晚被草缠了。有人被缠了脚，有人被缠了手，还有人被缠住了脖子，半夜里出不来气给憋醒了。

“啥草都见过，没见过这么厉害的草。”大家说，“会钻墙缝钻窗户，竟然还会缠人！”

庆生宽慰大伙说：“这大概是一种新品种。不是说种子放在宇宙飞船里到太空转一圈，回来就长得快了嘛，可能就是这种。不要紧，以后睡觉时把门窗关紧一点儿就好了。”

安安夜晚睡在餐馆里老听见“札札”声。草蔓没有钻进塑料棚缠他，而是上了棚顶爬到槐树上，槐树“札札”作响，像用铁丝在树身上捆。“奇怪，”安安睡不着觉，“我听过麦子起身、包谷拔节，都是‘噗噗噗’的，听起来很舒心。这草怎么老‘札札’，扎得人心慌。”安安说过这话没过几天，餐馆的塑料棚在一个夜晚被草给压塌了。

街道上的草蔓像在扯丝线，越扯越长，越扯越多，细长的藤蔓横穿马路，在地上纵横交错，织成一张密密匝匝的网。薄而又硬的叶片金黄透亮，一簇簇从藤蔓上奋起，像伸向空中的锋利的刀片。藤蔓爬过街上的椿树、槐树，绕上人家门前的土堆、柴草堆，扒地生根，见光分蘖，把栖息在柴堆里的鸡也困在窝里，只能叫鸣不能回家下蛋，扇动翅膀左冲右突着。村街上已看不到墙和房屋，上面都爬满了草蔓。有些人家的大门一夜之间被草蔓网住，从里面打不开，想拿锄头铁锨去挖去铲，锄头本来挂在半墙上，现在也被藤蔓缠紧，像钉在了那里。

庆生拎了一把镰刀从家里出来，在街道上披荆斩棘，舞弄得浑身冒汗，最后才勉强把自行车推到了村口的路上。他要去镇上报信，他预感到好像要出什么事儿了。他骑着自行车在前边跑，后边的草像蛇吐信子一样撵着自行车轮子。他一路狂奔到了镇上，镇上的干部却并不相信他说的话。

“草疯了，”庆生说，“我没有开玩笑，草真的疯了！”

干部们认为只有人会疯，草怎么能疯呢？他们说庆生你是不是受了啥刺激？政府里可不允许随便胡乱说话。直到和庆生一起来到离村不远的备战公路上，他们才相信庆生的确没有说谎。一片绿莹莹、黄澄澄的东西罩住了村子，大老远看过去，那里像冒出一个长满荒草的小丘。镇长命令庆生立即回去，镇长说，赶快召集群众铲草，再不铲你们村就要从全镇的版图上消失了。见于草势凶猛，极有可能向周围的村庄蔓延，镇长又通知了几个村长，叫他们也发动群众严阵以待，随时准备向野草出击。

这件事闹得相当大，惊动了县上、省上，后来又经过电视，惊动了全省的人。电视台的人拿着话筒，扛着摄像机来到村庄时，村里通向备战公路的路已被草封死。为了欢迎这些人，庆生带领群众在野地上重开了一条新路，电视台的采访车才开进村子。这些人一进村庄就惊呆了：村里的街道像一道战壕，两侧堆满草垛，草垛有半人高；没有铲掉的草像无数通体透亮的绿蚂蚁在满街上乱蹿，院落、房顶、门前屋后的空地，到处都透着一种冷森森的绿。

庆生汗流浃背地站在村街上，面对电视台的镜头时，他涨红着脸。他说：“这件事不能怪村民安安，安安是一片好心；也不能怪全村的人，是我说免费给大家发放种子，大家才种上的。”

记者问：“你怎么会想到给村里种草，能说说你当初的想法吗？”

庆生迟疑了一下，想起了女儿香草。他想香草一定会在电视上看他。香草已经快十个月没回过家了。他说：“没什么想法，我就是想把村里绿化一下。我家香草是城里的打工族，她以前不怎么喜欢绿色，不知为啥一进城就喜欢上绿了。我想叫她早点回家。”

这些话后来都在电视上播出了。电视上还请了一位专家进行点评，专家说，这个农村基层干部的用心虽然是好的，可问题是，他们种的是一种不知名的野草，它根系发达，繁殖极快，按目前的态势发展，前景很令人忧虑，因为要彻底剪除这种草相当困难。

“得搬迁村庄。”庆生说。庆生已经试过了各种方法，包括用灭草剂，用高浓度的农药，为了不让铲下来的草根落地后又生长，他还把群众分成两拨，一拨铲草一拨负责把草根在太阳下暴晒，结果都没有用。铲除和晾晒的速度远没有野草滋生的速度快。庆生就有些绝望了。

“我看村子得搬迁了。”他说。

“不行。”安安不同意，“这些天本来就和香草电话联系不上，你搬迁了村子，香草回来找不着怎么办？这事坚决不行！”

庆生和安安正争论着，天上下了入冬以来的第一场雪。这场雪下了有十多天，规模为多年所未有，成片铲掉和没有铲掉的野草，转眼间全被冻死在了冰天雪地里。

人们在雪后收拾了狼藉不堪的街道。冻死的草和清理出的积雪被倒在了村外的土壕里，土壕里堆了一座小山。村街上又恢复了冬日里常有的景象，树杈光秃秃的，街道上空旷单调，一片寂寥。

“为啥不给街两旁种上韭菜呢？”庆生问安安说，“韭菜又能吃又能绿化街道，当初如果种的是韭菜，就不会惹那么多麻烦。”

安安也觉得这是个好点子。但是令安安灰心丧气的是，种在街道两边的韭菜冒嫩芽了，香草还是没有从城里回来。

公路上来了一支锣鼓队，是镇上的干部带来的，他们吹吹打打到了庆生家门口，给他送来两样东西：一面铜质奖牌，一朵大红花。他们说庆生你这回可是走在全镇前列了，上边刚提出搞新农村，你这里早把新农村已经建好了。修了路，改造了街道和卫生街，一些群众用上了洗澡水，现在想方设法把村街又绿化了一遍，你说我们不表彰你表彰谁去？庆生说不是不是，我没想着要建新农村，我只是想叫我家香草早点儿回来。安安朝这边跑过来，安安举起双手压下了喧嚣的锣鼓声，安安说：“不对不对，香草来电话了，种韭菜不对！”镇上的干部这时正把那面牌塞到庆生手里。安安又说：“香草还说了，韭菜有一股臭味儿。她叫我们开春后在街上种上油菜，她说她喜欢看油菜开花。”尽管庆生一再推来让去，镇上的干部们不由分说，还是把那朵大红花佩戴在了庆生的胸膛上。

张菊花有些眼泪汪汪的。张菊花一直落寞地在大门口站着，她看见安安朝她走过来，就变得眼泪汪汪了。安安摊了摊手，神情黯然，他说：“没办法，香草年初就南下到广东了，眼下那边也下了大雪，路不通。香草说了，要回也得到明年开春以后再说了。”

竞选村长

本来，刘水平永远是刘水平，成不了村里的刘子能，也不会是刘结合，就是他自己。问题是，刘水平后来不想当刘水平了。

改变主意之前，刘水平开着一家扯面馆，十多年了，在村口的马路边上。那里原本是他家的宅院，前院用于开馆子，后院住人。刘水平既是老板，又是店里唯一的扯面师傅，平日他负责扯面，老婆王桂花在一旁剥葱洗菜。一个扯面师傅自然需要手艺，但是在刘水平眼里，这又不完全是个手艺问题。刘水平看不惯别人扯面，刘水平说扯面就扯面吧，怎么能像给生产队干活那样心不在焉的，扯出来的面精、气、神全泄了，还怎么入得了口？

刘水平不但扯出了精神，还扯出了气势。这些东西是可以传递的，他用双手把它们传递给手中的一团面，面就来劲儿了，疯张了。一沾手开始自己跳腾，一闪闪过头顶，再闪就拉不住了。这时就不是你的手想不想动，而是它们牵着你动，好像院子里跑着一只猫，或者水下边游了一条鱼，你竭尽全力想捕获它们，结果永远跟在它们后边。不过刘水平是刘水平，他是乐于看着它们冲锋在前的。十多年的扯面生涯使他和它们达成一种默契。如果它们是猫，他就是老鼠，它们是鱼，他就是渔夫。他永远是那么自信、自如，沉着淡定。而它们在刘水平面前也不再是它们，变成伸展的柳枝，飘扬的彩带，婀娜多姿，逶迤蛇行，盘旋在他的身前身后、身左身右。到后来，你常常看不见刘水平，只看见一道道光环把他笼罩住，像一个正在旋转的陀螺。

关中人个个是吃面的行家，对一个技艺高超的扯面师傅，自然不会吝惜口袋里的钱。刘水平扯出了名声，因此面馆的生意一直挺好。

村里的刘子能是经常光顾的食客之一。刘子能和许多人一样，不单是为了吃面，大多数时候，是要站在操作间的门口，欣赏一阵刘水平的扯面表演的。刘水平也喜欢被人欣赏，围观的人越多，他的精神头越大。刘子能每每看着看着，嘴里禁不住要掉几句文词。

刘子能说，赤橙黄绿青蓝紫，谁持彩练当空舞啊。

这是过去写在大队部墙上的诗，是毛主席的诗，这一点刘水平知道。他不知道的是，刘子能最近为啥老表扬他。三天两头表扬，有时甚至一天表扬好几回。刘子能是那种有些深沉，有些城府的人，不会平白无故表扬一个人。刘水平猜想他八成有什么话要对他说。但是他一直没说，他只是说扯面。

刘子能说，刘水平啊，你扯的不是面，你扯的是一种境界！

刘子能是站在厨房门口说这句话的。当时刘水平并没有在意，刘水平说，不就是扯面嘛，和锄地拾棉花一样，有啥境界？

刘子能说，不对，不是谁都有这种境界。不过话又说回来，你是有那种境界，可你把它埋没在了面馆里，你说可惜不？

刘子能说完这句话，坐在一张桌子上慢条斯理吃了一碗面，又喝了一碗汤，走了。

此后一连几天，刘子能再没有来过。刘子能好像把他要说的话已经说了。但是刘水平还是没有想明白，晚上睡觉都在想，想得很辛苦。

有一天，天快亮的时候，刘水平身上打了个激灵，忽然想到了点什么。

往常，刘水平早晨六点钟起床，起床后除过给炉子生火，给厨房的水缸里接水，还要先后几次到厨房里叫面。

叫面是他自己发明的，他有他的想法。他认为你想让面听你指挥、听你摆布，当它还饧在盆子的时候，就得做早期驯化，和胎教是一个道理。面和人一样，也喜欢睡懒觉，喜欢赖床，需要三番五次吆喝。叫第一遍时它们会答应一声，你以为醒了，其实没醒，转一圈回来发现还在睡。于是叫第二遍。它们的腿脚开始伸展，皮肉突突突在盆子里颤动，像暗中和你较劲。第三遍刘水平就不客气了，或者说，是呵斥了。几声呵斥过后，盆子里的面猛然睁开眼，苏醒，翻身，浑身的筋骨咯嘣咯嘣作响，活像将要走上运动场的运动员。只有这样叫出来的面，在手中才能随心所欲，扯出来才既有皮肉又有筋骨。这是他多年悟出来的一个秘诀。

他这天早晨没有去叫面，倒是王桂花叫了他几次。王桂花用手拉他，用胳膊肘碰他，用脚蹬他，他仍是不想起床。

你今天咋了？不做生意了？王桂花问。

一连问了几声，刘水平烦躁起来，刘水平说你不要干扰我行不行，我脑子里正想大事呢。

王桂花嘟着嘴不作声了。不作声仍旧是一种干扰，不过是另外一种方式的干扰。刘水平披上衣服，蹬上鞋，路过面馆时也没有心思去叫面。到了马路上，脑子里还在思考。

当时正是早春，路边的柳树开花了，飘起了柳絮。柳絮白亮亮的在空中飘浮，一片，两片，后来，几片柳絮落进了刘水平的衣领。他脖子那儿痒了一下，又痒了一下。用手挠不起作用，越挠越痒，干脆拔腿又回到后院。王桂花刚从厕所里出来，他拉住王桂花的手往自己后背里塞，挠了十几下，王桂花才打着哈欠问，又痒痒了？

刘水平说，痒不痒的，你看见了也挠了，还问我。

刘水平一晚上都在床上翻来覆去，像烙烧饼，王桂花就知道他该犯痒痒了。他前些年没有这个毛病，只知道埋头干活儿，这些年却时不时犯痒痒。去年春天他就犯过一次，随后心血来潮，提出给面馆雇一个女服务员。王桂花很生气，王桂花说，我算明白了，你是心里痒痒，我挠不到你心上你想换个人挠，对吧？两个人为这事闹了大半年，直到王桂花以离婚相威胁，刘水平才收了心。

王桂花不知道刘水平这天又为的是啥事。王桂花说，你说吧，心里又想啥了？说出来你就不痒痒了。

刘水平把王桂花的手从身上抽出来，把衣领抖了抖，扭了扭脖子。他说，我想当村长。

说出后自己先吓了一跳，心咚咚咚一连跳了几下。早晨窗户发白那会儿，这句话就开始卡在他喉咙里，他一直憋着。他现在不想再憋了。他说，我难道要扯一辈子面？我不想了，我想当村长。

在王桂花眼里，刘水平算得上个有本事的男人。平时刘水平扯面，她在旁边看着看着，眼睛就潮湿起来。这是刘水平吗？是那个晚上睡觉不爱洗脚，爱靠在床头上吸烟的刘水平吗？谁能像他那样，把一把面条扯得龙飞凤舞的？这就叫本事，谁想不服气都不行。当然，有本事的男人才会有各种各样的想法，包括好想法和坏想法。当村长不是雇女服务员，不是坏想法。饭馆里近来见天有人议论选举的事儿，她原本觉得和自己没有多大关系。但是现在有了。她没有被刘水平的话吓着，她只是有点心疼自己的钱。她说，水平，你当村长我当然乐意，只要不花钱就行。

刘水平的心还在咚咚地跳着。刘水平说，你说啥，不花钱？那叫竞选经费你明白吗？村长虽然不是总统，可总统花钱更多，难道不是？俗话不是都说了嘛，舍不得孩子套不住狼！

王桂花仍然有王桂花的担心。她天天看着刘水平扯面，要说去参加扯面大赛，她一点儿也不担心。但现在要参加村长选举，她心里没底儿。她说水平我知道你的想法没错，可我心里怎么没底儿呀。

这话叫刘水平多少有些气馁。刘水平说你有没有底儿没关系，关键是我心里有底儿。刘子能都觉得我行，你说不行？我他娘能把一团面舞弄得像刀枪棍棒，我出神入化、撒豆成兵，我……这都是刘子能说过的，你说不行？

刘水平涨红了脸。刘水平雄心勃勃，气吞山河，把王桂花给镇住了。

王桂花总体上是个听话的人。从前听父母的话，后来听刘水平的话。何况刘水平这天说的不是什么胡话、梦话。村长三年选举一次，选了许多届了，别人当得，刘水平就不能？

王桂花说，好好好，我不心疼钱了，钱是为人服务的。存折在镜框后边，你去拿么。

刘子能是村里的文书。刘子能竞选了两届村长都没有成功，最后只竞争到一个村委委员，分工是文书。刘子能不甘心呀，刘子能说我不甘心也只能这样了，水平，你年轻有为，我希望这次竞选，你上。

这是刘子能后来说的。

刘子能看到刘水平心动了，挺高兴。他还说，我从扯面就看出你刘水平有悟性、聪明，可聪明人应该干聪明人的事。听说你最近又雇了人，把饭馆的生意要扩大，再扩大还不是个小小的扯面馆。你看看人家刘结合的生意，那才叫生意。

刘结合是村里的村长。他刚当村长那一年，在村子里圈了一片地，地面上盖了厂房。一开始，上头三天两头来人，说这是以租代征的土地违法行为，论理应该拆除。后来架不住刘结合上下活动，事情不了了之。刘结合的厂房租赁给了开办药厂的老板，据说一年租金有好几十万元。这当然是一件叫人嫉妒的事情。可是光嫉妒没用，用刘子能的话说，有本事你自己当村长，那时候就不用嫉妒别人了，让别人来嫉妒你。

刘水平起初没有嫉妒刘结合，刘水平说我觉得开面馆也好着呢，和他圈地皮一样，不是都可以挣钱嘛。

刘子能说，挣钱和挣钱不一样啊，你挣的是血汗钱，人家挣的是轻松钱。

刘水平说，还不都是钱，说到底还是一样的。

刘子能说，就算钱一样，人总不一样吧？比如说，你一天到晚围着锅台转，不是两手面就是两手油。而刘结合呢，开着小车，西服穿得笔挺，不是从这个酒店出来，就是朝那个酒店进去。一样都是活人，人家活得那才叫档次。还有，你嘴痒了和谁说话？你老婆不爱言语，你只能给一盆面团说吧？可刘结合的嘴在社会上伸着呢，想和谁说和谁说。高兴了把喇叭一开，全村人都得陪着他说。不说都不行，是高音喇叭。还有，你身上痒痒了咋办，只能叫你老婆王桂花给你挠吧？可刘结合进的是按摩院。什么叫按摩院知道不？就是专门负责挠痒痒的地方。你说说，这人和人的差别大不大？

刘水平说，你别说了，谁不想活出档次？

刘子能说，你这样想就对了，拿你刘水平的悟性、能力，干什么不成？你不能老想着在扯面馆里表演，你的人生应该有更大的舞台呀！你再想想。

刘水平很认真地想了想，说，我还是想象不出来呀，我当了村长会是啥模样？我想象不出来。

刘子能就启发他，刘子能说，你先给自己圈一块儿地。

刘水平说，给你也圈一块儿。还有，我不像刘结合那么毒，只想自己不想别人，我要给我家的老二、老三，还有东隔壁的刘子敬，西隔壁的刘文景……算了，干脆给村里人人都划一块儿地，叫大家都靠出租地皮挣钱，让咱们村提前致富奔小康……

刘子能打断了他，刘子能说，你如果只想不干，说这些屁都不顶。

刘水平在最后下决心之前，曾经和刘子能还有过一次更深入的谈话。谈话是在夜晚进行的，地点在饭馆门前的马路上。

那天晚上的风不热不冷，不紧不慢，把刘水平的白衬衣吹起来，衣角始终飘扬在刘子能的额头上，像一面白旗。刘子能那天在地上蹲着，刘水平挺着胸膛在旁边站着。

刘子能说，这次咱们两个联手，你当刘备，我当辅佐你的诸葛亮。

刘水平说，你这话说得不吉利，刘备没弄成事么，刘备一辈子窝窝囊囊的，啥事也没弄成么。

刘子能说，那好那好，你爱当谁当谁吧，我是辅佐你的，我还是当我的诸葛亮。

后来，刘子能像诸葛亮坐在茅庵里谈论国家大事一样，蹲在一个土堆上，给刘水平分析了村里的选举形势。

刘子能说，刘结合有实力没有？当然有。问题是，他当了三年村长都在给自己牟利，群众有意见，民意对他不利。水可载舟亦可覆舟——这是古人的话，你不一定能听明白。这么说吧，意思是说大家上一次能选上他，这一次也能选掉他，就是这么简单。你问你的优势是啥？你没当过村长呀，你牟不牟利大家没看见过呀，没看见就对你抱着希望，就有可能选你。另外，你能把一个面馆搞得红红火火，就有可能把一个村搞得红红火火，如果能把一个村搞得红红火火，日后说不定能把一个县搞得红红火火。这叫以小见大。现在就看你咋样做群众的工作了，关键是要把工作做细致。

刘子能把刘水平说得信心十足，刘水平说你停一下，停一下，咋样叫作把工作做细致，这又不是绣花。

刘子能说，对，这当然不是绣花，但是要和绣花一样对待。比方说，以前对你有看法的，你和人家吵过架，骂过仗，在你饭馆里吃饭时你一点儿也不给打折的，对这些人，你得挨家挨户上门赔礼道歉，顺便给打招呼，说你要参选了。光用嘴说自然不行，过后得有所表示，一袋米，一袋面，还有油、香烟什么的，必要时还得给发个红包。总之是让人家觉得你有诚意才行。

刘水平说，噢，这个我明白。

刘子能说，不光是这些人，这些人的工作要提前做。全村八百多张选票，每一个都是要争取的，都需要送点米面油什么的，表示一下自己诚意的。

刘水平算了一笔账，算完后有些吃惊。他看了刘子能半天，看得刘子能心里直发毛。他问刘子能，当村长这么好，你为啥不当？

刘子能眨了几下眼睛，刘子能说，你看你，我这不是没钱了么，我竞选了几次经费短缺了么。你开面馆挣了那么多钱，要钱干啥？

刘水平咧着嘴笑了。刘水平说，没钱不要紧，你还选你的委员吧，我参选村长。

刘水平一忙上选举的事，没有时间在面馆里扯面，让雇来的小伙子王洪军扯面。

王红军刚来面馆就打算学扯面，那时候刘水平不让。刘水平说你扯面了，难道叫我去吆鸡撵狗关后门。

王红军个子不高，说话老笑嘻嘻的。王红军说，叔，我把话没有说对，还是我吆鸡撵狗关后门，扯面是技术活儿，你干。

现在，刘水平把王红军叫到跟前，对王红军说，谁也不是天生就会扯面的，我没时间扯也没时间给你教，你应该自学成才。

王红军说，你怎么说我怎么干，我听你的。

没过几天，王红军把扯面学会了。他有些不好意思，不爱当着刘水平的面去扯。刘水平不在，他干得就挺带劲儿，他在案板上扯面，王桂花在旁边洗菜洗豆芽。刘水平从外边回来，隔着窗户看见王红军手舞足蹈的，竟然也扯出了花样，心里恹恹的。他妈的，怎么是个人都会那样扯面？

他心里只这么想了一下，然后就顾不上想了，把王桂花从厨房里拉出来。他得和王桂花商量件事儿。他刚和刘子能商量完，还得和王桂花再商量。他把多年的积蓄交给刘子能组织的选举班子，原本以为足够了，结果开销越来越大，眼下有了缺口。按刘水平的看法，后边的工作没必要再做了，他私下计算了一下，该争取的选票差不多已经够了。但是刘子能不同意，刘子能说这是一个都不能少的，你怎么能保证那些人在现场不动摇、不变卦？所以还得争取，争取的选票越多越好。他于是就打算把饭馆卖给王红军。他对王桂花说，以后我当了村长，不用扯面了嘛，你也不用一天到晚撅着屁股去洗菜了嘛。

王桂花听了这话，提醒他说，饭馆不就是咱的家吗，卖了以后我们上哪儿住去？

刘水平想了想说，噢，你不说这茬儿我倒忘了。不卖就承包吧，包给他，一年交三万元租金，这个价钱没有亏他。

看到王桂花不再反对，他当天晚上和王红军签了一份合同，把饭馆承包给了王红军。在饭馆里写完合同，临出门，刘水平四下里看了几眼，忽然有些不舍了，留恋了，担心自己经营了多年的饭馆让王红军给搞砸了。他叮咛王红军说，开饭馆可是要勤快的，早上起早点儿，晚上睡晚点。面也不能饧在盆子里不管，没事要常叫叫。另外饭馆里你一个人忙不过来，抓紧时间再雇个人，男的女的都行。

王红军使劲点头，王红军说，你说的话都对哩，只是雇人就不用了，我媳妇在老家里闲着，过几天会来帮忙。

王红军是个守信用的人，媳妇到来的当天，把三万元的租金全交齐了。

王桂花不用去面馆干活儿，每日闲在家里想刘水平的事，想着想着心里就忐忑起来。从一开始，她心里就没底儿。她说花了那么钱，谁能给打个包票呀。没有人给她打包票，连刘子能也不行。刘子能说，这就叫民主你知道不？谁给你提前打了包票，不是成专制了？

王桂花于是一有机会就去赶庙会，除过烧香拜佛，又先后给家里请回八尊神像。八尊神像就是八个神，每天挨个敬奉一遍，得忙大半天时间。常常是，她吃完午饭开始祷告烧香，到傍晚才能结束。

后院里天天烟雾缭绕，刘水平担心造成不好影响，责怪王桂花。他说我是要当村长的人了，你却在家里搞封建迷信，这事传到上头我还能当吗，选上也得被拉下来。他叫王桂花把那些佛像集中到一起，一天只给上一炷香，意思一下就可以了。王桂花不答应，王桂花说你给八家人送一份礼，行么？刘水平一愣，忙说，好吧，你烧吧，只要事情能成，再多请几个神都可以，只要你不嫌麻烦。

选举前后进行了三个月，这中间王桂花没有多敬，也没有少敬一尊神，仍是那八尊神。大概是她的诚心感动了神仙，第二个月她就没法吃荤腥的饭菜了。沾一点腥都咽不下去，咽下去也会呕吐出来。村里人把这叫忌口。刘水平说你真是穷命，以后该好吃好喝了，咋给忌口了。说过这话没有几天，他发现王桂华神情举止也有点古怪，什么时候嘴里都念念有词的，连晚上睡觉都是。睡觉也不踏实，随便什么时候睁开眼，爬起来就朝佛像跟前去跪。

刘水平害怕了，刘水平说王桂花你别吓唬我，别我还没当上村长，你提前先出家了。

王桂花说，你放心。王桂花说着话，头还在黑暗中磕着，她说，你啥时候当上村长，我啥时候再去出家么。

选举的前一周，刘子能从城里的影楼请来化妆师、摄影师，给刘水平化妆、摄像。摄像师一边摄像，刘水平一边宣读自己的当选感言。刘水平很上相，面貌端庄，举止庄重。刘水平一连看了好几遍光碟，简直看不够。他说，日他娘，就算选不上，过一回瘾我也值了。

没有人认为刘水平会选不上。刘水平这些年在城郊一带很有些名声，大家觉得选一个名人当村长，没什么不好的。

但是，选举前还是出了一点岔子。

选举的前三天，刘子能来找刘水平说，刘结合为了做最后一搏，在城里的天一酒店摆了席面，请村里的村民们吃饭。刘子能说，这不是明目张胆地破坏选举嘛，选举原本就不是请客吃饭嘛。刘子能还说，村里那些答应了给刘水平投票的人，接到邀请竟然嘻嘻哈哈也都去参加吃请了。刘水平着急了，挠了半天脑袋没有想出好办法。他说，你不要那么啰嗦行不行，你只告诉我现在该咋办！

刘子能已经有了办法。他说，我看只能到酒店和他去论理。一来把席面搅散，二来村民们看见你在那里，谁还好意思再去？

后来，刘水平照着刘子能的话做了。他那天表现得很果断，他想他必须那么果断。他去天一酒店不但和刘结合论了理，情急之下还动了拳头。刘结合头破血流，当下就被送去医院。再后来，“110”就来了，“110”没有多余的话，把刘水平带走后拘留了十天。

事情就是这样。村里人事后都惋惜说，我们吃刘结合不是因为支持他，而是他当了几年村长亏欠了大家，大家理应吃他一顿。可谁能想到事情会这样？

刘水平是十天后从拘留所出来的，当时选举已经结束了七天。

他回家做的第一件事，是砸碎了王桂花的神像。王桂花拉不住他，王桂花说，我的神呀！

刘水平说你的神没错，都是好神，我砸他也不是恨他，是担心哪一天你跟着他们跑了。我还得过日子不是？你跑了我以后咋过日子？

刘水平三天后去找过一次刘子能，刘子能正在给新任的村委委员开会。刘子能看见他，对大家说散会吧散会吧，今天先开到这里，完了给刘水平倒了一杯茶水。

刘子能说，你看这事闹的，铁定了你要当村长么，你看这事闹的。

刘水平说，你当也一样，谁当村长都好着哩。

刘水平坐了半晌再没有说话。本来想说点啥，刘子能也鼓励他说，刘子能说水平你有啥要帮忙的说出来，你说么。刘水平最终什么也没有说。

套　子

张大才那天去找村长庆生的时候，给庆生准备了一只打火机。临出门前，张大才曾经犹豫了一下，寻思着还要不要再带点别的什么，但是后来，他还是只带了一只打火机，他认为托村长庆生的那件事只值一只打火机。他是在庆生的杂货部见到庆生的。他的黑色马自达轿车停在杂货部门前时，庆生正把扫帚、拖把等一些杂物往柜台外面摆放。庆生看见他后停下手里的活计，他就走过去把打火机在庆生眼前晃了晃。庆生挺疑惑，眼皮一抬，用白眼翻了他一下，意思似乎在说你他妈的舍不得发烟晃打火机干啥。

“送给你的。”张大才看出了庆生的疑惑，他说，“花花公子牌的，送给你的。”

庆生像遭了蝎子的蛰，脖子后头那条筋就抽了一下。“送给我的？为啥要送给我？”他问张大才。

庆生知道张大才是个生意人，生意人可不会平白无故给人送礼。再说了，张大才这些年做生意交往的都是城里有头有脸的人物，也没有必要给自己送礼。庆生说：“你看你，我又不能给你办啥事，给我送打火机干啥？”

张大才就笑了，张大才一笑起来，脸皮就像避孕套的胶皮那样绷得很紧。村里一直有个传说，说张大才之所以在城里能混得开，靠的是给人送一种套子，传说是避孕套。还有人说他的套子除过能避孕，关键是有壮阳功能，因此很受人喜爱。但至今没有人见过张大才的套子，庆生也没有见过，庆生一看见张大才又光又紧的前额就想起那玩意儿。

“不就是只打火机，你紧张啥?”张大才说，说着话把手里的打火机给庆生手里塞，“你不是当村长了嘛，把二组的马三提拔个小组长，怎么样?”

马三是二组的一个村民，三十多岁，是个小偷。村里人都知道那家伙是个小偷。他偷过李罗锅的女人挂在墙上的辣椒，偷过停放在麻将馆门前的自行车，还曾经连续两个冬天偷过村里变压器上的铜线。

“小偷怎么能当小组长?”庆生说，“小偷不能当小组长!”

庆生的话让张大才很不悦。张大才心想小组长是鸟大个官儿，用得着这么挑剔?他说：“可马三想当小组长了，这事你得给通融通融。”

庆生的脑袋就像拨浪鼓一样摇晃起来，庆生说：“不行不行，我也不能收你的打火机。”说着话就把手里的打火机还给张大才。

“你看你这人。”张大才说，“就不能考虑考虑?”

庆生说：“小偷不能当小组长!”

庆生的话很简短，但说得很绝对。张大才听出他把话说得很绝对。在城里混了这么多年，各种各样的人张大才都见过，但很少见到有人一开始就把话说绝。单凭这一点来说，他就觉得庆生不是个聪明人。现在的世道人不能不聪明，但庆生好像一直都不是个聪明人，有点犟，像一头犟驴，和这种人打交道有些费劲。张大才身子倚在杂货部的柜台上，把打火机在两个指头间玩弄了一会儿，看了庆生一眼说：“算了，那事不说了，打火机算我白送你的。”

庆生很警惕，庆生说：“为啥要白送我?”

张大才忍不住又笑了，他说：“不为啥，村长好歹也算干部吧?

我这人就喜欢和干部打交道，一点儿小意思。”

庆生自从当村长后，村里时常有人给他表示点小意思，一盒烟，半斤茶叶，还有戏票电影票什么的，他原本也不想接受，但是常常又没法拒绝。乡里乡亲的，硬拒绝就是见外，生分，别人背后会说他太做作。他现在只好把张大才的打火机接过来。打火机很精致，外壳是古铜色的金属。

张大才说：“改天请你喝酒。”

张大才知道庆生有个嗜好，爱喝酒，平日杂货部收了摊就和村里几个人坐在烟熏火燎的夜上喝啤酒。

庆生发现打火机的侧面镶嵌着一个洋女人，洋女人也是古铜色的金属做的。

庆生“噢”了一声问：“喝酒？我说了我给你办不了什么事，为啥还要请喝酒？”

“你这不是刚上任村长嘛，给你庆贺一下。”张大才说。

张大才的话说得庆生很高兴。庆生认为自己应该高兴，自己是大家选举的村长，张大才敬重他就是敬重大家，张大才平常可是从不把大家放在眼里的。他一高兴就用打火机“吧嗒”一声给自己点燃一根烟，使劲吸了一口。一口烟在口腔里酝酿了一会儿，他嘴巴一张，嘴里成功地吐出一串烟圈。

张大才发动了他的小车。他把手从车窗里伸出来，给庆生摇了几下，一溜烟把车开走了。

庆生透过鼻梁下没有散尽的一个烟圈，看见张大才和他的小车像一只黑色的甲壳虫在街道上滚动。他一直以为张大才是个庞然大物，但眼下他变成了甲壳虫，甲壳虫越滚越远，最后就消失了。

“这狗日的，在城里给人送那种套子，为啥不给我送？”张大才走远了，庆生突然就这么想，他想起了传说中的套子。“狗眼看人低的东西！”他心里骂道。

张大才是第二天来请庆生喝酒的。

张大才原本没有打算请庆生喝酒，为这么丁点儿小事请人喝酒很不值得，思谋半天，最后还是把车开到庆生的杂货部门前，完全是看市里王领导的面子。马三那件事是王领导给他托付的。他那天去找王领导办事，要办的事说妥了，王领导突然问他，你们村有个马三，这个人你认识吧？他忙说认识认识，那人是个小偷。王领导说我也知道他是个小偷，但是他拐弯抹角托人来找我，说是想在村里当小组长哩。你说我的身份怎么能去办这种小事？你回头给想想办法吧。就这么着，王领导把这事就托付给了他。

既然一只打火机解决不了问题，就只有到酒店去解决了。张大才心想这如果是自己什么事，他或许不会着急，会用些日子和庆生这头犟驴慢慢周旋。可王领导是好不容易结交上的人，不能为这点小事，让人家把他给看扁了。

他请庆生喝酒的地方叫"客来喜"酒店，是城里一家住宿带餐饮的大酒店。庆生深一脚浅一脚地跟着他走在铺着地毯的走廊上，猛然在后边说了句：

"套子。"

他吓了一跳，心想这家伙感觉到什么了。

"张大才，你是不是在城里吃套子饭的？"庆生说，"大家都说你是吃套子饭的，说你把那种套子送给人，然后就整天都有生意，整天在城里胡吃海喝，你说是不？"

张大才松了口气，晃着脑袋说："你别听村里那些人胡乱放屁，我没有那种套子，我在城里发财靠的是人缘好。"

虽然只有两个人，张大才还是和庆生在一个包间里落座。坐在一封闭严密的包间里，庆生的目光一时间很空洞。往常坐在夜市摊上，透过缭绕的烟雾一眼就能看到村庄，看到他坐落在村口的杂货部，那叫他心里很安生，哪怕喝得迷迷糊糊了，七扭八歪地也能摸到自己窝里去。但是他现在什么都看不见，只能看到一圈金碧辉煌的墙壁。他害怕了，他说："张大才，你带我到这么豪华的地方，该不是要说马三那件事吧？"

张大才开始点菜，张大才说你怕什么，不就是给弄个小组长嘛，能吓死你！

庆生站起来了，庆生说这事我真办不了，马三真的是个小偷，小偷不能当小组长。

张大才说：“算了算了，今天是为你当村长庆贺，和那事没关系。”

“那件事不办了？”庆生问。

“办不成么。”张大才说。

庆生就又坐下了。他坐下后摸了摸墙上的壁纸，壁纸像丝绸一样光滑；又看了看面前的餐具，餐具是金黄色的，散发着非同一般的亮光。他说，张大才你喝过五粮液吗？咱们来这么高级的地方吃饭，要喝就喝五粮液。他知道张大才在城里是大吃大喝惯了的，他也想感受一下坐在这种地方喝着五粮液，到底是什么感觉。张大才说五粮液是好酒，就喝五粮液吧，不过你一定得喝好。庆生说，只要你不办马三的事儿，我就喝好。张大才说，今天不谈那事，今天咱们只管喝酒。

庆生其实不大会喝酒，他把白酒像啤酒那样倾倒在玻璃杯子里，和张大才碰一下就喝一口，一口就喝下去一大截。碰了几回杯，他脸就红了。他看着张大才，他说：“张大才你看不起我。”

张大才正用一个小酒盅呷酒，呷了一口酒，抬起头问：“为啥说我看不起你？”

庆生说：“别人都说你有套子，你却说没有，你他妈认为我不配用你的高级套子。”

张大才听了这话哈哈大笑，张大才说：“喝酒。”

庆生就又喝了一会儿。庆生的脸和脖子一起喝红了。庆生说：“张大才，你他妈的就是不给我试试你的套子。”

张大才看出庆生喝醉了。庆生喝醉后眼睛很红，看人时像一只兔子。

庆生说：“我想回家，我喝好了，我该回家了。”

张大才说你着急什么，喝完酒洗个澡回家不是更舒服？你不是还要试我的套子吗？楼上就有按摩间，试完了你再回家。

庆生晃晃悠悠从椅子上站起来，他说：“你的套子是给城里的头头准备的，我还是回家。”

他说着话就走出了包间。他发现走廊上到处都是门，拐角也多，曲里拐弯的像一个迷宫。如果不是张大才马上跟过来给他领路，他估计自己很快就会走丢。张大才领着他在迷宫里转悠了一会儿，后来就到了一个像人市的地方。人市上有好多人，来来往往的，同样也有很多门和房间。张大才把他推进了一个房间。他一进那个昏暗的房间就闻到一股怪怪的味道，说不出是什么味道，弄得人鼻子痒痒，接着骨头也痒痒，腿也软绵绵的。他躺到了一张床上。他看见张大才在屋子里忙着张罗什么。他又想起了村里人的传说，忽然产生了个奇怪的想法，觉得张大才当年种地没有发家，卖菜也没有发家，如果真要是靠那种套子就发家了，那他就不叫张大才，他应该叫“套子”。

“套子。”

他戏谑地冲张大才喊了一声。

张大才似乎是回过头看了他一下，张大才看样子没有反感，倒是挺高兴。张大才一高兴咧着嘴就笑了。

但是他很快又迷糊过去了。

张大才把他那辆黑色马自达轿车擦得锃亮，开到庆生杂货部门前，停在马路边上。他坐在车上按了几下喇叭，又按了几下喇叭。喇叭的声音很刺耳，犹如一声唿哨。他想这么响亮的唿哨如果是召唤一条狗，狗立即就会奔过来。但是他按了半天，庆生仍纹丝不动地在杂货部门前坐着。庆生等着他过去。庆生人模狗样地嘴里叼了一根烟，坐在一张躺椅上晒着太阳。

张大才打开了车门，朝这边走过来了。他来到庆生身边时庆生仍眯缝着眼，嘴里哼哼着什么曲子。他在椅子上踢了一下，庆生眼睛睁开了。

“考虑什么大事呢?”张大才说，“把马三那件事考虑好了没有?”

庆生问：“马三，马三什么事?”

张大才说：“马三不是想当小组长嘛，你让他当个小组长。”

庆生有些不耐烦了，庆生说你看你这个人，怎么三番五次说那事，小偷就不能当小组长么。

张大才眨巴着眼看着他。有一瞬间张大才感到脑子里咯噔了一下，回过神后仍继续眨巴着眼。他觉得眼前的情形很陌生。那个夜晚之后，他以为庆生第二天就会来找他，不管是回味也好，想给他表白点什么也好，总之第二天就会来找他，这是他以往的经验。但是他等了三天，庆生却没有来。他不但没有来，瞧这样子倒像什么也没发生过。

庆生从椅子上站起来伸了个懒腰，然后又坐下去。“改天我也请你喝酒。”他对张大才说。

张大才问：“嫖客能当村长，小偷为啥不能当小组长?”

庆生一愣，庆生说张大才你在说什么，你这话是什么意思?

张大才冷笑了一声说：“没有啥意思，我只想叫你把马三那事儿给办了。”

庆生觉得这天的张大才有点阴阳怪气，不就是一起喝了一次酒嘛，怎么就变得阴阳怪气的。他问张大才：“谁是嫖客？你把话说明白点儿。”

张大才看出来庆生想赖账了。他这些年经见的人多了，时常就有人像庆生这样过后赖账，所以也怪不得他多长几个心眼。他不想和庆生兜圈子了，他已经等了三天，他早就等得没耐心了。他这天打算去面见王领导，但在面见王领导以前他得把马三的事给说妥了。他沉着脸对庆生说：“我只想问你一句话，马三的事，行还是不行?”

“不行。”庆生的回答很干脆。“小偷不能当小组长。”庆生又补充说。

张大才说：“你不要后悔。”

庆生梗着脖子说：“我为啥要后悔?”

世界上的事就是这样，本来可以和和气气解决的事儿，就因为有庆生这样不明智的人，最终把人都挤兑到墙角里。

张大才从杂货部柜台一侧的走道里挤进杂货部，他知道里面还有间屋子，是庆生夜晚看门店的卧室。庆生跟在后边问，干什么干什么，张大才你想干什么？张大才一走进屋子就看到了电视机旁边的影碟机，他从身上掏出个东西，往影碟机里一插，按了一下遥控器，没有反应，又弯腰把电源插上。电视里先是吱啦了几声，接着屏幕上就扯起了雪花。雪花不扯了，张大才转过身去背对着庆生，边吸烟边看着杂货部外边的大街。

庆生一眼就看见了自己的裸体。在电视不大清晰的画面上，他看见自己趴在一张床上，像个饿汉一样在一堆白肉上啃着。他啃得很仔细，也很用心，身下的白肉像垫了弹簧，一下又一下把他往半空中拱。他只看了一分钟，脸面就涨得通红。那天醉得实在太厉害，过后他一直觉得好像发生了点什么，但就是想不起来。他现在终于明白了。他走过去把影碟机蹬了一脚，影碟机很耐用，播放并没因为这一脚而受影响。他又蹬了一脚，一挥手扒拉掉了电源线，画面才在一瞬间消失。

“好你个张大才，你狗日的还有这一手呢!”他骂张大才说。

张大才转过身来笑了，他笑得很开心，他说：“有些人忘性大，我这是帮人家恢复记忆呢。”

庆生说：“你到底想怎样?”

张大才说：“不想怎样，马上叫马三当个小组长!”

庆生过去把影碟机里的碟片想取出来，电源线断着，压根儿取不出来。

张大才说：“不急着取，那个是留给你的。”说完从身上又拿出一张，在庆生眼前一晃。“我这儿多的是。”他说。

庆生就不再忙活了，开始挠自己的脖子。

“给个准信儿，啥时候叫马三上任?”张大才问。

庆生绕着电视机转了几圈，还在挠自己的脖子。他停下来了，他说：

“小偷不能当小组长。”

张大才很惊讶，说：“庆生你不想当村长了？你知道吗，这个碟片在村里一播放，你还有得村长当吗？”他说着话把手里的碟片重新装回身上。“把马三的事办了后我把这个就还给你，保证不会往外传播。”他又说。

庆生干笑了两声，他红着脸笑起来的样子很难看。他说：“村长当不成了去屎！”

张大才问：“你说啥？”

庆生说：“小偷不能当小组长！”

张大才懊恼地瞪了庆生一眼，血从下巴底下直往头顶涌。他还从来没见过像这样和他要泼皮无赖的，以往只要他把这张小小的碟片一播放，再张狂的人立时就霜打似的蔫了。他绕着庆生转了几圈，跺了跺脚说：“你不怕大家叫你嫖客？”

庆生说：“怕不怕已经是嫖客了，你想咋样随便。”

“我想给你唾一口。”张大才说，“嫖客！”他说完就给庆生脸上唾了一口。“嫖客还好意思当村长！”他说。他忍不住又唾了一口。

庆生虽然是个犟驴，这回却没有像往常那样勃然大怒。他从里屋走出来，来到柜台后边，从柜台下拿出一包餐巾纸，是那种挺柔软的餐巾纸，从里面抽出几张。

“你走着瞧，不出三天，全村人都会知道你是个嫖客。”张大才跟在后面说。

庆生开始擦自己的脸。“不用等三天。”他说，“我是个嫖客，村长当不成我不当了，我还卖我的杂货。但是小偷想当小组长就是不行。”

两个村民正从村街上朝这边走过来。庆生边擦脸边喊：“你们快过来，我看见了张大才的套子，你们谁见过他的套子？”

两个村民闻声就过来了。他们稀奇地问：“张大才你真有那种套子，给我们也见识一下你的套子吧。”他们说着话就过去把张大才围住，开玩笑说不给看就要搜身。

张大才很窘迫。这两个村民的到来搞得他又尴尬又窘迫。他是个做事谨慎的人，他还没有想好要不要把庆生的事就这么给抖搂出去。他涨着脸甩开了他们的纠缠说：“你们看什么看，我是和庆生开玩笑呢，我哪有什么套子！”

两个村民于是悻悻地走开了。

“算你有种！”张大才对庆生说。

他说完就走向自己的小车。他拉开车门，一屁股坐进车里，在车上坐了很长时间。他想得很辛苦，但一直闷着头在想。他不知道这事该怎么向王领导交代，一个小组长的事都拿不下来，以后还怎么见面，还怎么求王领导办事？他想他要不要再下车去，把庆生再威胁一下？他想他方才为什么没有把碟片掏出来，只要掏出来，庆生的村长立时就完蛋了。但是他左思右想后还是觉得把这事张扬出去，对自己似乎并没有多大好处。庆生算什么？不过是个鸟村长，芝麻大个人物，可事情一旦张扬出去，别人会不会怀疑以往那些被他拿下的人都是被他下了套子？

他把碟片从身上掏出来，在方向盘上狠劲摔了几下。和他没必要计较。他想。谁都知道了他的套子，那不是等于从此没有了套子？他开始发动他的小车。小车开动了，他仍不甘心，把脑袋伸出窗户，想再给庆生说点什么。他还没有开口，听见庆生在杂货部门口又嘟囔了一声：小偷就是不能当小组长！

庆生站在那里半张的嘴巴，似乎想竭力再吐几个烟圈，好让张大才和他的小车像甲壳虫一样在烟圈里滚动，但努力了几次没有成功。庆生往掌心吐了一口唾沫，他觉得应该把自己惩罚一下。张大才的小车冒着一股黑烟远去之后，他把一口唾沫捂到了自己脸上。

秒杀时代

明日黄花

这个叫"明日黄花"的人，总是凌晨出现在论坛，躲在一堆语言的废墟后面，目光锐利、机警，像一名猎人。凌晨的论坛里到处是脱落的牙齿和话语的残骸，空气腐臭、糜烂，令人窒息。如果你也是个夜行者，碰巧也在这时候大驾光临，说不准就会在一片废墟上遇见"明日黄花"。一般来说，她是个不怎么受欢迎的人。她和人打招呼的第一句话通常是：您要不要买一块墓地？她把这句话重复过无数次，平淡、苍白，千篇一律，自己却丝毫不觉得难堪。话说回来，难堪又能怎样？迂回转折，虚与委蛇，末了这句话总是要说的：先生，您要不要买一块墓地？

"明日黄花"曾经是一名热情洋溢的楼市推销员。从一块地面开挖地基时起，她就抱着传单开始在大街小巷里奔走，为这块地面未来的美好前景鼓与吹。但是，一个又一个客户搬进了新居，她发现自己还在大街上游荡，每当黄昏来临，便不由得生发出一丝无家可归的惶恐。卖了五年楼，经手过的房子少说有三五十套，却没有一套属于她。在城市里她永远是个寄居者。当然，单就寄居来说，她住过各种各样的房子，小户型，大户型，双层跃式，别墅……她常常心情复杂地面对着她的客户，一方面希望他们尽快在售房合同上签字，另一方面，又不得不接受他们对她的蚕食和挤压。通常情况下，她带着她的电脑和蚊帐住在空房子里，一个楼盘卖完了，同时意味着她需要给自己另寻住处。总有一天城里的新房都会拥有自己的主人，她怎么办？她为此愤愤不平。她想自己的前景应该更美妙一点，而不该像眼下这样惶惶不可终日。

灵感，或者说商机，是在一次偶然的遭遇中闪现的。

有一天，她陪着一位客户看房子，当时他们站在一栋三十三层住房的阳台上。客户是个中年男人，陆续在她手上买过三套房。他志得意满地站在那里远眺，目光忽然被天边的一处景致吸引。那是染在天尽头的一点翠绿，如果他没猜错的话，应该是个绿意盎然的别墅区。他当时就动心了，决意去那里瞧瞧。“明日黄花”挺奇怪，城里哪块儿地面新开了楼盘，像她的眼角新添了鱼尾纹一样，她不可能不知道。但是，她从来没听过那边有新建的别墅区。为了满足自己的好奇心，她陪着他跑了一趟。他们驱车行进了一个多小时，大老远看见一片绿树杂花掩映在两块土丘之间，再近一点儿，几片白幡在树荫下摆动，白幡下是一排排林立的墓碑。那是位于城郊的一处陵园。车子像嗅到了死亡的气息，在路边自动熄火。中年男人默然地坐在车内，很受伤的样子。过了一会儿，他说，这是天意。他说以前怎么只知道攒房子，不知道攒一块墓地。这世道啥都看涨，不会日后落个死无葬身之地吧？

这事让“明日黄花”挺受启发。她猜想用不了多久，大家都会变得聪明、有远见起来，不再一门心思囤积房子，而是早早准备自己的身后事儿。她觉得自己的想法很深远、很有创意。更有意思的是，她手里的积蓄离买一套房子十分遥远，但是如果拿来炒卖墓地，却是绰绰有余。她一口气买下十二块墓地。她挺伤感的，心里把最阔绰的一块墓地预留给自己，剩余的在网上一块一块往外卖。她后来很感激那个春天的午后。在她趸下十二块墓地不到三个月，墓地的价格开始飙升，半年之后，翻了接近三番。

此后，她的工作变得滑稽起来，上半天卖房，下半天睡觉，夜晚在网上卖墓地。集一个人生前和死后的消费于一身，使她时常觉得自己像阴阳人，人鬼混杂，雌雄同体，因此，她至今仍是单身。她喜欢在凌晨上网，她把这叫做“赶鬼市”。凌晨是个充满矛盾的时间段，一些人在白天里生活得踏实、自信，黑夜袭来后却一反常态，变得颓废、狐疑、无所适从。尤其越接近天亮，越会被一些胶着杂乱的东西缠绕着，不是疑神疑鬼过于敏感，就是看破红尘，显得过分清醒。人在这种时候，是什么事都可能做的，包括头脑发热去买一块墓地。用“明日黄花”的话来说，凌晨是“秒杀”一个正常人的最佳时机。她喜欢“秒杀”这个词儿，它意味着长期形成的东西一瞬间崩溃，或者说，转向、折断。她还喜欢一个词儿，鬼市。她把自己黑夜里从事的这项工作，叫做赶“鬼市”。她给自己确定的销售目标并不高，希望赶一次“鬼市”能兜售一块墓地。之所以这么从容，这么四平八稳，是她猜测墓地的价格继续会涨。她希望自己有限的资本一点一点把能量释放出去，如同铀235发出的辐射波那样遒劲而绵长。

她现在躲在一堆废墟后面，身边横卧着几具被抽干了话语的躯体。这是一个叫做“终极关系”的论坛。曾经有人冒充嫦娥来这里征过婚，还有过一个死去多年的亡灵，在这里讲述过自己传奇般的经历——他的前世今生。这使得论坛的名气越来越大，后来，有人甚至借助这里的人气，企图人肉搜索生活在天国里的耶稣。这起冒犯神灵的莽撞行动引起了巨大波澜，值班版主因此遭到解职，并且被课以永世不得担任版主的处罚，事件因此才得以平息。眼下，论坛依然庞杂而繁荣，即便是到了凌晨，来来往往的人还是不少。通常情况下，“明日黄花”只和自己未来的客户搭讪。来往的行人中哪一个会成为她未来的客户，瞄一眼她基本能做到心中有数。她一边东张西望，一边喝着手里的速溶咖啡。她看见一个叫做“西门大官人”的人从对面走过来。

这个人名字牛气，做派也非同寻常，身后带着一支由十二个美女组成的啦啦队，所到之处美腿飞舞，锣鼓喧天。他大摇大摆地走过来，肩上扛一只硕大的麻袋，麻袋鼓鼓囊囊，很容易叫人联想到成捆成捆的硬邦邦的钞票。他走到“明日黄花”身边时，“咚”的一声，把麻袋扔在地上，随口吟唱了一首诗。他每说一句话，后边的美女啦啦队就敲锣打鼓以示助威，同时又恰到好处地呐喊附和着。

他说，骑白马的不一定是王子。美女啦啦队和道，是唐僧！是唐僧！

他又说，长翅膀的不一定是天使。美女们边敲锣打鼓边喊，是菜鸟！是菜鸟！

他屁股一抬坐在了麻袋上，麻袋又高又大，把他的两条腿悬在空中。

这样的人早该准备一块墓地。“明日黄花”想。既不缺钱又不缺时间，生来仿佛是为了等死，不找他找谁？

“明日黄花”嘴里嚼着口香糖，凑近他，吐气如兰。她问，帅哥，您要不要买一块墓地？

他闻言吃了一惊，从麻袋上跳下来。

你怀疑我有杀身之祸？他问。美女啦啦队接着喊道，杀身之祸！杀身之祸！

他头上冷汗直冒，一把抓住“明日黄花”的袖筒，说，你怎么会知道我有杀身之祸？

“明日黄花”“嘻嘻”笑了两声。不是这个意思啦！我只是问问您，要不要买一块墓地？她回答。

“西门大官人”抹了抹头上的冷汗，重新坐回麻袋上。他伸了个懒腰，想安静一会儿，摆手示意身后的美女们，不要有事没事都跟着瞎闹腾。他说，没错，我还真需要一块墓地，我老婆已经死去三年了，至今还在医院的冰柜里冷冻着，我得想办法把她安葬了。

“明日黄花”很是为自己的眼力自得，她绽开笑容，想尽可能把话说得婉转一些，给阴森森的交易抹上一点亮色。她说，那就买一块呗，您看看您，手里又不缺钱！

他哈哈哈笑了。他说你真聪明，不会是盯上我这一麻袋东西了吧。他从麻袋上跳下来，绕着麻袋转了几圈，说，告诉你，这是我花了三年心血才弄出来的，全是上访材料！

“明日黄花”不相信他的话，走过去，围着麻袋左看看，右看看，完了又蹬了几脚，感觉很松软，的确不像是硬邦邦的钞票。她这时才回过头，仔细打量眼前这个貌似阔少的人。她注意到他戴一顶破旧的黄军帽，上身是上世纪早已退役的黄军装，左胸贴一片白萝卜，又挂着一串红辣椒，分别代表勋章和绶带。全副武装的他浑身上下散发出一股奇怪的味道，带着酸菜味儿，又夹杂着下水道里的淤泥味儿。她知道自己看走眼了。她端起桌面上的咖啡喝了一口，忍了半天，才没有让嘴里的咖啡呕吐出来。

她不声不响地朝一边走去，想躲开这个人。“西门大官人”整了整胸前的红辣椒，跟了过来。她加快脚步，越走越快。他跑回去扛起大麻袋，又一路小跑着撵上来。

我要一块墓地，他说，我老婆在医院的冰柜里冻着，我得把她安葬了！

“明日黄花”知道跑不脱了，一屁股坐在路边的一堆柴草上。柴草是论坛里熬夜的人们用来打地铺的，下面压着一具人体躯壳，还有一些零散的僵硬的舌头，它们在一只屁股的压迫下发出“咯吱咯吱”的响声。

我晓得你需要一块墓地，可我需要钱，怎么办？她气馁地说。

“西门大官人”把麻袋放到“明日黄花”脚下，忧伤地看了看麻袋，又看了看“明日黄花”。他说，你如果能把我上访的问题解决了，要多少钱，我情愿给你多少钱！

西门大官人

“西门大官人”是到网上来上访的。他现在几乎一无所有，只有大把大把的时间，和一个稍显阔绰的网名。他足不出户待在家里，每天在客厅的一台电脑前从事着遥遥无期的上访生涯。

他从前压根儿不会摆弄电脑，只会种菜。那时候，他还是城市郊区的一个菜农。他生活的愿望本来很简单，也很现实，就是用卖菜积攒的钱在城里买一处房子，然后过几年城里人的生活。这只是一个愿望，他原来打算用一辈子时间去努力的，结果后来，一夜之间突然实现了。

帮他实现愿望的人姓李，是他们那块儿街道办事处的主任。李主任决心在自己任内消灭辖区内的村庄，让村庄和菜地一起消失，把它们变成鳞次栉比的高楼大厦。他在城市边上盖起几栋住宅楼，动员他们那个村庄的人上楼。

他是最先响应李主任号召的人，他们家的菜地加上原有的住宅，可以换一套一百二十平方米的房子，这足够他和老婆、孩子一家人居住了。一开始住上城里的新房时，一家人只知道高兴，高兴了一些日子，问题来了。没有地方种菜，仅有的积蓄又装修了新房，在城里想摆弄个小摊也没有本钱，眼看着一家人的穿衣吃饭成了问题。他心里有些发慌，心想这下日子该怎么过呀，于是去了趟街道办，找到李主任。他说城里的风景的确好，可我们缺衣少穿咋办，还是让我回我们村子种菜吧，种菜我心里踏实。李主任是个斯文人，戴着眼镜，从眼镜片背后看着他。李主任说，开玩笑。李主任说你真会开玩笑，原来的菜地早推平了，上面的主体工程都封了顶，你要上楼顶去种菜？他坐在李主任办公室里不走，他说是你把我搬进城的，可在城里我生活不了，你得负责把我搬回去。李主任眨了眨眼想了一会儿，给他出了个主意。李主任说，要不这么办吧，你把城里的新房租出去，租出去能收租金不是？那样一家人的生活用不着发愁了。这主意听起来蛮不错，可问题是房子出租了，往后一家住哪儿？李主任说你不是喜欢种菜吗，可以再到河南边的村子租一片菜地，再盖几间房子，那样既能收房租又有菜种，不是两全其美嘛。

这事儿和老婆孩子商量了好些天，他们不赞同李主任说的办法，但是又想不出更好的办法。磨了一些日子，最终还是同意把房子租出去。于是，一家人在河南边的村庄租了一片菜地，价钱倒很便宜。房子也不用盖了，菜地里现成有两间平房，稍微收拾一下就能住人。住在这儿唯一不方便的是儿子，上学挺远，骑自行车要骑上大半天。儿子一到上学时就嘟着嘴，他训斥说，这点距离算啥，你没看电视上说城里的人上班要坐一个小时班车？咱们是城里人了你懂不懂，城里人都得这样生活。

日子本来就这么过着，他老婆却比先前多了一份心思，一天到晚惦记着城里的房子。担心租房的人破坏了装修好的地面、墙壁，又担心哪一天房客偷跑了，耽搁了该收的房租。她一有机会就坐班车进城，到自己新房里看上几眼。租房的是一个南方人，在这边卖红木家具的，有钱不说，搬来的几样家具也给家里增色不少，古色古香的，怎么看叫人怎么喜欢。她站在自家房子的客厅里，左看看右摸摸，恋恋不舍。常常是，南方人刚进家门，她后脚就到了。站在客厅里磨蹭上老半天，完了才返回菜地。回菜地待不了一会儿，又想回城里的房子。她的心就这么两边扯着，扯来扯去，像春天扯不完的杨花柳絮。

那段日子他心里始终很别扭，白天种菜卖菜，晚上躺在菜地的平房里，就胡思乱想。乡下——城里，城里——乡下。生活说变就变了，变得和闪电一样快。放着城里的新房却住不了，住在乡下，他到底算是城里人还是乡下人？他觉得自己既不像城里人，又不像乡下人，究竟算哪一类人？一想到这些奇怪的问题他就拍打老婆的胳膊，叫她陪着他一起想。有一天夜里，他半夜醒来，又去拍老婆的胳膊时，没有拍上，老婆不在床上了。他黑夜里起来去菜地里找，后来又越过渠岸，到另一片菜地里找，没有老婆的影子。他拍了一下脑袋，心想她一定半夜三更又惦记起城里的房子了。连忙骑上摩托车朝城里开，一路上也没有看见老婆。敲开了新房的门，南方人睡眼惺忪地站在门口，满脸愠怒。你们这不是发神经嘛！一个刚走一个又来，再这样折腾下去我明天该退房了！

老婆是第二天被人发现的。他见到她的时候，她已经躺在医院的冰柜里。他的猜想没错，她黑夜里又去看新房，回来时走迷了路，被一辆车撞倒在郊外的公路上。肇事的司机没有及时停车救人，反而趁着黑夜驾车逃跑了。他赶到医院时，交警已经排查了一天一夜，仍没有找着肇事车。

交警队的人叫他尽快把尸体火化了。尸体不是免费存放在冰柜里的，每天都会发生费用，如果肇事者始终找不到，这笔费用就得他来掏。怎么能找不到？他问，难道他不在地球上？交警队的人一看和他说不明白，不再管他，开车继续去找人。

从医院里出来，站在门口，太阳很亮，他眼睛晕了一会儿，不知道应该去哪里。一些人打了午饭从大门口出出进进，他想起来儿子该放学了。先去了趟学校，接了儿子，安顿在河南边的另一个村庄，那是儿子的姥姥家。然后，他去街道办找到李主任。李主任说事情我都知道了，你应该去找交警队。他去交警队，找到事故组组长，问他，啥时候能找到车？组长说，我们这不是在找嘛，你耐心等待吧。坐在交警队门前的台阶上吃了两个烧饼，半下午时分，他又去街道办找李主任。李主任在办公室里坐着，和先前一样，眼睛从眼镜片背后望着他，不说话。他说，我老婆死了，主意是你出的，这事你得管。李主任说我已经管你住上新房了，管不了你们一辈子的事儿，你还是去找交警队。他说你是父母官，所以还得找你。李主任生气了，李主任说你别把我叫父母，你是我爸好不好，你饶了我吧，我马上要开会。他把他从办公室里请出来。他临走时说，李主任你是父母官，也就是我爸，我以后还会找你。

过了一周，又过一周，交警队那边还是没有消息。街道办这边，他进大门时看见李主任的脑袋还在窗户上晃动，上楼后房间却空着，只有一个年轻人在墙角浇花。他先后去了几次，情形大致一样，办公室里不是有人浇花，就是有人在发报纸，总也见不着李主任。

去医院里又看了两次老婆，她龇牙咧嘴地躺在冰柜里。他想掴她一巴掌，他说你怎么那么没出息，为一个破房子把性命都搭上了。

出了医院，他又去了街道办。这回李主任没来得及躲，在办公室里坐着，对面坐着两个人说话。李主任本来满面春风的，看见他面色立即变了。他说，李主任你是我爸，我老婆死了，你管不管？李主任喊了几声，几个人过来把他推搡到楼道里。李主任转过身回到办公室，继续和那两个人说话。他说，这个人是个拆迁上访户，老上访户，神经有些问题了。听了这话，他胸膛里的火苗“噌”地一下蹿上来，扑进去和他厮打在一处。那天，他揪掉了李主任一绺头发，砸坏了三只玻璃杯、一个热水器。

事后，他才知道当天上级来人考察李主任。他那一闹，虽然是无心，李主任的好事还是被搅黄了。过了三天，派出所的人在交警队门口拘留了他，一进去就是十天。十天后出来，交警队仍没有找到肇事车。到办事处见了李主任，他既不躲他，也不再搭理他，目光里烟波浩渺，像面对着一个透明人。这期间南方人搬走了，房子空空荡荡的，夜晚他一个人睡在里面，心里竟瘆得慌。他养成了夜晚不睡觉的毛病，在房间里走来走去，走去走来，完了就趴在桌子上写反映材料。送出去的材料有上百份，有的有回音，有的没有回音，但他反映的问题都在那里放着，原封未动，也丝毫看不到解决的迹象。省城离他们这里有四百里路程，往返一次要一周时间。他去了一次省城，那里的单位多如牛毛，单是打听适合他递送材料的部门，用去了两个月时间。后来，为了方便上访，他干脆在省城住下了，每天拿着上访材料在相关的单位之间穿梭。中间李主任带着人来接过他一次，开着专车，接回去事情依旧没有一点儿眉目，他于是又返回来。折腾了将近一年，为了筹措在省城的花费，他把新房里的一间房卖给楼下一个开凉皮店的。第二年，又卖出去一间。

这一年赶上儿子要上高中，把最后一间房也卖了。这回卖给一个大学生，他和同样是大学生的女朋友合住。两个大学生晚上睡觉，白天在宽敞的客厅里上网，像一对度蜜月的夫妻。

近些日子，上边又要考察李主任，李主任叫人把他从省城接回来，为了防止他再去省城，没收了他的身份证。他只好继续在市里上访，他想如果李主任真调走了，他的事彻底不会有人管了。后来，派出所来了两个人，责令他老老实实待在家里。他们说，你涉嫌诬告陷害，从现在起对你实行监视居住，未经我们允许，你一个脚指头都不能跨过家门。

他是这些日子里学会了上网的。两个大学生上累了，就教他上。大学生说，网上挺有意思挺好玩的，不但可以听歌聊天打游戏，还能发帖子骂人黑人，啥事都可以做，包括上访，不信你也试试看。大学生对上网很专业，教会他很多东西，他的美女啦啦队也是他帮忙给他弄的。他总是在他们上累以后才有机会上，一般到后半夜了。电脑放在客厅，后半夜的客厅里只有他和那台电脑。只有这时候，他才能让自己跨出家门，脚步随意在满世界溜达。溜达时需要一个名字，好让别人记住他。他想了想，末了给自己取了个网名，叫做“西门大官人”。

骑在树上的鱼

“西门大官人”现在对“明日黄花”说，你明白了吧？我老婆在冰柜里冻了三年，你说我该不该要一块墓地？

“明日黄花”皱起了眉头。她说真遗憾。她说你本来又有房子又有乡下的良田，结果却搞成这样，真遗憾！

没事儿上什么访呢？她问，不就是老婆死了嘛，再找个老婆不就得了。

“明日黄花”理解不了他的心思。他如今不光是没有老婆，也没有村庄，没有先前的街坊邻居，以前生活中该有的都没有了，只剩下一间客厅。他说，要不我把我家的客厅送给你，给我老婆换一块墓地总可以吧？

她撇了撇嘴，牙齿中间“切”了一声。她说，切！当我是脑残？别人把房间买走了我买个客厅，我不是有病嘛！

她说完站在三十三层高楼的房间里，喝了一口咖啡。从窗户看出去，夜幕下的城市灯火辉煌，不知道哪里是“西门大官人”的家。她有点感慨，他毕竟比她幸运，曾经拥有过自己的房子，而她只有不多的几块墓地。亏他能想出那个主意，别人住房间，她倒好，占一个客厅住着，那不是明摆着给那些人做人体展览？这桩交易看来是没有什么前途可言的。

作为忠告，她对“西门大官人”说，你目前应该找个老婆，而不是买一块墓地，或许这样还能守住你家那半壁河山。

老实说，“西门大官人”以前从来没想过这个问题。听了“明日黄花”的话，他现在想了想，觉得这似乎是个问题，又似乎根本不是问题。老婆至今还躺在医院的冰柜里，家破人亡，日子过得一塌糊涂，哪个女人还肯再嫁给他？那她不也成了脑残！

我还是要墓地。他说。

他身后的美女啦啦队沉默许久，这时突然反戈一击，齐声喊道，要老婆！要老婆！要老婆！

“明日黄花”对这个凌晨失去了信心。她给自己定的目标是一晚至少卖一块墓地，现在，她不知道是应该继续等待机会，还是立即闪人。离晨光熹微还有几个小时。她眼神疲惫，神情沮丧地望着通向论坛的来路。

“骑在树上的鱼”就是这时候出现的。他像一条金鱼，在论坛里一闪一闪。她看见他的第一眼就忍不住“扑哧”笑了，一口咖啡喷到了桌面了。一条游动在水里的鱼是狡猾的，令人望而兴叹，可鱼一旦骑在树上，就有些前途未卜。她一边用抹布擦拭桌面，一边想着怎么和这个不速之客搭话。离天亮已经不远了，不能再白白浪费时间。秒杀，她又想到了这个词儿。白天和同事在售楼部谈论核辐射，大家也提到了这个词儿：秒杀。大家共同的看法是，如今这个时代，不是我们毁灭地球，就是地球毁灭我们，关键看谁出手快、有能力秒杀对方。她朝“骑在树上的鱼”迎上去，飞快地给他抛去几个媚眼，几乎在一秒钟之内，给对方放了七次电。

嗨！她说，您要不要买几块墓地？

“骑在树上的鱼”停止游动，鼓着鱼眼看了她一下，问，几块？你认为我会遇到灭门惨案？你就那么希望我遇到灭门惨案，全家死光光？

这样的开场白的确令人尴尬。她吐了吐舌头，做了个鬼脸，在他面前走来走去，以期平复他初来乍到就感染上的不良情绪。她打算换个话题。黑夜是如此无聊和漫长，为了做成一笔生意，她不是很拒绝和客户来点儿调情。她佯装叹气，嘴里说，好郁闷哦！说完等着对方的反应，对方却木头人一般，一点儿没有反应。她只好又捋了捋头上的长发，做出风情万种的样子，说，妹妹十八岁的郁闷好无奈、好漫长哦！

走开！“骑在树上的鱼”说。

走开走开走开！他说。

走开……

他忽然像疯子一样挥舞起语言的皮鞭，鞭子又细又长，发出响亮的哨声，把“明日黄花”像陀螺一样在夜空中抽打。“西门大官人”躲闪不及，白白挨了几皮鞭。身后的美女啦啦队也被打得人仰马翻，锣鼓、铙钹满地乱滚。

“明日黄花”被卷在鞭梢上荡漾、盘旋，差点儿吐了一地。她运足中气让身体沉下去，再沉下去，喉咙发痒的当口儿，终于落到了地上。这个人的不解风情让她既恼怒，又有些莫名其妙。

骑白马的不一定是王子/也可能是唐僧/长翅膀的不一定是天使/也可能是菜鸟。

她想起了“西门大官人”吟唱过的这首诗。她想假如时光倒转几百年，回到那个抒情的时代，她或许是一位诗人，而不是眼下这个招人鞭打的卖墓人。这是万般无奈的事情，谁叫我们生活在秒杀时代呢？明天依旧要接受核辐射，她宽慰自己说，而且2012年很快将要降临了！接连的出师不利，让她下决心准备收拾摊子走人。她看见“西门大官人”抚摸着脸上的鞭痕，在一旁看着她，茫然无助，满脸困惑，那样子真叫人可怜。

征母！

“骑在树上的鱼”放下言辞的鞭子，行走在凌晨阴冷的空气里。他边走边吆喝道，征母征母征母。

“明日黄花”啐了他一口。她说，老娘虽说不是年方十八，可也不是七老八十，用不着你这么寒碜。

“骑在树上的鱼”愣了一下，或者说，是被什么东西击了一下。他从腰里抽出一个提前制作好的标牌，牌子上写道：不征婚不征女朋友不征情人，专事征母。他认真地看了看“明日黄花”，又郑重其事地看了看面前的牌子。

“明日黄花”羞得满面通红，又啐了他一口。我还是个黄花闺女怎么能给你当娘？她说，我是个卖墓地的不是卖身的，别在我跟前要流氓了！

“骑在树上的鱼”无故遭到羞辱，委屈地哭了，哭得伤心落泪，眼泪和着鼻涕一起从指头缝里淌下来。他坐在凌晨的空气中，双手抱住头，肩膀有节奏地一耸一耸，哭声苍凉而尖锐，吵醒了论坛里几个睡意蒙眬的人。

几个人围过来，仔细把“骑在树上的鱼”打量了一阵。他是开着宝马车来逛论坛的，宝马车停放在路边，昭示着他非同寻常的身份。他身上有很多东西闪闪发亮，其中皮带扣是纯金打造的，看着金光灿灿，肚子上的皮带柔软而有光泽，上面纹理清晰，像是传说中的龙皮。两只胳膊上总共戴着十一块金表，表针“噌噌噌”一起移动，合奏出金属的共鸣声。表中间是用和田玉缀成的链子隔开的，链子由金线串成，金线又由无数根金丝织成，纤细而铿亮，宛如月宫里玉兔的项圈。大家发现他后背上从上而下，隆起一道凹凸不平的印痕，起初以为他背部畸形。有人斗胆掀起西服，又撕扯出衬衣，露出来的脊背上斜跨着一条用宝石镶成的五彩缤纷的龙。几个人议论纷纷，有人猜测他是珠宝商人，有人说是不像，感觉像是占卜算命的大仙。“明日黄花”看后说，错，怎么这都看不出来？他是我的老板的老板，背上的东西是用来驱魔辟邪的。

大家除去对这个人的财富感到惊讶，对他的想法也觉得很讶异。好端端的，为什么要给自己找个娘？难道你爸是鳏夫，你这是来替父征婚？

“骑在树上的鱼”止住哭声，说，我生下来没娘，一辈子没见过我亲娘，所以我想找个娘。

他的说法听起来有一些道理，但仔细一想又难以自圆其说。既然没见过你娘，就应该发个寻人启事呀，而不是随便找个人给你当娘。

“骑在树上的鱼”用了十分钟，调整了一下心潮起伏的情绪，然后，给大家讲了讲他的那点儿事情。

他说他其实一生下来就是个“野种”，村里大人小孩都知道他是“野种”，只有他自己不知道。

上小学的时候，和一个同学打架，那个同学嘴里骂了二十声“野种”，他才意识到大概是骂他。他当时就跑回家，在地头找到他娘，问，你告诉我，我为啥是“野种”？他娘大约早料到会有这么一天，所以不慌不忙，神情镇定。她说，你生来是城里的孩子，你亲爹亲娘也都在城里，他们这是暂时把你寄存在乡下了，说不定哪一天，又会从城里来把你再接回去。

他整个童年都是在绝望的等待中度过的。他巴望着亲娘来接他，退一步来说，即便是不接，看他一眼也行，也能帮他洗去“野种”的嫌疑。但是，直到高中毕业，后来又进城打工，他始终没有等来亲娘。他猜想自己一定是从小被亲娘遗弃了，现在的父母把他从城里捡了回来。父母很多年前在城里捡过垃圾，至今家里还保留着他们当年捡垃圾用过的一个背篓。至于他为什么被遗弃，他想了很多年没有想明白。

有一年，他在一个建筑工地上打工。秋天里阴雨绵绵，工地放了假，为了节省来回的路费他没有回乡下，在大桥下边住了将近一月。那一月，他把很多事想明白了，包括和他娘之间的事情。城里不像乡下，种几颗麦子就能养活人，这里没有钱是会被活活饿死的。他娘一定是没有钱养活他，才一狠心把他丢进了垃圾筐。这件事后来成为他挣钱的全部动力。他想他的性命原本是白白捡来的，拼着性命不要，也要挣钱。他有一个心愿，希望有钱后在电视上登个广告，让亲娘看看。他要让她一看见就后悔，后悔得捶胸顿足、寻死觅活，脑子里永世都不能安生。

若干年后，他的确在电视台登了一则广告。一周之内，前来认亲的人有五十多个，叫人真假难辨。他没法确认哪个是他亲娘，乡下的父母也丝毫不肯提供线索。他们反而为这件事伤透了心，说，当初把你从城里的垃圾筐里捡回来时，谁能想到你长大后忘恩负义，会变成今天这个样子？

说到这里，“骑在树上的鱼”又哭了。他肩膀抖动，身上的金银珠宝发出一阵“克朗克朗”的叫声。

人比黄花瘦

“人比黄花瘦”本来蜷缩着身体，怀里抱着一岁的孩子在论坛里打盹。她被一阵哭声吵醒，不明就里，睁开眼跟着哭了起来。她最怕听见人哭，无论来自哪个方向的哭声，都能像鱼钩一样勾起她内心深处的伤痛。她跟着哭了一会儿，才抹去泪眼，朝这边望去。她看见几个人围着“骑在树上的鱼”。“骑在树上的鱼”低着头，还坐在地上低声抽泣。她抱着孩子往前挪了挪屁股，又挪了挪屁股，拨开围观的人，把细长的胳膊伸过去，放在他的肩膀上。她在他肩上拍了几下。她说，不哭不哭，等有了钱，什么难事都可以解决了。

“骑在树上的鱼”边哭边说，这不关钱的事儿，我不差钱！都什么年代了，没钱我能有时间在这儿哭我娘嘛！

她看见了他面前征母的牌子。“西门大官人”捂着半边脸走过来，告诉她说，这个人闲着没事，在这里想找个人当他娘。“人比黄花瘦”惊奇地发现，眼前这个没娘的孩子生活竟异常富足，身上到处挂着宝贝。她抚摸着他后背上的那些宝贝，它们摸起来像一些光滑和不太光滑的石头。把那些石头在手心里摸着，她忍不住又哭了。她说，救救我的孩子。她低头看着自己怀抱里的孩子，孩子在一片珠光宝气的逼迫下不断缩小、枯萎，像一条无力蠕动的蛔虫。谁能救救我的孩子！她说。

“人比黄花瘦”是来论坛里募捐的。据她说孩子的医药费是一笔天文数字，而她既没有丈夫，孩子也没有父亲，只好来这里募捐。她募捐的效果很不理想，因为大多数人并不关心孩子的病，只关心一件事情：孩子的父亲是谁？她对这件事始终讳莫如深。即使对方被强烈的好奇心驱使，不惜以巨额捐款相引诱，她依然守口如瓶，不透露半点信息。因此，她虽然时常熬到凌晨，募捐到的钱却总是少得可怜。

最初，她曾经把捐款的希望寄托在“西门大官人”身上。他是她迄今为止，在论坛里见到的最大方的人。他每次来论坛，都会随手送一些好吃的东西给她和她的孩子，尽管那些吃食都是虚拟的。他大部分时候生活在自我狂欢中，带着他的啦啦队，走到哪里在哪里吹拉弹唱。除了给她一些吃食，他每天被人前呼后拥着，很少能留意到她。有一天，她硬着头皮把手伸到他鼻子底下。救救我的孩子，她说。她佝偻着并不年老的腰，面色蜡黄。尽管这样，他还是嗅到了她手掌上一些特别的气息。他拿着她的手掌闻了很久，最后说，我老婆死了。她说你这么开朗的人老婆死了有什么关系，可以再找个老婆。他放下了她的手，说，请你不要干扰我的思维，我是来这里上访的，不是找老婆的。

“明日黄花”曾经试图做她的生意。两个女人在一起，什么掏心窝子的话似乎都可以说。她叫“人比黄花瘦”早做打算，孩子看来是没救了，不如早点给他募捐买一块墓地。“人比黄花瘦”说，如果你愿意买我，我情愿卖身给孩子看病，你看行不？“明日黄花”打了个嗝儿，翻了半天白眼。她说我是女人你也是女人，我买你干什么？我将来还要找老公不是，买了你我老公会以为我是同性恋。她建议她要么把自己卖给一个有钱的男人，当小二、小三都不重要的，重要的是钱。此前，“人比黄花瘦”不是没有想过这个问题。她问“明日黄花”，你说一个男人买了我，会连我的孩子一起买过去吗？“明日黄花”听后没有回答她，或者说，是不好回答她。也许，她说，也许，你将来会等到那一天。

“人比黄花瘦”现在抚摸着“骑在树上的鱼”的后背。她想把他后背上的石头抠下来一块，只要一块，足够给孩子治病了。她指头上暗暗使劲，它们却像长在他身上的鳞甲，任凭她用尽力气都纹丝不动。她只得一遍又一遍地抚摸着它们，完了，又去抚摸“骑在树上的鱼”的头。

她叫了他一声，孩子。

“骑在树上的鱼”没有听见。他正追忆着往事，陷入某种混沌不清的冥思之中。

她说，孩子，你睁开眼仔细看看，我就是你娘！

她的话叫所有人吃了一惊。大家看见她一手抱着自己的孩子，一手把“骑在树上的鱼”搂在怀里。她的腰佝偻得更厉害了，下巴搭在他左肩上。她温柔地抚摸着他，吻了一下自己的孩子，接着又去吻他的前额，那样子真像是一对离散多年的母子。

“西门大官人”被眼前的情景搞得晕头转向，明白过来后，马上对“人比黄花瘦”充满鄙夷。他转过身，脚下踢起一片尘土。他又走过去，在小孩子瘦小的屁股上掐了一把。孩子立时“哇哇”哭叫起来，惊醒了“骑在树上的鱼”。他挣脱开她的怀抱，接着又推开她的手，拍了几下肩膀上的灰尘。

我没有你这样的娘，他说，我娘已经死了，我只是想把她风风光光地安葬，叫她看看钱其实不是钱，不过是一些废纸。

你打算找个死人当娘，然后拉回家，风风光光地安葬，是这样吗？“西门大官人”问。

“骑在树上的鱼”说，没错，我是这样想的。他又说，找个活人当娘我养父养母会不高兴，再说我娘没有养过我，我为什么要养活她？我只想找个人当娘一样埋葬了。一辈子就这一件闹心事儿，我要把这个心愿了了。

听了他的话，所有人的目光一齐对准了“西门大官人”。论坛里谁都知道，只有他家的死人是现成的。他在众人的注视下红了脸，说，凭什么？凭什么你可以拉个死人当娘一样风风光光安葬，而我老婆却躺在冰柜里，我家的什么事儿都解决不了？你得说说，凭什么！

本来，大家认为他和“骑在树上的鱼”的事情，是一拍即合的事儿。上哪儿找这种好事去？不用花一分钱，却风光地安葬了老婆，这种事还有什么好矫情的？

“西门大官人”并不领情，走过去解开他的大麻袋，从里面抽出一叠上访材料，分别给围观的人分发。

葬礼和坟墓是一对连体姐妹，促成一桩葬礼，无疑会卖出一块墓地，这是个非常浅显的道理，“明日黄花”自然很明白。她出面开导“西门大官人”说，人死了迟早是要安葬的呀，他替你安葬有什么不好？省了你买墓地了。

“西门大官人”还是不同意，他说我来这里是为了上访，不是为了葬埋老婆。如果我为葬埋我老婆，三年前就葬埋了，不会等到现在！

“西门大官人”是个很倔强的人，坚持要大家先看他的上访材料。他说每个人都有自己的心愿不是，他的心愿了了，我的心愿还在这上边写着呢。大家并没有心思看他那些上访材料，都劝他再好好想一想，说不定就想通了。“人比黄花瘦”也劝解他说，不能让老婆一直冻在冰柜里吧？你是他男人，好歹要给她个归宿。“西门大官人”不听劝告，反过来安慰“人比黄花瘦”。他说，你等着瞧吧，我把上访的事儿解决完了，一定会帮着你给孩子看病。

“明日黄花”坐在那只麻袋上，摆了摆手说，好了好了，大家熬到凌晨都不容易，难道不能冷静地坐下来谈谈？她埋怨“西门大官人”说，你这个人什么都好，就是不懂规则，凡事都是有规则的，我给你讲讲做事的规则行不行？

浅规则

“明日黄花”做了多年楼市推销员，喜欢把复杂的事情简单化。比如说，她和这个城市的关系就很简单，是交易关系，因为城市是别人的，她除了和她的客户做点交易，再没有别的选择。她也乐于保持他们之间的这种关系，直接而又纯粹，省去了许多麻烦，大多数时候，她只需明了一些交易的规则。交易自然是有规则的，说起来并不复杂，她把它们分成两类，一类叫潜规则，另一类叫浅规则。她现在想给“西门大官人”谈一谈浅规则。

她说，别人想把你老婆的尸体使用一下，作为交换条件，你可以提你的要求呀！这叫做互利双赢，这么浅显的道理难道还要我教你？

看到“西门大官人”一头雾水，她进一步启发他说，比如说吧，“骑在树上的鱼”有意把你老婆拉回家，当他亲娘一样安葬，作为交易，你可以要求他在乡下给买一块菜地，外加两间住房，这条件你满意吗？

“西门大官人”说，我不满意。他说我怎么能满意呢，我死了老婆，告了几年状，李主任却啥都没有损失，我怎么能满意？

“明日黄花”说，你不就是对李主任心里有怨气嘛，这事可以叫“骑在树上的鱼”来摆平。

“骑在树上的鱼”不加考虑便说，没问题，我可以摆平，叫李主任在你老婆——也是我娘——灵前亲自吊唁，叫他三鞠躬。不管是你老婆还是我娘，死了人叫他来吊唁一下，这事我能做到。

“西门大官人”问，那肇事司机呢？他撞死了我老婆却跑得不知去向，不能便宜了他。你不是很有钱嘛，你要悬赏把那个人捉拿归案，然后披麻戴孝，在我老婆——也是你娘——灵前守灵三日。

“明日黄花”说，是，那个人真可恨，这么做我看没错。

这事儿“骑在树上的鱼”也点头答应了。他说，说来说去，不都是花点钱的事儿嘛，我告诉过你们了，我不差钱！

“明日黄花”打开记事本，分别写上几个人的名字，用笔在上面写写画画，不一会儿写成了一份协议。协议先交给“骑在树上的鱼”看，他代表了买方市场，假如他不肯敞开自己的钱袋子，一切都是无从说起的。他看后挺满意，给“明日黄花”竖了竖大拇指。

“西门大官人”指着“明日黄花”说，你为这事辛苦半天了，墓地就买你的吧。

“明日黄花”笑了，她说谢谢你能想到照顾我的生意，按照浅规则，这事儿由我促成，理应买我的墓地，我已经写在协议上了。

事情大致就这么定下来了，规则很明确，等价有偿，协议条文也写得清清楚楚。这边的三个人准备举杯庆贺，另一个人却神情黯然地退到一边，对着一面墙壁独自垂泪。“西门大官人”看见了，使劲拍了一下自己的脑袋，嘴里说，怎么把最要紧的事竟然忘了。他给“骑在树上的鱼”又提了个条件，这个条件差点儿让已经谈好的协议功亏一篑。他要“骑在树上的鱼”拿出十万块钱，他说，我老婆是你亲娘，咱俩好歹算是亲戚了吧？你听我一句话，拿出十万块钱给她的孩子看病吧，这是积德行善的事情。“骑在树上的鱼”想了一下，说，这事儿有点难办，我虽然不差钱，但是我做人有个原则，从来不给人捐款，请你谅解一下。

“明日黄花”提议“人比黄花瘦”给“骑在树上的鱼”做情人，因为这个世界上没有免费的午餐。如果他们不是路人，而是情人关系，接下来的事情就顺理成章了。“骑在树上的鱼”脑袋像钟摆一样摇个不停。他说我有两个老婆七个情人，我今天是来找娘的不是找情人的，我很累很憔悴，这话不要叫我再重复了。

“人比黄花瘦”说，算了。她说我每天都是不抱希望地在这里等待，你们忙你们的吧，我要走了。

“西门大官人”拉住她不让走，他说既然认识了大家都是朋友，我老婆是他娘了他都不帮你，签那协议还有什么意思，我不签了。

事情僵持到这儿了。几个人面面相觑，最终，还是“骑在树上的鱼”让步了。他说我不是心疼那十万块钱，我怎么知道她拿了钱，真心去给孩子看病？

“人比黄花瘦”说，我是孩子的妈，你说我能不真心？

“骑在树上的鱼”还是不相信。他说，我当年就是被我娘扔进医院的垃圾桶的，谁能保证你不会？

他的话让几个人都犹豫起来。不错，钱拿到她手里，是谁也管不了的。唯一能管住她的是她的心，可谁又能看到她心里去？

有个一直在边上看热闹的人，这时插话了。这个人叫“神马都是浮云”。

神马都是浮云

“神马都是浮云”戴着金边眼镜，夹着文件包，因为用了劣质香水，身上散发出一股浓烈的迷香味儿。他说，我是开点子公司的。他说我的点子公司眼下虽然歇业了，但是请你们放心，我脑袋里还是有很多点子。你们不是想验证“人比黄花瘦”会不会拿了钱真的给孩子看病吗？这很简单呀！

大家说你还是少卖点关子吧，天眼看着要亮了，赶快说说你的点子看。

免费，他说，我的点子完全属于免费赠送，因为免费所以公平、透明，你们都不要有顾虑，更不要向我提出任何质疑。

说吧说吧，几个人都等不及了，说，你再不说就走开，不要影响我们自己商量。

“神马都是浮云”就说了。他说，验证一个人内心是否虔诚，不是看内心，而是要看行动。如果“人比黄花瘦”能从针眼儿十字路口爬到大众广场——也就二三里路吧，那就足以表达她为孩子看病的迫切心情，“骑在树上的鱼”的钱也不会白花，你们看这点子可以吧？

“西门大官人”首先表示反对。他说我上访的心情够迫切的了，从来也没有在大街上爬过，这点子太损人了，我不同意。

过了，“明日黄花”说，的确有点儿过了，我们这是在协商，又不是“人比黄花瘦”一个人沿街乞讨，干嘛要在大街上爬？

“骑在树上的鱼”脑袋里“嗡”的一下，一个在脑海里盘旋多年的场景又出现了。他骑在一棵高大的树上，俯瞰着一栋医院里的四层小楼。他的目光透过窗户，穿过一片空蒙的亮光，看见他娘脚步轻快地走出病房，从楼道一端走来。她边走边捏着鼻子，手里提着一个花布包裹，走下一层楼梯，又走下一层楼梯，脚下没有楼梯了，面前出现了一只铁皮垃圾桶。她看着那只垃圾桶，提着包裹的手开始颤抖。包裹也跟着颤抖，像悬崖边摇摇欲坠的羊羔。某个房间里响起一声婴儿的啼哭声，夹着杂乱的脚步声，一个新的生命正在落草。而这边的包裹仍在颤抖，一个生命正在堕入深渊。那是一个凉爽的秋天的早晨，几片树叶从树杈上落下来，在一簇亮光中漂浮、下沉……

他说，我同意。他说，我再加十万，我会提上二十万元现金，清晨八点在大众广场等她。只要她真能爬到广场上，我会毫不吝啬地奖赏一个新时代里的伟大母亲。咱们不见不散，事情就这么办吧。

接下来，只等着“人比黄花瘦”表态了。自从那个人说出这个点子，她表情一直很轻松。这个夜晚发生的一切有点突然，叫人猝不及防。她既吃惊又喜悦，庆幸以后再也不用面对人们无休止的盘问了。有了这笔钱，她可以安然地给孩子看病，至于他的父亲是谁，她连想都不会再去想。她深情地看着怀抱里的孩子，又感激地看着面前所有人，弯下了腰。她说，谢谢，谢谢你们。她伸出手臂，和所有人握手告别。到了“西门大官人”跟前，她有一丝羞怯地说，以后别再东奔西跑了，该放下的事儿从心里放下吧，从明天起，好好回家去种菜。她抱着孩子走了。临走时又回过身说，明早我们大众广场见吧，拜拜！

“人比黄花瘦”是七点半站在十字路口的。

初冬时节，空气中已经透着凛然的寒意。人行道上行人不多，三三两两的，缩着脖子，身上裹着夹衣。她穿着自己最庄重的一套服装，上身是件小翻领红色西服，下面一件蓝色涤纶裤子。她仍旧抱着孩子，出门时她想了想，原本可以把孩子交给邻居照管，最后却还是自己抱上了。她抱着孩子双膝跪倒，趴在了地上。这比她一个人爬行要辛苦得多，但是她觉得，让他看着自己的母亲如此辛苦，不是一件坏事情。清晨的地面湿漉漉的，爬出去不到二十米，膝盖处的裤子全湮透了。人行道上的行人都停下脚步，好奇地看着她。几辆行驶在街道上的小车，也被眼前的情景吸引，车子停放在路边。她满脸通红，头顶上热气腾腾，面对着越来越多的围观者，起初还有一丝害羞，很快就习惯了，自顾自地朝广场方向爬去。

“明日黄花”是最先看见她的人之一。天刚亮，她就站在三十三层高楼的窗户后边，注视着十字路口。老实说，她不大相信黑夜里发生的事情，尤其是凌晨。她通常在网上做生意时，谈妥价钱就会让对方立即通过支付平台付款，只有看到账户上的数字发生了变化，才能确信自己没有白费口舌。她现在有点后悔，觉得签协议的时候，应该要“骑在树上的鱼”为预订中的墓地付款。当时她竟然觉得和那份协议比起来，自己的生意过于渺小，因而难以启口。结果天刚亮她就后悔了。她一直在窗前站着，犹豫，观望，思考着要不要真的去赶赴那场约会。

十字路口站着好几个女人，怀里抱孩子的只有一个。不会就是

“人比黄花瘦”吧？她眼前黑了一下，仿佛一瞬间又回到了夜晚里的论坛。她看见那个人站在人行道上做了一下深呼吸，接着双膝跪倒，开始朝前爬行。很多人在边上围观，他们谁也不知道黑夜里发生的事情，都用一种怪异的目光注视着眼前这个女人。“明日黄花”洗了把脸，匆忙往楼下走。出门时她想，怎么能向那些人证明自己就是“明日黄花”？她回身在空旷的房间里转了一圈，最后重新打开电脑，把记事本上的协议打印了一份，随手塞进提兜里。

她来到大众广场时，“人比黄花瘦”已经爬到广场的西北角上。此时除过数以百计的围观的群众，还有好多记者夹杂在人群里。周围架起七八个摄像机，另外有两个广播电台的记者正在嘈杂的人堆里做着现场直播。她目光左右巡视，试图提前在人群里发现“骑在树上的鱼”。二十万现金不是个小数目，他怎么说也得拎个大提包吧？此时，广场上拎大提包的男人不下十个，有四个还是保密箱。其中离她最近的一个男人，旁边站着两个戴墨镜穿黑色西服的保镖，保密箱在一个保镖手里拎着。那个人袖口处露出一只金光灿灿的表，看上去最像“骑在树上的鱼”。她挤过去，留意他的后背，想看看那里是否也有凹凸不平的印痕。他神情肃穆地在那儿站着。她看不出什么，也不敢伸手去他的后背上触摸。

“人比黄花瘦”带动着人群向广场中间涌来。广场中间有一尊巨大的雕塑，是一匹腾空跃起的骏马，上面洒满了清晨细碎的阳光。她爬到雕塑底部时，实在爬不动了，坐在地上歇了一会儿。她向人群中望去，黑压压的人群被耀眼的阳光覆盖着，什么也看不到。但是，她还是感觉“骑在树上的鱼”在某个角落正注视着她，那目光锐利、灼热，仿佛能穿透她的身体。她为自己的懒惰感到可耻，转过身，继续往台阶上爬去。这回她明显有些吃力了，三十多层高的台阶，用了将近五分钟，最后才筋疲力尽地坐在雕塑下边。

“明日黄花”在下边看着她，等着“骑在树上的鱼”走出人群，脚步向雕塑的台阶上迈去。广场上出现了短暂的寂静，所有的声音都静止了，都像在等待着什么。一分钟过后，一些脚步从四周涌过来，是那些扛着摄像头的记者。“明日黄花”想对着那些拎提包的男人叫喊，好让“骑在树上的鱼”别捉迷藏了，早点儿从他们中间站出来。但是她喉咙里咕隆几下，最终没有喊出来，伸手扶住了一盏路灯的铁栏杆。

不一会工夫，闪光灯和摄像头淹没了“人比黄花瘦”。记者们伸出话筒叫她说几句话，他们说你说吧，你到底是在做什么，大家都等着你说几句话。她什么也不说，低着头坐在那里，看着沐浴在日光里的孩子。人们很快以为她是个哑巴，越发感到好奇，闪光灯闪烁不停，搞得她每抬一次头，都得用手遮住眼睛。

时间一点一点流逝，像天空中不断倾泻的阳光的碎屑。

她安静地坐在那里等待。电信大楼上的报时钟，在她刚爬到广场上时敲了八下，这时又敲响了八点半的钟声。她又一次用手遮住眼睛看了看天空，又看了看周围的人群。她有些灰心了，疲惫地闭上了眼。有人以为她哭了，立即把镜头拉近。她很快又把眼睛睁开，继续在等。钟声敲响了九下。她想，那个叫“骑在树上的鱼”的人，已经不值得她等待了。她看了看围在她身边的记者，对着他们淡淡地笑了一下。

一个四十多岁的男人从广场西北角奔跑过来，后边紧跟着两个追赶他的警察。他头发花白、蓬乱，脚下打了几个趔趄，气喘吁吁地挤进人群，把两个警察甩在了外面。他看见了“人比黄花瘦”，立刻朝台阶上跑来。沿着滨河路一路跑过来时，他还在想，真能在广场上见着“人比黄花瘦”吗？所以，他现在很兴奋，分开记者冲到“人比黄花瘦”跟前，有一丝欣慰，又有一丝抱歉地看着她。呵呵，我来晚了。他说，我天没亮就瞅机会，这不，好不容易才翻窗户从家里逃了出来。说着话，他去接“人比黄花瘦”手里的孩子，问她，你猜着我是谁了吧？“人比黄花瘦”笑了，把孩子交到他手里。她说，拉我起来吧，我一点劲儿都没有了。

人群中走出一个穿西服，戴金边眼镜的年轻人，胳膊下夹一只文件包。他走上台阶，和“人比黄花瘦”“西门大官人”分别握手，完了说，我是“神马都是浮云”。他转过身叫那些记者都到他跟前来，对他们说，现在我宣布，你们看到的是一桩网络欺诈案，一个叫做“骑在树上的鱼”的男人……

“人比黄花瘦”扑过去，用手堵住了他的嘴。她说，我是来晨练的。她对那些记者说，你们看，我家里人来接我了，我真的是来这儿晨练的。

“神马都是浮云”举起双手，止住了记者们蜂拥的脚步。背过身，对“人比黄花瘦”说，我关注你捐款有些日子了，这是一场难得的捐款策划活动。我的公司将因此而崛起，你也很快会收到源源不断的捐款，你稍微配合一下，好不？

“人比黄花瘦”在“西门大官人”的搀扶下向台阶下走去。她说，不需要。她看着身边的“西门大官人”，对“神马都是浮云”说，不管什么马还是什么鱼的，对我都不重要了，有他就足够了，我们可以一起去种菜。

“明日黄花”很早就返回住处，捂着鼻子趴在三十三层高楼的窗户上。她看着广场上的人群在她眼皮底下聚集，后来，又在她眼皮底下散去。她本来想让自己痛哭一场的，最后却没有哭出来。她看见“神马都是浮云”夹着文件包，还可笑地站在广场上。太阳越升越高，不管怎么说，新的一天还是开始了。她又一次上洗手间洗了把脸，完了拔掉电脑的电源插头后，发现“神马都是浮云”还在广场上站着。神马都是浮云。神马都是浮云？

私　刑

刘进步把三只老鼠从家里拎出来。他不是用手，而是用一块木板，木板像教书先生的写字板。事实上，那真是一张写字板，是他从废弃的村小学里捡来的。刘进步从家里出来时拎着这块写字板，写字板上面有三只老鼠。

三只老鼠在写字板上排成一行，队形很整齐，很有秩序，像刘进步吹着哨子叫出来的。只不过老鼠没有刘进步那样自由，身上都有两根铁丝，一根勒在脖子上，一根勒在肚子上。

刘进步拎着写字板从家里走出来时，三只老鼠一直在吱吱吱地叫，叫声很尖锐，像被谁在背后捅了刀子。刘进步没有给它们身上捅刀子，虽然它们吃过了界畔，给墙上钻了个洞，从隔壁吃到了他家。他只是用几根铁丝把它们捆绑在木板上。老鼠不偷吃是不可能的，但是不能吃过边界。他现在把那块木板从家里拎出来，靠在大门外的一棵树上。树是他家的大槐树，树身很粗，树枝上吊着纺线虫。三只老鼠在木板上翻着白眼，看着头顶上方的纺线虫，嘴里仍吱吱吱叫，好像谁欺负了它们。

你们吱吱吱叫个不停，到底是因为高兴还是难受？刘进步站在木板前，从口袋里抽出一根烟，问这些吃过界畔的老鼠。

老鼠们不回答，老鼠们看见村街上有人围过来，嘴里叫得更凶。

刘进步说，你们偷东西时高兴得吱吱吱叫，被抓住了还这么叫，我真不明白，这到底代表高兴，还是难受？

围过来的几个人，都好奇地打量木板上的老鼠，完了，又打量刘进步。

村里的刘水平是个爱饶舌的人，刘水平问，给老鼠上刑？你这是要给你家的老鼠上刑，是不是？

刘进步吸了一口烟。刘进步说，你长着眼睛难道是用来出气？这一看就不是我家的老鼠，是隔壁越界过来的，是刘前进家的老鼠。

刘前进几年前去外地打工，一直没有回家。刘进步本来把自己家里的老鼠消灭得很干净，但是他没有想到，刘前进家的老鼠又跑过来了。

刘水平不相信，刘水平说你在墙根儿抹了水泥，水泥上又涂了辣椒水，我不信刘前进家的老鼠能跑过来。

刘水平是个饶舌嘴。刘水平很爱在人前说话，但说的话刘进步不爱听。刘水平说，不是我乱说哩，你咋能想着给老鼠上刑？这么丑，看着都叫人恶心！

刘进步问，难道你家的老鼠长得像西施？你家的老鼠是西施托生的？是貂蝉在世？

刘水平说，反正又丑又恶心的，这么丑的东西你也值得给上刑？

村里杀猪卖肉的刘文利也来围观。刘文利开着电动三轮车，上面拉着刚刮净猪毛的猪肉。刘文利吐了口唾沫，对刘水平的话不以为然。

刘文利说，这老鼠丑吗？凡是人感兴趣的东西，都是丑的！你想想看，猪，驴，牛，羊，都爱吃它们的肉，但哪一个长得漂亮？

刘进步看着自己木板上的老鼠。他觉得老鼠们背靠着木板站着太舒服，嘴里又吱吱吱叫，好像随时准备在边上插话。他走过去从树上拿起木板，倒过来，然后又靠在树上。老鼠们现在全都头朝下了，挣扎得更激烈，使劲朝刘进步蹬着爪子。

刘进步说，我不管它们丑不丑，关键是，它们吃过界畔了，什么事都有界畔，不能随随便便就越过界畔吧？

刘进步说这话时心口忽然疼了一下。他知道自己为什么疼了，于是心里更恨这几只老鼠。它们从刘前进家打通界墙跑到自己家，不但咬破了麦囤咬烂了衬衣，更可气的是，竟然把一百块钱叼进鼠洞，然后咬得支离破碎。那一百块钱是他三天前从低保卡上取出来的。低保卡比儿子孝顺，儿子在外地打工一年半载见不上一面，低保卡却每月会给他打进一百元钱。他喜欢口袋里装上一百元钱，然后每过几天去一趟薛录镇，把它一点一点地像舔冰糖那样的消耗完。但是，老鼠们提前消耗了他的冰糖。老鼠没有理由消耗他的冰糖。因此，他认为完全有必要把它们当街示众，好警告别的老鼠。

三只老鼠在一张木板上吱吱了一阵，声音越来越小，围观者就没有多少兴致了。

没意思，刘水平说，绑完还得放不是？打死在门口看着更恶心。这么做真的没啥意思。

大家都觉得没意思，都认为刘进步接下来再没有什么节目。游街示众有什么用？接下来老鼠不再偷吃不再往墙上打洞吗？刘文利开着三轮车走了，他要去薛录镇上卖肉。他不想因为刘进步的乏味举动耽搁了自己卖肉。

刘进步忽然感到很难堪，从大家的眼里看出了一丝轻慢和蔑视。他觉得自己接下来应该再做点什么。他想去村外的椿树上逮一只猫，一只野猫，椿树上卧着一群野猫。他要逮一只最健壮凶猛的猫来对付这些老鼠。它们吃过了界畔，遭到这样的惩罚是理所应当的。他可以一个月不去薛录镇，不坐在茶炉上品茶，不喝醪糟，不吃豆腐脑，但是他要亲眼看着猫把这几只老鼠一口一口撕碎。

刘进步丢下饶舌嘴刘水平和木板上的老鼠，穿过村街，来到村口的马路上。一辆卡车从马路上开过来。他朝前没走几步，还没有走到椿树跟前，身边又过去一辆卡车。他站在马路上朝远处望，看见远处还有几辆车，有卡车，也有小轿车。怎么有这么多车？他很奇怪，站在马路中间拦住了一辆车。

刘进步问，你们为什么放着公路不走，都要从这儿过?

司机的脑袋从车窗里伸出来，司机说，公路上的桥塌了，所以只能从你们村口绕着走。

刘进步继续朝前走，他已经看见了椿树和椿树上的猫。如果他这天一心一意逮一只椿树上的猫，然后回家惩戒那些被示众的老鼠，后来的一切或许就不会发生。但这时又有一辆车从他身边飞驰而过，扬起的尘土呛得他咳嗽了两声。他对着擦肩而过的车喊道，不能为了你们方便，就呛得我直咳嗽吧！车开得很快，刘进步一说话，又被尘土呛了一口。这回咳嗽得更厉害，他边咳嗽边蹲在了马路上。

一辆黑色小轿车开过来，司机见刘进步蹲在马路中间，踩住了刹车。司机说，那边的桥塌了，我只好绕到这条路上。

刘进步还在咳嗽。刘进步看着司机，因为咳嗽，他的脸憋得通红。

司机从口袋里掏出了十元钱。司机说，过村路最多只能收十元钱。

司机走下车，把十元钱交给刘进步。刘进步直起了腰，他不咳嗽了，看着自己的手，他的手里忽然多了十元钱。他给司机让开了道儿，把十元钱装进口袋，拍了拍，的确是十元钱。他想了想，走近一棵椿树。他现在没有必要去逮椿树上的野猫了，他折下一根又长又粗的树枝。

这天午后，刘进步在马路上设了一个路卡。他的路卡很简易，不过是自己站在马路上，手里拿一根长长的树枝。但是他想得很周全，所以路卡的设置很科学。他的卡设在自家树地的果树房旁边，他站在自家的地头收费，没别人可说的。何况这里的位置也恰当，是进村唯一的通道。设在村口或者村南都不妥，因为村里有三条街道，狡猾的司机一眼能发现三条街道，说不准会从哪一条街道上绕过去。路卡虽然设在官道上，却是他一个人的私卡，他没有帮手，假设遇到什么样的意外，他是丝毫没有办法的。

刘进步站在马路上，每拦住一辆车，就对司机说，大车二十，小车十元。

他说这话时脸定得很平，因为这个月，因为那些老鼠，他损失了一百元钱。司机的钱是钱，他的钱也是钱。虽然司机的钱在司机口袋里，他的钱在老鼠洞里，但是，他不能把事情想得太复杂，因为都是钱。他要把属于他的一百元钱给找回来，这比找椿树上的野猫要划算得多。

看着一辆面包车开过来，刘进步把手里的树枝横在了马路上。

大车二十元，小车十元。刘进步说。

我这是面包车，算是大车还是小车？司机问。

刘进步看着面包车想了一下，他说，大车。

司机很不情愿，司机说明明是中型面包，到你这儿就成了大车。司机尽管不情愿，还是给刘进步掏出二十元钱。

这件事让刘进步很兴奋，刘进步从来没有想过，村口的马路上还有他说了算的时候。他觉得这天真是个好日子，虽然是秋伏天，他现在站在太阳底下却一点儿不觉得热。

为什么要给你交钱呢？过来的一个司机问。

刘进步不吭声。他手里举着树枝，眼睛看着司机。他等着司机交钱。

在管道上私设收费站，这不是老鼠吃过界畔嘛！司机又说。

刘进步把树枝放在马路上，他不能老把它举在手里，那样他会很累。他把树枝放在马路上，然后蹲在马路上开始咳嗽。这会儿只顾着收钱，他已经好久没顾上咳嗽了。

坐在驾驶室里的司机摇了摇头，看起来有点无奈。他打开车门走下车，到近前给刘进步交了钱，又把他从马路上扶起来，然后才回到车上。

喜欢饶舌的人，最后都会给自己多添些麻烦。刘进步这样想着，嘴里就取笑那个司机说，你看你何必呢？他又说，我以为你真不会交钱，最后还是交了，你说你何必呢！

司机笑了笑，司机说，我这是和你闹着玩呢，你一个人站在这里也寂寞不是?

头顶上的天很蓝，一丝云也没有，像打扫干净的麦场。马路上没有车经过的时候，刘进步真的感到一丝寂寞。他想吼两句秦腔，他喜欢唱秦腔戏。他今天心情挺好，因此想给自己唱一段戏。他曾经是村里文艺队的队员，唱过李玉和、杨子荣，还唱过逼上梁山的林冲。他觉得唱样板戏没味道，不如唱一出老戏。他想唱唐王马烂淤泥河。他后来这些年的日子，真像唐王李世民马烂在淤泥河里，提不起来。他唱道：东南西北都奉上，还有个大国小长安，殿前长着三棵树，殿后还有个翠华宫……

刘进步心想，眼下哪个司机如果能听完这段戏，说不定他会让他免费通行。他裤子的两个口袋已经鼓鼓囊囊，他想他早就收够了自己的一百元钱。但钱是自己送上门来的，不收也没办法，因为司机们大老远就对着他摁喇叭。他看见又一辆卡车从对面开过来，喇叭声很响亮。于是，他停止了自娱活动，又举起了手里的树枝。

卡车上坐着一男一女，一看就是两个苹果贩子。车后边的果箱垒得有一丈高，像一堵高大的城墙。

刘进步说，小车十元，大车二十。

他说完不看司机楼里的两个人，因为他们的衣服都很刺眼。女人穿着鲜艳的红夹克，男人是白夹克，两种颜色在阳光下叫人看着头晕。

女人脑袋从司机楼里探出来。女人说，车上拉的是农副产品你看不见吗?我们的车走到北京都是绿色通道，没有谁收过一分钱!

女人说话的声音很粗，简直像个男人。

大半天时间，刘进步都觉得司机们太温顺，像一群逃犯，完全听他发落。现在听到女人的话，他脖子后边的筋跳了一下。他走到马路中间，把树枝横放在马路上，屁股坐了上去。女人在司机楼里大声喊他，他始终装作没听见。

车熄了火，男人把脑袋从车窗伸出来。男人问，你收钱可以，总得给个理由吧？我们不能不明不白给你交钱。

刘进步想了想，想对男人说，他一大早损失了一百元钱，是被老鼠咬坏的，他因此把那些老鼠还当街示众了。但他摸了摸衣兜，马上感到这个理由很乏力。老鼠们造成的损失早弥补回来了，甚至已经翻了几番。他想咳嗽几声，却咳不出来。在马路上站了大半天，嗓子又干又痒，一咳嗽更疼。他回过头看了看身后的村庄，村庄里很冷清。这些年好多人去外边打工，村里一直很冷清，冷清得叫人着急。他现在也有些着急，一着急额头上就冒汗。男人还在问他，见他不说话就知道他理亏，嘴里更是问个不停。

男人说，做啥事都得有个理由不是？你把收钱的理由说出来，理由正当，我自然会交钱。

刘进步看着司机楼里的男人，嘴皮动了一下，还是没有想好该说什么。

你不给个理由，咱们就在这儿等着，反正后边还有车，一会儿大家一起来问问你。男人说。

刘进步从马路上站起来，拍了拍屁股上的尘土。刘进步说，修庙可以吧？从前我们村里有庙，现在没有了，应该修一座庙。

听了刘进步的话，女人和男人相互看了一眼，吐了吐舌头。

刘进步的话把自己也吓了一跳。刘进步不信神，但从前的村里的确有个庙，后来被拆掉了。他小时候村里的老人常用神神鬼鬼的事情吓唬他，他现在也想吓唬一下这两个多事的人。他说，你们不是常开着车走南闯北吗？难道你们不害怕鬼神？

女人在埋怨男人，嫌男人话多。开着车山南海北到处跑，指不定路上会出什么事，吉利话都听不过来，何必要讨这些丧气话呢？女人说不就是二十元钱的事儿，谁让你说那么多话了。女人边埋怨边拿出二十元钱，走下车递给刘进步。刘进步叫女人自己把路上的树枝拿起来，刘进步说，要轻拿轻放，下一辆车我还要用的。女人真的很小心，把路上的树枝轻轻拿起来，然后又轻轻放到路边上，完了再跑回去。男人发动了车，车开过去了。

刘进步发现这个方法很管用，接下来的几辆车，他刚一提修庙的事儿，司机们便慌忙把钱递给他，踩一脚油门就过去了。

又来了一辆卡车，车上拉着果箱，箱子把车厢塞得很严实。刘进步对着司机楼里喊了几声，一个女人从里面伸出脑袋。他看了看司机楼里，是先前过去的那一男一女。女人看着刘进步又伸过来手，很诧异。女人说，这不是刚交过钱嘛，又要收?

刘进步笑了，刘进步说，你刚才过去了一次，这不是又要过嘛。收钱修庙，庙是什么，是供神的地方，你们常开着车走南闯北，难道……

女人捂住了耳朵，女人把钱从车窗里扔出来。

刘进步只弯了一下腰，地上的钱就到了他手里。他刚把钱捡在手里，看见女人和男人又开着一辆卡车从对面过来。他现在甚至不用拿起地上的树枝，只是把刚才话重复了一遍。他说这些话的时候，周围的果树林里刮起一阵狂风，脚下的马路向一边倾斜，卡车上的箱子也歪向一边，捆绑的绳子发出嘎吱嘎吱的响声。女人和男人吓坏了，丢下钱开着车就跑。

接下来又来了一辆，还是那个女人和男人。前一辆车刚走，后一辆跟着又来，车上同样是那两个人。

刘进步几乎没有停歇，站在马路上一直收到太阳快落山，女人和男人还在不断朝他身上撒钱。他有些疲惫，摆脱了女人的手，来到路旁边的果树房里。果树房里有个旧纸箱，里面已经填满了十元二十元的纸币。他想把装满钱的果箱抱起来，但是箱子很沉，抱着很不方便。他在果树房边上找到几根给果箱打包的编织带，用编织带把箱子捆绑好，然后背在身上。他该回家了，他想他回家后做的第一件事，就是饶恕那三只示众的老鼠。没有那些老鼠，他就不会去找猫，而没有去找猫，就不会有这么多意外的收获。事情就是这样，有时候看着是坏事，只是你没有往下再想，再想深一点，说不定就是好事。钱真的是很沉重的东西，刘进步把一箱钱背在身上后，自己的身体就显得很虚弱，脚步很漂浮，好像承受不起它们的重量。

刘进步背着箱子从村街上走过，看见村街上几个人脚步匆忙，正朝他家门前走。刘文利开着三轮车从薛录镇上卖肉回来，车从刘进步身边经过，刘进步一挥手想把他拦住，刘文利却不停车。刘文利像个聋子，他喊了几声也没有搭理他。箱子压得他气喘吁吁，他想把箱子放到刘文利的三轮车上，但是刘文利的车已经开到他家门口，在那里停住了。刘进步看见自家门前的大槐树下围了一群人，他们一定还在围观那几只老鼠。他觉得这其实没什么好围观的，刘前进人去屋空老鼠不能等着饿死吧？老鼠要活命就要打洞，要穿过界墙找吃的，这是很自然的事情。他打算放掉那几只老鼠。他忽然担心起了刘水平，刘水平会不会自作主张逮一只野猫，看着野猫在槐树下撕咬那些老鼠？

走到大门口，刘进步果然第一个看见刘水平。刘水平没有看木板上的老鼠，刘水平和一群人低着头，看着放在地上的一张床板。床板上盖着被子，被子下边蒙着一个人。村里的刘小放那年在城里的工地上摔死，抬回家就是这个样子。刘进步双腿一软，想起了在外地打工的儿子。他嘴里喊了声儿呀，就往床板前扑，一扑却扑了空，身体轻飘飘落在被子上。他看见了老婆王菊琴。王菊琴在床板前坐着，边哭边用手捶打床板。他一伸手揭开被子，端详了一阵那个躺在床板上的人。那人躺得很安静，悄无声息的，像躺在夜晚的床上。他端详着他，发现原来是他自己。他这回吓得不轻，使劲摇了摇床板上的脑袋，想把自己摇醒。结果，他没有摇醒自己，却把周围的人惊得尖叫起来。

因为大家看见床板上的被子自动张开了，迎着风摆了几摆，完了又落下来。

王菊琴沙哑着嗓子，眼泪汪汪地哭叫着刘进步的名字。刘进步背着箱子站在媳妇王菊琴身边，好说歹说把王菊琴劝了半天，王菊琴一句话也没有回应，只顾哭着床板上的他。

他对周围的人说，咋回事，我不是在这儿站着么，怎么只当我死了？

那些人不看他的脸，听见他说话就左顾右盼，没一个接他的话茬儿。

他决定把这些围观者先驱散，然后再慢慢劝说王菊琴。王菊琴一点儿不知道他今天的意外收获，他想如果她知道了，就不会哭得这么眼泪汪汪的。但是，他在人堆里推来搡去，别人没感觉到他，他也一点不觉得拥挤。他嘴里一直问着咋回事，咋回事，没有一个人回答他的话。最后，他只好灰心地走出人群，在槐树下放下箱子，靠着槐树坐下。他看见刘水平这时拨开人群走出来。

刘水平和站在三轮车旁的刘文利说话。刘水平说，人是在村外的马路上被碾了的，碾人的车早跑了，现在连被谁碾的都不知道。

刘文利问，那会儿不是在门口给老鼠要上刑么，一个人到村外的马路上去干啥？

刘水平说，他本来是到村外的椿树上去逮猫的，要让猫来撕咬这些老鼠。谁知道鬼使神差的，却站到马路上去拦道了，那些司机岂是好惹的，车轮子咔嚓一下……

刘文利听完这话吸了口冷气，说，今天真是个怪日子，我正在街道上卖肉时刮了一股风，转眼间肉不见了。刚才走到村南的土壕边，看见壕沟里翻进去一辆卡车，车上一男一女。这刚一进村，碰见刘进步又成了这样子。你说怪不怪？

刘进步坐在门前的大槐树下，看了看他旁边的木板，木板上有三只他昨晚抓住的老鼠。他又看了看人群，人群围得很密实，他看不见躺在床板上的自己。他从口袋里掏出一根烟。他现在想吸一根烟，然后想一想，该怎么发落这几只捆在木板上的老鼠。

一个人的村庄

我是和杏花坐在门前闲聊时，看见马蔺朝这边走过来的。

开了春，村里的男人大都像鸟一样从巢里起飞，飞到南方去打工，马蔺是少数几个没有飞走的鸟之一。他家里开着油坊。地里的油菜还在开花，金黄的花朵上一天到晚盘旋着蜜蜂。这时节，是马蔺最悠闲的一段日子。他从后街上转过来，晃着空荡荡的裤腿站在村街上。街道上的女人们这里一群，那里一堆，他挺用心地把目光在狭长的街道上放远，像检视田野上一簇簇盛开的花朵。末了，晃着裤腿朝这边走过来。他喜欢走过来坐在我家门前的门墩上，然后听我和杏花说话。我们其实没有多少话，男人都不在家，坐在门口只为了打发时间。我们做着手里的针线活，半天才一句话，把马蔺听得很无聊，常常胳膊抱着肩膀，脑袋懒洋洋地放在胳膊上。过一会儿，他爱使劲抽一下鼻子，鼻孔像两只自由收缩的喇叭花。

如果我家的大黄狗在门口就好了，马蔺就没法那么舒服，因为它会咬他。自从我男人李宝林走后，我哥从娘家给我送来一条大黄狗，名字叫阿黄。阿黄每次看见马蔺都怒气冲冲的，头上的毛发竖立，大老远就朝着他汪汪。马蔺有时就很狼狈，他说，你看你看，我又没偷你家东西，干啥对我那么凶的？

杏花在一旁“哧哧”地笑，杏花说，你现在是没有偷，可狗是有灵性的，知道你心里想偷了。

马蔺是个聪明人，马蔺后来来我家门口时，口袋时常就装着一截火腿肠。说起来，我的阿黄就是那么没出息，吃了人家的火腿肠，自然不好意思再对着他汪汪了。

时值暮春，阳光照在街道的槐树上，把树冠点染成一把漂亮的大伞。时常在那把伞下坐着的，是村里的七婆和十三爷。他们中的一个已经老了，一个还要更老些。缺少男人的村庄里，十三爷和马蔺一样，忽然增添了许多英气。十三爷挺着腰板坐在槐树下。十三爷说，吃么，有钱了想吃什么就吃么。他和七婆离得那么远，和我们又离得那么近，我搞不清他这是在和谁说话。

十三爷那边仍说个不停，他说，我有一年给生产队从西宁贩马回来，一进村子，先吃了劳劳他妈擀的细面，接着社会他爸又端上了红烧肘子、生氽丸子……

十三爷沉浸在对两个亡人厨艺的回忆里，惹得马蔺在我身边哈哈大笑。

这是春天的事情。李宝林是春天走的，当时我没觉得我的生活发生了多大的变化。但是有一天，杏花的一句话提醒了我。杏花不是和我说的，她是和马蔺说的。有一天马蔺不晓得为什么事高兴，笑着笑着用手去拍杏花的肩，杏花没有反对，大方地让他拍着。杏花说，马蔺，过些天把我家的麦场给光了吧，麦子快要上场了。杏花是街道上最聪明的女人。知了还没有在椿树上鼓噪，她把夏天干活儿的帮手已经找好了。

去年，我男人李宝林还没有外出打工。去年的夏天对我来说，只是在光场的碌碡前撒几把草木灰那么简单。现在李宝林走了，我不知道地里的麦子怎样才能变成麦粒流入我家的粮仓。我挺羡慕杏花，她算是在街道上没有白坐。我也想找个帮手，可我要找的人既要帮我干活，又不能高兴起来拍打我的肩。树上的叶子从浅黄变成深绿，村口池塘里的水也浑浊起来。从村街上望过去，田野上的麦子一天天在变黄。我像放电影一样，把村里不多的几个男人在脑子里过了一遍，最后，还是决定去找马蔺。

马蔺开着自己的四轮拖拉机正在给杏花家光麦场。马蔺说，我一个春天都等着你说句话，你终于说了。乡里乡亲的，只要你有句话，我什么忙都可以帮。

我告诉马蔺，我会给他钱的，我不像杏花那样白用他，我男人有的是钱。

马蔺笑了。马蔺说，我如果爱钱，就和你家宝林一样出去打工了。我不要钱。

我不管你要不要，我说你给我家干活，我就是得给你付钱。

整个夏天的农活，都是马蔺帮着我干的。拉麦，碾麦，包括在傍晚的风中扬场。马蔺不但在干活上是一把好手，对付我家的阿黄也很会动脑子。他每次来我家，不是口袋里塞着一根火腿肠，就是手里拿一根在马路上捡到的白森森的骨头。阿黄得到了眼前的实惠，可耻地躲到角落里享用，任凭他从我家大门出出进进。我承认我不是个有心计的人，但在马蔺这件事上，我还是用上心了。我把他帮忙做的每一件事都记在本子上，又一项一项地计算成钱。我发现好几次在麦场上、街道上、麦场通往街道的路上，杏花都对我挤眉弄眼，好像我也被马蔺占了便宜似的。我知道我没有，因此心里很坦然，觉得杏花的样子非常可笑。

夏天忙得焦头烂额的时候，我遇上了一件烦心事儿。

我和马蔺一起在夜晚的风中扬场，马蔺高高地扬起木锨，我轻柔地在他一侧落下扫帚。田野上寂静无声，几只蟋蟀在草丛中欢快地鸣唱。在凉爽的夜风中，我神情恍惚起来，觉得我正和我男人李宝林在麦场上。我给他热烘烘的额头上擦汗，他接着又用热烘烘的手给我抹了几下额头。我们这样来来回回擦了几次，直到彼此的汗水在夜晚的风中吹干。扬完场回到家，躺在空旷的床上，我再也睡不着了。鸡叫第一遍的时候，家里的老鼠忽然开始乱窜。老鼠是绝迹了好几年的，眼下却边跑嘴里边发出“吱吱”的响声，搅得我难以入睡。通常的情况是，鸡叫三遍的时候，老鼠们才安静下来，而这时窗户已经发白，我尽管头昏脑涨，却再也睡不着了。

白天，我问杏花，我说杏花你家里有老鼠没有，怎么绝迹了多年的老鼠突然冒出来了。

杏花说，没有。说得很干脆。杏花的眼睛里有一些奇怪的东西，我装作没有看见。

我又问傍晚坐在槐树下的七婆，七婆说，好些年都没有那种丑东西了，你问它干啥？

但是，我家的老鼠却依然猖獗。月朗星稀的晚上，这些家伙似乎更容易兴奋，在月亮下排着长队，一路“吱吱”到院子的椿树下，长时间聚成一堆对着天空歌唱。那种发自牙缝的尖利的叫声，飞过院墙，响彻田野，一直到东方发白时才停止。

没有办法，我只好回了一趟娘家。我娘给我逮了一条大花猫。猫回家后压根儿不吃老鼠，轻狂地和它们在院子里戏耍，累了，懒惰地躺在地上睡大觉。

我犹豫了好几天。我一看见老鼠就害怕，更别说去逮它们了。我去马蔺的油坊找了一次马蔺，求他帮忙解决那些老鼠。马蔺很痛快，当天晚上带着一套冬天在野外捕兔子的工具来了。工具装在一个大帆布包里，是一个电瓶和一堆电线。他把电线在地上扯成纵横交错的网，把两端接在电瓶上，然后，蹲在院子里的椿树下边，等着老鼠“砰”的一声被电流击倒。这是一个需要熬夜的工作，他整整在椿树下待了两个夜晚。我那两个晚上睡得很安稳，身子始终觉得在一片柔软的水面上起伏着。我像酒醉的人一样，毫无知觉地沉醉在自己的梦中，大清早，马蔺喊上好几声，才从门外把我叫醒。我看见他一个夜晚打死的老鼠，足足能装半蛇皮袋子。

杏花在街道上看见我，歪着脸问我说，你夜晚干什么了？怎么眼圈周围都是青的？

我不晓得这句话的意思。当然，我也不想告诉她，马蔺黑夜里给我捉了两个晚上的老鼠。她显然什么都知道了，眼睛眯成一条缝看我，后面是一道锐利而又诡异的光。不管怎么说，让一个男人夜晚待在家里都不是一件光彩的事情。我在她的注视下脸上灼热，浑身像被针刺一样难受。

家里的老鼠虽然被消灭，可打鸣的公鸡却突然不听使唤。天擦黑就叫第一遍，从叫第一遍开始，院子就变得动荡不安起来。总是能听见一些东西在黑夜的院子里出没。我从噩梦中惊醒，觉得门缝里爬满了眼睛，像蟑螂长长的触角，在我的床上做着精心的刺探。我气闷地在床上躺着，怀疑门外的阿黄是个聋子。院子里活动的不是老鼠，我能感觉到这一点。老鼠除过在月夜里的歌唱，其余时间都是窸窸窣窣的，和蛇的爬行是同一种声音。可眼下，我的床上稍有响动，外面马上脚步杂沓，喘声粗重，听起来是一些庞然大物在走来走去。阿黄不闻不问，照旧在房外呼呼大睡。我一夜最少得起身三次，坐在床上，扒在漆黑的窗户上，站在咚咚作响的门背后。我的神经经受不住它们连续不断的折磨，后来只好硬着头皮打开房门。开门声惊醒了睡眼惺忪的阿黄，它打个滚从地上跃起来。这时，黑暗里不是蹿出两只咩咩叫着的羊，就是一头哼哼着的猪。我得费上好大劲儿，才能把这些深夜来客从大门口给赶走。

村里的女人站在我家门口和我说话，眼睛并不看我，而是穿过大门，目光落在我家后院里的一面墙上。不知道从什么时候起，后院里的墙变成了一面筛子，上面布满了大大小小的洞。谁都能看出来那些洞不仅能供老鼠、蛇和家畜出入，简直能进来人。

马蔺从秋天明亮的阳光里钻了出来。油坊里的活刚告一段落，他手里拿着泥墙用的泥刀泥抹来了。他在后院里和了一堆泥，把麦草铡碎拌在泥里，花了多半天时间，堵住了后墙上的若干个洞。他干这些时显得很憋气，嘴里不停咕噜，好像心里正在和谁吵架。洞用泥巴糊完了，他又弄来些带尖的玻璃碴插在后墙上，完了，才洗了洗手，站在屋檐底下。他像我男人李宝林那样叉着手在屋檐下站了一会儿，吩咐我夜里把大门得关紧了。说完还不放心，又叮咛应该怎样关门，关上门之后又该用什么东西在门背后顶着，最后才走了。

杏花回了一趟娘家，回来后在街道上看见马蔺，眼梢直往上挑，好像准备拿眼睛而不是嘴巴和马蔺说话。杏花说，马蔺，秋苗得浇三遍水，我以前不知道这些，这回我娘给我再三交代了。马蔺的手搭在脖子上，没有说话，先扭了几下脖子。

他说，你难道不知道？我现在被樱桃家给雇佣了。

从那天起，杏花不再到我家门前来，也不愿意再和我坐着一起说话。有几次她和我面对面站在街道上，也不肯搭理我了。

后来，一个女人就站在她家门口骂街了。

骂杏花的女人叫翠翠，是村里劳劳的女人。劳劳是个走乡串户收购废品的，以前，总能看见他骑着自行车从街上匆匆驶过。现在，他不骑自行车了，手里拿着镢头和锨，忙着给杏花家劳动。翠翠很奇怪，翠翠说，又不挣钱，为啥一天到晚要给她家劳动？她后来明白了，就开始站在杏花家门前叫骂。她骂人的话花样很多，村里很多人都喜欢站在门外旁听。她很少骂杏花，只是骂杏花的那张床。她说，劳劳爱上你的床，是不是你给床上绣着大红花？你的床……

翠翠骂杏花时，脸朝着杏花的家，屁股正对着我家的大门。她骂的每一句话都会从对面门上弹过来，然后砸在我头上。我因此很是忐忑不安，猜想马蔺的女人会不会也有一天来骂我。虽然马蔺每次帮我家干完活，我都会硬把钱塞到他手里，但是我还是有点担心。

秋天，马蔺帮我挖完包谷秆来到家里，我又一次把李宝林寄回来的钱分出一沓，往他手里塞。他这回不接钱，只愿意接住我的手。他把我的手在他的手心里摩挲着，像攥着一把毛毛虫，搞得我浑身痒丝丝的。

你看看人家劳劳，再看看我！他说。

他说得挺委屈，一委屈把我的手攥得更紧了些。我在阳光下看着他那张像抹了油彩一样的脸，身上打了个激灵，硬是把手从他手里抽出来。

马蔺像赌气一样，给我家院子垒了两个高高的包谷塔，高得能刺破天空。我在厨房里变着法儿给他做好吃的，他以前是很贪嘴的，但是现在，对案板上的东西一点也提不起精神。他的兴趣在我挂在铁丝上的衣服上，在洗过头发的水里，在家里随处可见的香皂和袜子上。我稍不留意，他会把这些东西一把抓过去，在鼻子底下使劲嗅。一些东西像野草一样在他脑子里生长。有时他大白天来到我家，反身掩上大门，张开胳膊，老鹰扑食般把我撵得团团转。

我白天不敢再坐在街道上了。一些人的目光里是带了刺的，而另外一些人，和我说话时不是用他们的嘴，而是用手。杏花自从那件事后，大多数时候都待在自己家里。我百无聊赖的时候，只好一个人在大门内侧坐一会儿，看看街道上离我很近，同时又离我很远的阳光。十三爷在秋天里光着膀子，坐在我家的门墩上。他朝我亮出他瘦骨嶙峋的身体，没来由地就会在我膝盖上拍一下，再拍一下，好像他的手是一根韧性良好的弹簧。

经常有人夜晚里光临我家，游荡在我家的后院里。他们的到来彻底打乱了鸡架上公鸡的生活秩序，它要么几天不叫，要么一个夜晚要叫无数遍。我一次又一次从梦中惊醒，无奈地听着院子里那些乱七八糟的声音。马蔺也加入了不速之客的行列，敲不开我顶得紧绷绷的大门，就翻过自己插了玻璃碴的围墙。扑通一声掉到地上，然后，整夜和阿黄蹲在厢房门外边。他黑夜里见了谁就和谁撕打，把阿黄训练成了他在夜晚巡逻的帮手。尽管这样，没过多少日子，插着玻璃碴的后墙还是被人溜得精光。清早起来，随处能看见黑夜留下的痕迹：这里一只鞋、一截拉链、一顶帽子，那里有半瓶没有喝完的啤酒、一大片撕扯了的裤腿、几个明晃晃的金属纽扣。

马蔺趁着大中午帮我浇了一茬麦田，来我家吃过午饭，赖着就不走了。他大模大样进了我的房间，揭开被子躺上去，甜滋滋地睡了一觉。就在这天，他刚心满意足地离开，收破烂的劳劳也来了。

劳劳把两边绑着筐子的自行车靠在大门外，走进门摘下肮脏的手套，先在我脸上摸了一把，紧接着又甩掉外衣，大踏步往后院的厢房里走。我又喊又踢，他仍不肯停下脚步。恰巧马蔺这时又返回来，连推带搡把劳劳赶出门。我气喘吁吁关紧大门，一转身，发现马蔺还在身后站着。他这回没有撵我，转过身解开自己的裤带，走过去，在后院的老椿树根上撒了一泡尿，提起裤子又走了。

十三爷扶着墙向这边走过来，他没有在门口的石墩上坐下，径直进了大门。

让爷在你床上歇个晌。他说。

说完话一脚蹬开阻挡他进门的狗，颤颤巍巍过了后院，进了厢房，把自己直挺挺放在床上。

我羞得无地自容，疾步往外走，在门口又撞见风风火火赶过来的马蔺。马蔺涨红着脸从边上擦过去，扑进厢房，从床上拽起十三爷和他论理。一个竭力驱赶，一个赖着不走，两个人拉拉扯扯，互不相让，坐在我的床上吵闹不休。

黑三是每天下午在村街上卖豆腐脑的。他把担子在我家门外轻轻放下，一溜小跑着进来，跷起腿在床沿上坐了一小会儿，接着又跑出去。

不久，劳劳的女人也来了，拨开正在吵闹的十三爷和马蔺，掀开被子，非要验证床上是不是也绣了一朵花。

村里那些我认识和不认识的，男的和女的，老的和少的，转眼间潮水般涌过来。他们饶有兴趣地参观了后院里的围墙，墙顶残余的玻璃和墙根下的垃圾，又站在院子里倾听马蔺和十三爷不可开交的吵闹。这种爆炸式的不可收拾的场面一直持续到半下午，赶集卖麻花回来的刘五，在临村张罗完丧事提着火铳路过的王七，薛午村拧绳子的张六，闻讯都赶了过来，在门前各自占据了一块位置，作为做买卖的摊位。后来，卖菠菜的，卖粉条的，南坡底下卖酱油和醋的，北山里出售洋芋的，一股脑都来了，把这里当成了一个新兴的贸易集市。阿黄在声嘶力竭的嚎叫中被人下了迷药，口吐白沫躺在地上。我在一片混乱中被踩掉了一只鞋，手里拎着一个三条腿的板凳挤出人群。我坐在了马路对面的槐树下边。槐树像一把大伞罩住了惊魂未定的我。

你撞上啥东西了。七婆说。她靠在粗大的树身上，抓一把炒熟的包谷豆正在吃。你一定撞上啥东西了。她边吃边说。

夜幕降临，几个商贩的摊位上亮起了汽灯；另一些人从屋檐下拉扯电线，打算给街道上拉起通宵的电灯。如果不是雪花在傍晚飘了起来，而且越飘越大，我相信这个夜晚对许多人来说，注定都是个不眠之夜。人们在越来越大的雪中陆续离去。十三爷在儿媳媛媛的搀扶下回了家，一回去躺到了媛媛的床上，吓得媛媛从家里呼叫着又跑出来。我踩着一地坚硬的垃圾回家后，家里已空无一人。昏黄的灯光下，飘荡着一些没有完全散尽的影子。我筋疲力尽，没有心思顾及一场骚乱给家里带来的衰败的景象，只想躺在床上睡上一觉。我想，或许睡一觉，明天一切都会好了。

我走进房间后，看见马蔺正瞪着眼躺在床上。发现我走进来，他把盖在身上的被子往边上一扯，给我腾出点地方。他脸上笑眯眯的，把自已躺得平平展展。他的手伸过来了，像一只干瘦细长的爪子，抓住了我的手。

我身上的骨头咯吱咯吱响着，我想我该做点什么了。整个下午坐在槐树底下，我就想做点什么了。我出了厢房，在厨房的案板上拿起一把菜刀。菜刀前些天被马蔺磨得锃亮，犀利的亮光能立刻融化落在上面的雪。我走进厢房站在床边，手迎接过另外一只手，并把它攥紧。我砍了一刀，听到了“喀嚓”一声。再砍了一刀，床上的家伙蹦起来了，失声地喊叫着。我听见我家的大门响了，院墙上也响起了“扑通扑通”的坠落声。一阵脚步从远处跑近，又一阵脚步从近处跑远。窗户上、门缝里、房顶上聚过来无数目光，像一盏盏黑夜里的探照灯，射向我的床上。我拎着一只砍断了的手，接着又砍另一只。在撕心裂肺的惨叫声中，我感到了一种久违的快乐。

我不再分得那么仔细了，不再管他的手在哪里，胳膊在哪里，像剁一块放在案板上的囫囵的肉，只是一个劲儿剁着。惨叫声一阵紧似一阵，却丝毫损伤不了我的斗志，反而让我愈战愈勇。我砍累了，粗略估算了一下，他的背上最少挨了二十刀；胸上少说也有二十三刀；还有腿上、脖子上，全被我砍得稀巴烂。厢房的房门咣当作响，许多人在外面叫着号子，一下又一下朝门上撞击。我搬起凳子、桌子把房门死死顶住。这期间，床上的家伙终于支撑不住了，滚到地上，拉着一条腿想往外逃。我一脚踏住了他的膀子，用刀背砸在头上，听见了一声脑浆迸裂的扑哧声。他不再动了，瘫在了那里，像一堆没有筋骨的肉泥。过了一会儿，一条腿在黑暗中抖了一下，又抖了一下。我挥起刀又对着他一阵乱砍，直到他身体的每一个部位都安静下来，宁静地平铺在地上。我擦了擦自己满是腥味的脸。那些黑夜里的围观者顿时消逝，外面一片沉寂。

我扔掉菜刀躺到床上时，被人下了迷药的阿黄还没有醒来。我能听见它在门外均匀而安逸的鼾声。一股倦意朝我袭来，这对黑夜里的我来说，是很少有的事。好久以来，我养成了听着鸡叫声入睡，再听着鸡叫声睁眼的习惯。但是这天，我什么都没有听见。我睡得异常踏实，直到一阵刺眼的白光射进屋子，才懒洋洋地睁开眼睛。一股浓烈的腥味儿笼罩着我，在大脑清醒的第一时间，我清楚我在夜晚杀了人。我探起身子，寻找被我剁成肉酱的尸体。地上没有什么尸体，只有一只血肉模糊的东西在门背后摊着。

一股飞雪迎面扑来，我打开了家里的大门。街道上站了好多人，像提前约好了似的，齐刷刷在雪天里站着。雪给他们穿白戴孝，好像在街道上等着给一具尸体送终。有人眉毛上的积雪有几寸厚，因为不堪重负，不断发出塌陷断裂的声音。我拎着一把血淋淋的东西来到街道上，看见杏花神情木然地站在槐树下。树冠没有像伞一样帮她抵御飞雪，倒像一只漏斗，把大团的雪漏在她红色的羽绒服上。我从她身边走过去，她吸了口冷气，肩膀在羽绒服下颤了几颤。劳劳和女人在杏花家门口立着，他们面前的雪地上脚印杂乱无章，像跑过了四五匹骡子。

我继续朝前走。四周静悄悄。我像走在一个人的村庄里。我在行走中，瞥见十三爷缩着脖子坐在大门背后。他穿着肥大的棉衣，因为冷，上下牙激烈磕碰，发出嘀嗒嘀嗒的响声，像时间在空气中移动。

街道的尽头开过来几辆车，拉着刺耳的警笛。声音震落了树上的积雪，空中一片迷茫。

我朝着几辆警车走过去。

我的村庄里终于来人了，不再是那个冷清的、孤寂的村庄。这真是一件令人庆幸的事情。

步步高

金祥把新买的音响放到小广场上后，歪着头审视了一番，高大、敦实，看起来的确很威风。村里的大放凑过来看热闹，金祥问大放说，威风不？大放说，是的是的，很威风。金祥说，这么大的音响咋能不威风，你瞧那气势，像不像当年的你爸？

大放一听这话就躁了，大放说，我爸死了好些年了，咋提起我爸！

金祥觉得大放不应该发躁，他说，你爸当年不是村长么？那时的村长就是这样威风八面的，不过现在不行了，现在要说威风，还是我这台音响。

开农家乐赚了钱的金祥，说话喜欢直截了当。他还喜欢看大放缩头缩脑的样子，他发现大放红着脸向人背后躲，又说，不躲不躲，你过来再仔细看看么。

大放不想看了，也不想再和金祥说话，嘴里嘟囔了几句，去镇上干自己的营生。

事实上，金祥这台音响的确不同凡响，谁看了都说好。半人多高，通体漆黑锃亮，透出一股凛然不可侵犯的盛气。这是他花了五千元从城里买回来的。他对媳妇菊梅说，五千元放在广场上你能看见不？看不见吧。变成音响就不同了，你不但能看见摸见，在农家乐里做饭时还能听见。事实就是这样，只要金祥稍微拧大音量，音响声马上会穿透围墙击穿屋顶，在整个村街上回荡；那时摆放音响的广场上也像来了一场地震，水泥地面都震得扎扎作响。

金祥买这台音响的时机很恰当，村里许多女人正按捺不住，想跳健身舞。健身舞从城里传到镇上，女人们赶集时看见了，也学着跳，却没有人肯花钱买音响。大家说不是我一个人爱跳，凭什么要我花钱？俊霞的男人小军就是这么说的。小军还说，爱跳你逢着三六九日赶集时使劲跳，买音响不行，因为那算不上正经家当。金祥就买了这台音响。金祥说，我不能老在农家乐里围着一堆食客们转，这么多人爱跳舞，有了音响以后就会有人围着我转。

就这样，金祥在村里的小广场上组织起了广场舞。晚上七点到八点半，金祥心情好的话，会按时把音响拉到广场上。就着他的音响，一帮女人们个个舒展腰肢，像一群即将起飞的大雁。当然，金祥也有心情不好的时候，那时音响就哑了，原本舞姿摇曳的人们也就风光不再，只能在广场上傻站着。

这玩意儿很听话，金祥有时会指着音响，对周围的人们说，我高兴叫它响它才响，不然，它就会闭嘴。

器物原来是有灵性的，是会发出某种隐秘信号的，这是金祥后来的发现。他后来还发现，每次他出现在广场上，身上就像装着磁铁，所有人都围着他，都得看他的脸色，顺他的意思。他说村里的女人中数俊霞腰身最好，大家就推举俊霞在前排领舞。他说哪个舞曲好听，俊霞就领着大伙儿跳哪个舞曲。广场成了他的天下，他的地盘，这种感觉很神奇，也很舒服。他一想起来如同过电一样，浑身都通畅、酥麻。当然，在这个地盘上，金祥后来是反对别人随便来染指的。

夏天的一个傍晚，女人们正在广场上跳舞，大放从镇上回来了。

金祥当时正在躺椅上打盹，但还是感觉到大放来了。他虽然眯着眼，广场上任何细微的动静都能察觉。他能分辨出每个女人沙沙的脚步声，还有轻微的喘息声，和飘荡在空气中的体味儿。他感到有人正在侵犯他的领地，这种感觉很强烈，和小偷溜进他农家乐的感受一样。有时，他觉得广场上不是这群女人在跳舞，而是他的钞票在舞蹈，他在享受这份尊荣和快乐。谁闯进他的地盘，就是存心要破坏他的快乐。大放走近了，他听到了拙笨拖拉的脚步声，鼻子随即嗅到一股扑面而来的尿臊味儿。大放平日用一辆三轮车在镇上的单位里拉屎拉尿，每次看见他，金祥都会想到那股难闻的气味儿。气味越来越重，他终于忍无可忍，对着天空打了个喷嚏，然后，抬手关掉了音响。

音乐声是戛然而止的，正在跳舞的人胳膊腿还伸在半空中，诧异地收回手脚后，都厌烦地看着大放。大家只能厌烦大放，因为音响是金祥家的，金祥随时都有权这么做。

大放腾地红了脸，嘴里说，没事没事，我只是来提个建议。

这天，大放真的只提了个建议。他说，大家跳一会儿健身舞，应该再跳一会儿交谊舞，镇上的人们就是这么做的。

金祥从前不喜欢大放的父亲，那是个盛气凌人的人。现在也不喜欢大放，觉得他太猥琐。但当时他想了想，觉得大放的建议似乎没错。俊霞、芳珍几个女人也流露出想跳交谊舞的意思。他于是随手按了几下按键，放起一支交谊舞的曲子。他的音响上半截是带着屏幕的，屏幕上同时出现了画面。俊霞只看了几眼，拉过芳珍的手就跳起来。别的女人嘻嘻哈哈学着她俩的样子，也手拉手跳起了交谊舞。

因为自己的建议被采纳，大放在边上看得很兴奋。一支曲子放完，大家余兴未尽，金祥又放了一支。俊霞刚松开芳珍的手，大放走过去挤眉弄眼对俊霞说，来来来，你也教教我么。说完拉住了俊霞的手。大放压根儿不会跳，身子胡乱摇晃着，手却不老实，跳了几下就摸到俊霞的后臀上。俊霞嘴里笑骂着要躲，大放却笑着仍旧要摸。这是以前生产队里干活儿时才会出现的情景，惹得四周的人都弯着腰笑成了一片。

金祥在音响旁看得不高兴了。有一点儿吃醋，还有一点儿上当受骗的感觉。金祥想俊霞是我一手培养起来的，是我舞队里的一个兵，我至今连手都没有摸过，大放你算是什么东西呢。他一不高兴，又伸手关掉了音响。音乐又猛然停了，四周寂静无声。金祥说，我看交谊舞不适合咱们村，个别人素质还达不到，以后不能跳了。

俊霞听到这话有一丝尴尬，别的女人们也有些失望。金祥感觉到了，他说，我们要和镇上比也不比交谊舞，我们有俊霞、芳珍这样的人才，可以学更好看的舞。

第二天，金祥叫大家学一支叫《步步高》的舞曲。金祥说，只听这名字都是有意思的，人往高处走不是，以后谁想在这儿跳舞，我对她的要求也会越来越高。

他在电脑里下载了《步步高》的舞曲视频，叫俊霞带着大家学。南方的舞蹈俏丽阴柔，既需要身段、腰姿，还得有悟性。俊霞是个灵巧的女人，跳舞的女人里数她学得最快。学了一个星期，只有俊霞、芳珍、小洁几个人勉强会跳。金祥决定采取激励措施。金祥说，从今天开始，谁先学会我就请谁吃饭。他那天忽然冒出个念头，想请俊霞吃饭。大放的事给他敲了警钟，他想，广场上的女人就像他地里的庄稼，成熟的庄稼自己不收割，别人看着会眼馋。他不想让大放眼馋。他点了俊霞、芳珍和小洁的名字，说，你们几个和我去化羊庙吃虹鳟鱼。

俊霞几个人听了这话都很激动，说金祥你今天怎么这么大方，竟然请我们吃虹鳟鱼。金祥发动了面包车，他说，因为我也想吃了，你们得陪我一起去。

那天，金祥不该带大家去化羊庙。事后金祥是这样想的，俊霞也这样想过。

化羊庙是南山脚下的一座庙宇，庙前是环山公路，庙后是一眼望不到尽头的山峦。据说从前有个牧童到那片山里放羊，遇见一个道人，道人爱讲道，讲得没完没了，牧童只顾听他讲道就丢了羊。后来，牧童的哥哥赶来训斥牧童，结果道人随手往山坡上一指，山上的石头马上变成漫山奔跑的羊。那地方因此建了一座庙，叫化羊庙。

去化羊庙的路上，金祥问俊霞，我家菊梅和你一样都生过两个孩子，腰早成麻袋了，你的腰为啥还紧绷得像弹簧？

俊霞伸手打了他一下，说金祥你少说这种话，我家小军是个火爆脾气，小心他收拾你。

金祥一边开车，一边给自己点了一根烟。他说，村长我都不怕，难道怕你家小军？

在村里的男人中，金祥是从来没把小军看在眼里的。小军是个四肢发达的人，可眼下是经济社会，四肢发达有什么用？

既然有一身蛮力，可以去城里打工，靠在镇上打零工，一辈子也挣不来大钱。金祥说。

这话说得俊霞有一丝难堪。俊霞就说，小军没有你脑子灵光，到哪里也挣不来大钱。

金祥得意地笑了，他说我不是脑子灵光，我只是不爱钱，只爱像你这样的人才。

这话明显有了挑逗的意思，芳珍和小洁在后排上就咯咯咯笑起来。芳珍说，怪不得你那么器重俊霞，原来是爱惜人才呢。俊霞回过头白了芳珍一眼，说芳珍你少乱说话，小军本来就反对我跳舞，听了你的瞎话还不杀了我！芳珍这才不说了，叫金祥给大家打开空调。眼看着到了五月份，天气是越来越燥热了。

因为是半下午，化羊庙里没几个游客。几个女人叽叽喳喳在庙里烧了香，又庙前庙后转了一圈。庙旁的溪水里盛产虹鳟鱼，肉质滑腻细嫩，大家在渔村里又吃了虹鳟鱼，太阳还没有落山。山脚下的空气清新凉爽，透着一股凉丝丝的甜味。吃完饭仍舍不得离开，金祥就提出到化羊庙后山去登山。

上这片山可要小心，金祥说，这里的石头是有灵气的，碰见了化羊石，回家我拉的就不是你们，是一车咩咩叫的羊。

芳珍说，那你呢？你碰见化羊石会变啥？

金祥想了想，说，你们变的是母羊，我变的是公羊。

一截羊肠小道在山上绕来绕去，最后绕到山顶一个小亭子上。从化羊庙后门出去，茂密的树枝形成一条连绵的遮阳走廊，树缝里吹过一阵凉飕飕的山风。一路上脚下都是毛茸茸的青草，走上去像踩在绵软的地毯上。小洁不住地夸赞金祥，说金祥你真是个会享受的人，要不是你，我们哪辈子能来这仙境一样的地方。俊霞说，这还用说，他要是不图享受，咋会花几千块钱买个音响？芳珍说，是的是的，金祥花那么多钱，就是为了看俊霞扭腰的。金祥不说话，嘴里只是笑，末了才说，钱有什么用？不就是能买个高兴！

几个人说说笑笑正走得起劲，前边的路突然断了。一处塌方从山腰横卧下来，挡住了山路。从塌方的左右两边都能绕行，于是芳珍和小洁走了左边，金祥跟着俊霞走了右边。原本想着绕过塌方，大家会聚到同一条路上。结果俊霞走的这边翻过一堆乱石，又是一堆乱石，穿过一片树林，仍是一片树林。金祥跟着走得满头大汗，最后，离山顶的亭子却越来越远。从一片小树林里钻出来，两个人气喘吁吁地靠在一块大石头上。

走错路了，俊霞说。她从身上掏出手绢，擦了额头上的汗珠，然后把手绢又递给金祥。

金祥接过手绢没有立即擦汗，而是有意放在鼻子下边闻了又闻。

俊霞脸就红了，粉白中透着绯红，不好意思再和金祥挨在一起，看见面前的草地上飞起一群蝴蝶，起身去捕捉那些蝴蝶。

一片开阔的草地在夕阳下鲜黄嫩绿，中间夹杂着一簇簇紫的蓝的野花，花香浓郁，气味扑鼻。金祥把四肢在身后的大石头上伸展开来，看见几团火红的云悬在头顶。一群鸟从山顶的树林上飞出来，像一群赶路的人，掠过高高的树梢，朝一侧的山沟里俯冲过去。

俊霞弯着腰捂住了一只蝴蝶，对金祥说，咱们还是原路返回去吧，不然找不着芳珍她们了。

俊霞弯腰时露出一截腰身，看着她腰上绷紧了的一截细皮嫩肉，金祥又一次想到了弹簧。他从石头上站起来，这时他发现身后的石头上，写着几个红色的大字：化羊石。这片山中只有少数几块石头被称作化羊石，想不到这天叫他遇上了。他想立刻把俊霞变成一只羊。在俊霞面前，金祥觉得自己已经有了某种魔力，和这里从前的老道一样，他不能把这种神奇的力量浪费了。他朝俊霞走过去，俊霞感觉到了什么，在他的手抓住她腰的那一刻，她嘴里喊了句：金祥你欺负人……一群鸟从山谷里再飞上来时，金祥从俊霞身上爬起来。俊霞的确是一只羊，她嘴里一直发出咩咩的叫声，叫得软弱无力。从始到终，金祥只说了一句话，他说，人就是个羊！

等到大家在化羊庙前聚在一起时，天已经黑严实了，谁也看不清谁的脸，彼此只能靠声音辨别。芳珍和小洁埋怨俊霞，说都因为俊霞走错了路，才害得大家要摸着黑回家。俊霞上车后一直没有说话，看着漆黑一片的窗外。路上，金祥没话找话，问芳珍说，你在石头堆里走来走去，难道没碰见化羊石？芳珍鼻子里哼了一声，想起了那会儿隐约看见的一幕。她说，我倒是没看见化羊石，却看见羊了。前排上的俊霞听了这话，喉咙里咕噜了几下，想呕吐的样子，随即用手捂住了嘴。

出了山，天际一下子辽阔，星星也繁茂了。芳珍就着星光好几次伸长脖子，想看看坐在前排上的俊霞。直到在村口下了车，她一直没有看清俊霞脸上的表情。

一连几天，俊霞没有来小广场上跳舞。

金祥依旧每天用面包车把音响拉到广场上，芳珍、小洁几个人帮着搬放好，然后开始跳《步步高》。俊霞不在，改由芳珍一边看视频一边给大家教。

金祥在躺椅上听着看着，忽然就觉得烦躁了，随手关掉音响，说感冒了，浑身上下不舒服。他几天里一直等着俊霞，他知道俊霞喜欢跳舞，不跳舞她身上会犯痒痒。但是俊霞始终没有来，这让他不由得焦躁、烦闷，有些坐卧不安。

女人们正学在兴头上，见金祥二话不说往车上搬音响，心里不乐意，脸上就怏怏不乐的。金祥拉走了音响，小洁说，全是因为俊霞没来，金祥才没了兴趣，搞得大家都跳不了舞。芳珍揶揄小洁说，靠别人不如靠自己，你为啥不长个俊霞那样的细腰呢？小洁朝地上吐了一口唾沫，“呸”了一声。周围的女人有的明白了她的意思，有的却并不明白，于是奇怪地盯着小洁看。

下了三天雨，广场上三天没有跳舞，大家也三天没有看见金祥。雨过天晴，半下午时南山出了一道彩虹，女人们穿上运动鞋来到广场上，一边看彩虹一边等金祥和他的音响，一直等到天黑，没有见金祥的影子。小洁和金祥家住隔壁，她那天来得晚，神秘地对芳珍说，先一天夜里，金祥被老婆菊梅和堂弟送去了医院，至于出了什么事，以后你就知道了。南山上的彩虹还没有消失，广场上就传起一个说法，说金祥被人打折了一条腿。谁打的？金祥家并没有报案，大概因为事涉隐秘，所以并不想张扬。

事后，芳珍在自己家看着电视，一拍脑门忽然想起件事情。下雨的一天夜晚，她去小洁家串门出来，看见小军和他哥淋得像落汤鸡，一前一后进了金祥的农家乐。她当时还想，这兄弟俩脸皮真够厚的，竟然还有脸吃人家的农家乐。

这个夏天雨水特别多，七月份的时候，又下了一场连阴雨，断断续续下了十多天。女人们在家里待得快发霉了，天气刚一放晴，就聚集在小广场上，踢踢腿摇摇胳膊，巴望着金祥和他的音响早点出来。

伤筋动骨一百天。几个月过去了，金祥终于又开着面包车来到小广场上。车开得很徐缓，蜗牛一样在广场上停住。他从车窗里伸出脑袋，大声喊芳珍和小洁，叫她们过来搬音响。

看见金祥的那一刻，芳珍和小洁都觉得很惊讶，忍不住吐了下舌头。她们和大家一样，虽说都在广场上等着，心里却并不抱多少希望。毕竟，他和小军两家的事在村里已传得尽人皆知，哪里还有心情再露脸。据说菊梅有段日子关了农家乐的门，一赌气回了娘家，还有传言说她险些去法院告了离婚。现在看来，金祥似乎并不在意这些。他一出现在广场上，大家就明白他仍把这里当做了舞台，他更惦念他的舞台。

几个月不见，金祥胖了一圈，皮肤白净细嫩，像一只营养充足的绵羊。金祥招呼芳珍和小洁从车上搬下音响，自己打开车门挪了挪屁股，放下来一条腿。大家都屏住呼吸，等着看他的另一条腿。他没有立即伸出另一条腿，而是撑下来一根浅黄色的拐杖。金祥钻出车门站到了地面上，拐杖在右腋下夹着，下面垂着那条软塌塌的腿。不管怎么说，金祥和他的音响还是回来了。大家需要伴着他的音乐跳舞，需要尽快抖掉这个烦闷而霉气的夏天带来的种种不快。广场上的健身舞从这天又组织起来了。

俊霞的男人小军，是傍晚时骑着电动车来到广场上的。

当时金祥没有坐在躺椅上，金祥这次带着音响来时没有带躺椅，整个人也不似先前那么张狂、霸道，温顺得像一只羊。大家跳着舞，他在边上走来走去，时不时点一点右脚，锻炼自己的右腿。因为他这天来得早了一些，女人们跳了一个多小时，要求休息一会儿，他趁机拿起话筒讲了几句话。金祥说，因为不小心跌了一跤住了几个月医院，影响了大家跳舞，觉得很抱歉。不过现在好了，他晃了晃腋下的拐杖说，以后又能天天组织大家跳舞了。说完他咧着嘴笑了一下，又说，我这音响也不能老在家里哑着，那样也浪费不是?

这时小军的电动车骑到了他跟前，车前轮挨到了他那条残腿上。小军把金祥上下打量了一番，说，没想到你现在这个样子，看着还蛮有风度。金祥说，我们的账已经清了，你还想咋的？小军翻身从电动车上下来，三两下扯掉音响上的连线，完了给芳珍和小洁说，这是他大白天从我家偷走的，我得拿回去。

这是第一天在广场上发生的事情。

第二天黄昏，金祥照样开着他的面包车来到广场上，大老远喊着芳珍和小洁搬音响。芳珍对小洁说，没有连接线了，音响搬下来也没用。金祥一个劲儿还在喊，她们只得硬着头皮走过去。音响搬下来后，上面的连线都是崭新的。

这天，大家刚跳了十分钟，小军又骑着电动车来了。小军一出现在广场上，金祥就冷冷地盯着他。金祥说，连接线我批发了一大箱，你想要可以随便拿。小军这次没有拿他的线，而是绕着音响看了一圈，完了像猴子上树一样，“蹭”地上了一旁的电线杆，从腰里抽出一把钳子，“咯噔”一声剪断了电线。金祥的犟脾气也上来了，他说，你今天能剪断电线，我明天还能叫人接上。

果然，第三天，金祥依旧拉着他的音响来了。他把音响的声音开得老大，低音炮很有穿透力，发出铿锵有力的嗡声，站在镇店的街道上都能听见。女人们来到广场上后，不再操心着跳舞了，都等着看接下来还会发生些什么。

小军这回是带着村里的大放一起来的。小军骑着电动车，大放在后面开着他的三轮拉粪车。俩人一前一后来到广场上，径直开到金祥和他的音响跟前。金祥还没有反应过来，嘴里说干什么干什么，大放车上的翻斗就像女人的屁股一样翘了起来。金祥是瞬间被一车屎尿从头浇下来的。同时被屎尿淹没了的，还有他那台正在嗡嗡作响的音响。

村里人很多天没有看见俊霞了。她们又一次见到俊霞，是小军骑着车带她从镇上赶集回来。

电动车经过村中心的小广场，芳珍、小洁一帮人正在那里做健美操。后来她们只能做健美操，因为再也找不到一台像样的大功率音响，供她们跳健身舞。从自己家拿来的音响声音又小，喇叭又嘶嘶啦啦的，只能凑合着做健美操。芳珍看见俊霞，一把把俊霞从电动车上拉下来。芳珍说，好久不见你来这儿锻炼，看看你的腰身，明显比以前变粗了。俊霞不好意思，俊霞说，儿子今年上了初中，我每天都要按时给他做饭的，实在没有闲时间。她说完偷偷看了一眼小军。小军说，你别听她的，做饭又不影响锻炼身体，是她懒得锻炼。小洁也走过来，小洁说，你说得轻巧，你屎尿浇了人家的音响，没音响我们怎么锻炼，你给掏钱买？

小军挠着头想了想，小军说，为什么要我买？这么多人喜欢跳舞，不会一人掏点钱集资买一个，大家的东西大家用，也免得受别人欺负。

几个女人围过来，都觉得小军这个主意不错。以前怎么就没想到呢，就算花五千块钱买台音响，一个人也不过出一百元。现在一百元算什么？用别人的音响自然得看别人的脸色，又受别人的气，这是明摆着的道理。

芳珍说，俊霞心灵手巧学东西快，这事由你家俊霞挑头，买来的音响也由俊霞负责保管。

小军说，不行不行，俊霞挑头可以，音响我们不保管，村委会不是有空房子么，收拾一间出来，也不用每天搬来搬去的。

过了几天，小军进了一次城，用大伙儿集资的钱买回一台音响。广场的一侧是村委会办公室，大家打扫出了一间，俊霞、芳珍和小洁各带一把钥匙，谁下午来得早，就把音响搬出来，用拉杆再拉到小广场上。第一次使用这台音响的时候，俊霞提议仍跳《步步高》。俊霞对大家说，现在不会跳，跳几次自然就会了，不过是一支舞，能有多难的。小军那天特意从镇上买回几筒花，夜晚在广场上放。花打上去有几十米高，上面是火树银花，下面是曼妙舞曲，算是村街里多年不见的热闹景象了。

广场上跳舞的人们再也没有看见过金祥。金祥一直拄着拐杖，偶尔会走出家门，坐在门外看看雾霾下的南山。他什么也看不见。倒是媳妇菊梅一天到晚数落他，问他眼睛直勾勾在南山上找什么。找化羊庙吗？去了一趟化羊庙落下一条残腿，难道还不够？

半个世纪的谋杀

她临闭上眼的那一刻，他曾经用手去触摸过她的手，她的手瘦小、僵硬，像一截枯萎的树枝。就在他触摸到的一瞬间，她瘦骨嶙峋的手指忽然活动起来了，颤了几颤，一下子抠住他的手腕，有几秒钟工夫，她嘴唇微微翕动着，似乎最后还想给他交代点什么。但是还没有等到他俯下身去，她眼里的亮光倏忽间就熄灭了。

屋子里挤满了人，人群里响起呜咽的哭声。在一片哭泣声中有人接过他手中的拐杖，小心翼翼地搀扶着他躺到了另一间屋子里的床上。进进出出的人们在院子里制造出一片悲伤和忙乱的声音。他一躺下就像个婴儿一样闭上眼睛，不声不响。虽说再过两个月该满八十岁了，但他总希望自己突然间能返老还童，像婴儿那样无所事事地、恬静地睡上一觉。这永远都是个奢望，尤其是在老伴去世的这天。村里的全文德欠下他和老伴的那笔旧账像苔藓一样难以铲除，此刻正洪水般在脑子里翻滚着，甚至都淹没了他对猝然离世的老伴的眷恋。越走到生命的尽头，他越发被一种复仇的冲动折磨着。他明白老伴的心思，她临闭上眼睛仍不放心，仍担心他会在身后毁了她一世的好名声。但他是个男人，他怎么能把那么羞耻的事情也带到棺材里去呢。

他躺在床上眼皮频频颤动的时候，围在身边的子女都以为那是过分哀伤所致，神情紧张地注视着他。老伴儿这一生最大的功劳就是为他养了一大群儿女，儿女们像从她身上抽出来的一条条树枝，这会儿枝繁叶茂地环绕在他身边。这让他很欣慰，也很充实。忍受了大半生的屈辱换来的是眼前的满堂儿孙，想想也够划算的。如果他当年不听老伴儿的劝告，在四十六年前就杀了全文德，那么老伴儿活不到七十五岁的高寿，自己眼下也不会有这么多的孝子贤孙了。一想到这些他就高兴地笑了起来，仿佛已经看到了自己离世时的壮观与辉煌，眉毛和胡子一起在笑声中抖动着。他的样子吓坏了身边的人，他们手忙脚乱地给他捶胸脯，捶脊背。毕竟，谁都不愿意眼看着家里一天就倒下两位老人，他能理解儿女们的担忧。他笑了一阵就吃力地睁开眼睛，对着床边一个个惊慌不安的儿女说，都去忙吧，去忙吧，把你娘好好地安顿了吧。

住在村子西头的全文德是在老伴儿下葬的先一天闻讯来到家里的。全文德八十四岁了，他大概以为时间把一切都冲淡了，或者说，许多年前的那一桩旧事，在他衰退的记忆中早就淡忘了。他摇摇晃晃来到他家中，尽管喉咙里塞满了浓痰，仍然站在院子里大声地说着话，给他的儿女们叮嘱着丧礼上一些不容疏漏的细节。全文德说完话就咳嗽，大口大口的痰吐到院子里的墙上和地面上，把家里玷污得肮脏不堪。他真担心全文德这个老贼也去看老伴华丽的坟墓，她的坟墓是用上好的砖和琉璃瓦砌就的，他的痰液不但会弄脏坟地周围的黄土和青草，崭新的砖和光滑的琉璃瓦也一定不会幸免。全文德没有走进他的屋子。当然，他也没有打算在老伴儿还没有入土的时候就和他翻脸，他不像老伴儿那样做事瞻前顾后，但是为了顾全儿女们脸面，即便要收拾他，也需要阴谋和策略。说起来，那件事毕竟是令人难以启齿的。透过门帘的缝隙，他看见全文德老朽不堪地站在院子的台阶上，他的鼻子仍是老鹰般的鼻子，下巴是土匪样的下巴，只是腰驼得厉害，弯得厉害，从侧面看起来像一把月牙形的镰刀。

前后不到一个星期时间，好端端的一个大活人从这个世界上就消失了。

尽管他一直闭着眼躺在床上，还是能感觉到老伴儿的丧事办得隆重而体面。他不是个喜欢铺张的人，如果这是他自己的丧事，他一定会设法出面阻止的。但是对于老伴儿，他觉得多么隆重的丧礼都不过分，她完全有资格享受这种身后的哀荣。在她去世前后的这段日子，他基本上是在床上度过的。在床上躺了许多天，夜晚都能听见身上的骨骼松弛的咯吱声。再这样躺下去身子该不听使唤了，说不定哪天也像老伴一样一闭眼睛就过去了。那可不行，那不是便宜了全文德那个老贼么！她在世的时候要照顾她的面子，不能让她七老八十了头上还顶着个黑锅。如今她走了，自己也是满八十岁的人了，再不了结那桩事该没时间了。

过完老伴儿的丧事，田野上的苞谷已经长到有半人高。他早晚去田野上转悠的时候，广阔的土地让他心里感到一阵阵悲哀。田野仍然是生机勃勃的田野，他却再也不能像年轻时那样生龙活虎般在野外跳腾了。身体像一台闲置了多年的打麦机或者磨面机，零件锈成一团，胳膊腿上的关节都要锈死，如果没有一根拐杖支撑，不要说行走，站也站不稳当。漫长的一生想来似乎只是一眨眼，一眨眼工夫，说老竟然就老了。他拼着力气在秋天的田野上行走着，把胳膊腿尽量地伸展开来。他必须抓紧时间活动自己的筋骨，要不然仇人全文德就是站在面前，他也会拿他没办法。

他是第三天黄昏走上田野的时候，忽然就遇见全文德的。他本来没有打算这么快就遇见全文德，他认为自己的准备还很潦草，很不充分，可黄昏时偏偏在一条小路和他遇上了。全文德像一只行进在田野上的蜗牛，背对着他，缓慢地在前边不远处挪动着细碎的脚步。机会来得如此突然，他骤然间呼吸变得急促起来。田野上空旷无人，倒是个实施自己计划的好机会。他舞动拐杖使劲向前追去，边追心里还一个劲告诫自己说，千万不能像二十年前那样，叫撞到枪口上的鸟再给飞了。

全文德佝偻着腰，毫无觉察地走在两旁长满苞谷秆的小路上，他弯曲的身体犹如一棵即将倾倒的木桩，脑袋和路旁的苞谷离得那样近，仿佛身体将要倒插进苞谷地里。

他现在和全文德之间的距离，要在年轻的时候要不了十几步就能跨到。如今虽说没有年轻时的体力了，但看着老态龙钟的全文德，他仍有信心，认为不管怎么说自己总比全文德要年轻力壮一些。有一阵子，他已经追上全文德了，几乎一伸手就能抓住全文德的肩膀。他的两条腿却在那时猛然就不听使唤，又酸又软，像两截飘在空中的面条。他用拐杖敲打自己的腿，他年轻的时候对付偷懒的牲口就用的这个办法。但一点儿用也没有，全文德像被田野上的风托着，飘飘荡荡，眨眼间就飘出去老远。他心里一个劲地责骂自己，骂自己没出息，一生中最大的仇人就在前面，自己却磨磨蹭蹭显得一点儿血性都没有。他急得浑身冒汗，握着拐杖的手颤抖得如同一只将要起飞的麻雀，不久，拐杖跌落到地上。全文德越飘越远了，他丧气地一屁股坐到了地上。

二十年前的那个夏天，他曾经就这样白白丧失了一次良机。那一年隔着一条渠岸，他看见全文德坐在渠岸边的一棵树荫下打盹，提着镰刀就从麦地里朝他奔过去。当时正是正午时分，割麦子的人大都回家去吃午饭，附近的麦地里，只有他和自己的女人，女人在他身后半畛地的地方捆扎麦捆子。他提着镰刀走过麦田，走上渠岸，在离全文德不到十米的时候，因为激动，心慌得快要从胸口跳出来。那是老天爷多年来给他的最好的一次机会，他当时想，就是让心脏像蚂蚱一样从胸口蹦出来，摔到地上，也不能轻易放过这次机会。离全文德剩下不到五米了，成功和他之间只隔了一条不大不小的水渠。他纵身一跳，不顾一切朝渠的对岸扑了过去。就在那个时候意外发生了，无数次跳跃过的一条小渠，在那天却因为他过分紧张，刚一抬脚就失足掉进了渠里。记得他落水的扑通声把全文德惊得从草帽上蹦了起来。他看见露出水面的镰刀和他布满血丝的双眼，二话没说抓起屁股下的草帽向崖坎下逃去。是女人把他从水渠里拉上岸来的。她在那个倒霉的夏天的中午，把一把明晃晃的镰刀架在自己脖子上。她说，你杀了他，就等于把我的屁股叫全世界人都看一遍，我也就不活了；我死了倒不要紧，我们的孩子以后还怎么活人呀！那是一次非常糟糕的谋杀。因为那次谋杀全文德后来几十年里都不敢和他单独相处。而且就是在那次以后，他信誓旦旦地向女人保证，只要她活着一天，他就不会再向全文德下手了。

他现在坐在路边的地垄上，有气无力地看着远处的全文德，看着他活蹦乱跳地在小路上晃荡。田野上的一个机井房挡住了他的视线，他急坏了，以为全文德又一次发现了他的阴谋，企图从机井房东边的田野上逃走。等到他吃力地从地上欠起身子，全文德又出现了。他从机井房的左侧拐了弯，脚步又挪上了水渠边的那条小路。

干枯发亮的野草铺在水渠又细又窄的岸上。一片低洼地里长出的苞谷秆的梢头，冒出了渠岸的边缘。一看见那片茂密的庄稼他马上咬牙切齿的，四十六年的屈辱一古脑儿全涌上来了。在他上了岁数的这些年里，田野上好些地方都变得陌生了，土地和关于土地的记忆都十分淡漠了。但是那片土地他却时刻也忘不了，那是全文德的福地，是全文德的荣光，自己的女人就是在那片地里被全文德糟蹋了的。那里从前不像现在长着苞谷，以前，它曾经是生产队的果园。在那个吃了上顿没有下顿的年月里，不知是哪个王八羔子的主意，竟然把那里开辟成一个奢侈的果园。自己的女人就是在四十六年前的果园里，被全文德抹下裤子的。

全文德倒背着双手，正行走在当年的果园边上。他尽管摇摇晃晃，看起来随时都会跌倒，但此刻背着手走在那片土地上的样子，仍有些当年气宇轩昂的架势。

他恨不得飞到全文德跟前去，一拳把他的鹰钩鼻子打得歪向一边。一生中经历过的窝心事也不算少，但没有比那件事更叫他窝心的。女人是什么，是自己自留地上的庄稼，是自己盘子里的果子，竟然不明不白叫外人咬了一口，这让他死不瞑目。一股怒气憋在胸膛，他竭力想从地上爬起来，但是努力了几次都没有成功。他恼怒地用手指掐着自己的大腿，遮盖了一层云翳的眼睛差点儿要急出眼泪了。

他忽然惊讶地发现，全文德在水渠边走着走着，站到了一棵树下。全文德的身子往前倾了倾，腿似乎实在迈不动了，朝天上打了个哈欠，靠着树身坐下来。他像二十多年前那样靠着一棵树坐了下来，为了让自己坐得舒服一点儿，还伸手在路边抓了一把蒿草代替当年的草帽垫在屁股底下。

一阵秋风从田野上吹过来，把满地的苞谷叶子吹得哗哗作响。看着坐在树下的全文德，他捂着嘴巴咯咯咯就笑了，笑得腮帮子发疼。这才叫天不绝人！世界上的事情最终都会有个结局，全文德的结局虽然推迟了几十年，但是依然离不开水渠边上的一棵树。他一高兴，浑身的筋骨一时间也舒展开来，身上一阵轻松。太阳已经落山，灰蒙蒙的暮霭罩上田野。他现在不用着急了，他有的是时间，全文德看来连逃跑的力气都没有了嘛！他不慌不忙地把拐杖从地上捡起来，再把它直立在地面上，身子往上一挺，整个人就很顺当地顺着拐杖爬了起来。

他开始悄没声息地向全文德靠近。鸟雀已经归巢，田野上纵横交错的小路上，一个人影也看不见；身后村庄里升起的袅袅炊烟，和暮色近乎连成一片了。这真是一个神不知鬼不觉的黄昏。他一边舞动拐杖向树下走去，心里一边思谋着该用什么方法来整治他。他必须承认，生命中残留的一点精力再也不能让他像年轻时一样风风火火朝他扑过去了。但是他心里的仇恨并没有比年轻时减弱，倒像陈年老酒一样发酵得越发浓烈。

坐在树下的全文德已经老得一塌糊涂，看起来如同一堆虚飘飘的柴草。他看见全文德好几次把肩膀蹭在树身上，竭尽全力想从地上站起来，但最终没有成功。他一定是在田野上走得累了、困了，睡意突然之间袭来，令他措手不及，所以脑袋不久就歪向了一边。

为了不惊动全文德，从机井房一拐过弯，他就特意离开了小路，从苞谷田里向树背后抄过去。他没有想到穿越苞谷田会消耗那么多的时间和精力。苞谷的叶子像绊马索一样绊住他颤颤巍巍的腿，他手里的拐杖一插进松软的土里半天就拔不出来。他本来心里已经筹划好了，一走到树背后就乘全文德不备来个饿虎扑食，骑在他身上，用拳头在他的脑壳上使劲地打，直到他鼻口流血、两眼翻白为止。但是一个人体力不济的时候，脑子再怎么灵光都无济于事。他好不容易穿过苞谷地走到树下，刚一到树下，就浑身乏力地瘫坐到了地上。

他的喘气声像一架轰鸣的飞机，把地上的尘土掀得四处飞扬。全文德一点儿也没有察觉，肩膀僵硬地靠在树身上，既听不见他的呼吸声，也听不见他嗓子里嘶哑的痰鸣声。

他坐在地上喘着气，大部分时间呼出的气总比吸进来的气要多，胸口像压了一块石头。想把往昔的精神坐等回来是不可能了，胸闷稍稍减轻一点，他一手扶着树，一手扶着拐杖，从地上挣扎起来。他盯着全文德的脑袋，全文德的脑袋像蔫葫芦一样吊在他眼皮底下，他用尽力气把手里的拐杖朝他脑袋上抡去。拐杖没等到举过头顶，就乏力地坠落，软绵绵地落到了全文德肩膀上。他知道自己的想法落空了，他已经没有力气挥动拐杖了。为了把充斥胸口的怒气发泄出来，他换了一种方式，扶着树对着全文德叫骂起来。

全文德，你这个老贼！你为了一只苹果就糟蹋了我的女人，我今天非要了你的老命不可！

嘴里叫骂着，他心里仍不甘心，一只手摇着拐杖，把弯着的一头朝全文德的脖子底下伸去。他揣测他一听到他的声音就会吓得屁滚尿流，屁股也立时会从树根上蹦起来。他要用拐杖把他的脖子钩住，不能让他轻易就能逃脱。全文德一定是被吓傻了，叫骂声中既没有回过头来看他，也没有像他想象的那样抱头鼠窜，他的脑袋像一块沉重的枕木，死死地把拐杖压在下巴底下。

你狗日的不是像泥鳅一样会溜吗？有本事你溜呀！从我眼皮底下溜呀！你以为翠翠的男人就是那么好欺负的？我等了四十六年才等到今天，今天不要了你的老命我就不是我爹生的！他对全文德喊道。

叫骂了半天全文德竟依然没有反应，他恍然间就明白了，明白这老家伙的耳朵大概和自己一样，早就不中用了。他弯下身子，咬着全文德的耳朵说：为了风吹落到地上的一只苹果，你就说什么要罚款呀，要上街游行呀！你知道我家翠翠是个心善胆子小的人，不想叫一家人受连累，你就狠下心在那个傍晚扒下了她的裤子……

一想起四十六年前那个叫人伤心欲绝的傍晚，全身的水分涌上眼眶，让他禁不住号啕大哭起来。他几十年都没有这样痛快地哭过了，一辈子都不好意思向人提说的事情，又怎么好意思在人前哭哭啼啼呢？

那个傍晚本来平平静静的，一点儿不好的预兆都没有。做晚饭的时候，他坐在院子里劈柴火，女人提着篮子到自己家的自留地里去拔几根葱。女人是从自留地里回来时，看见路边果园的地上落了几个苹果的。她不是个嘴馋的人，她捡起一个苹果放在篮子里，是想让家里的孩子尝一口稀罕的水果。可就在她刚走出苹果地的时候，生产队长全文德迎面走过来了。她一定是吓懵懂了，把放进篮子里的苹果又拿出来，学当时的妇女们惯用的伎俩把它塞进裤腰里。她以为这样全文德就会放过她，但是全文德没有像对待别的泼妇那样对她也睁一只眼闭一只眼，他一把揪住她的胳膊，手就伸进她的裤腰。她当即成了一个人赃俱获的盗窃犯。她盗窃了集体的苹果，在那个年月这是祖宗三代都抬不起头的事情。全文德用那个小小的苹果连吓带骗，后来在黄昏的苹果园里就糟蹋了她。

你狗日的不但糟蹋了她，还吓唬她说要是把你做的丑事说出去就要拉着她游街，就要治她盗窃罪，害得她一生都没睡过安宁觉。我今天不打死你，就对不起我家的翠翠！

淫浸在了过去岁月的痛苦里，眼泪像河水般流着，源源不断地穿过脸庞，淌在手上，洇在衣服袖子上。

她叫全文德糟蹋的那个夜晚，他差点儿都要发疯，当时拿着劈柴的斧子就要找全文德报仇，都是女人把他的腿死死抱住。不但有偷苹果的嫌疑，又丢了女人最宝贵的贞节，两件事一起张扬出去，女人知道自己无论如何是没法活人了。

虽然这么多年过去了，一切却像昨天刚发生的那样鲜活而真切。他忍不下这口气，手里现在要有一把斧头就好了，他立即能把他的脑袋劈成几瓣。他想挥起拐杖再朝他脑袋上打，拐杖在全文德的脖子下压着，怎么也拉不回来。不远处的地面上扔着一块砖头。没有了拐杖，他像个爬行动物一样爬过去，把砖头扛在肩膀上，又爬回来。在地上坐直身子，他奋力把手里的砖头朝全文德扔过去。砖头没有像他想象的那样直奔树下，而是拐了个弯儿，又落回到地垄上。

天色已变得昏暗，重新寻找那块砖头让他耗费了更多的时间。等他再一次回到渠岸边，四野朦胧，方才的那棵树也已成了一团暗影。他又一次把砖头扔出去，砖头仿佛掉进了空气，连一丝响声也没有。他气馁地坐在小路上，对着那棵树的方向喊道，全文德，你为什么就不敢应一声，你出来呀！你是害怕了吗？害怕了就跪在地上向我苦苦哀求，兴许我今天还会饶过你！

夜色像一群野狗撕咬着远处的村庄和近处的机井房，本来影影绰绰的那棵树，转眼间无影无踪。青蛙在秋田里响亮地叫着；几点微弱的亮光闪烁在幽暗的天际边。

他在黑暗中静静地坐了一会儿，一时间觉得很无聊，很没意思。经过方才一番折腾，几十年的怨气从身上一冒出去，浑身虚落落的，一丝力气也没有。苍茫的夜色又开始撕扯他的胡子、眼眉、稀疏的头发，再不从野外往村庄赶，自己很快也要被无边的黑暗吞没。他的手焦急地向四下摸去，开始在黑夜里寻找自己的拐杖。好不容易摸着了拐杖的一头，拐杖的另一头却像在什么地方挂着，他用力把拐杖一拉，身边“扑通”闷响了一声。

七十三，八十四，阎王不请自己去！阎王没有请你，我今天也没有力气收拾你，可这笔账没完，我迟早要和你算呢！

他看着躺在地上的全文德，揶揄地说，说完从全文德的脖子上摘下拐杖，爬起来一步一步朝村庄挪去。走出去有好几米，他突然改变了主意，扭转身又走回来。就这样任凭全文德迷迷糊糊睡在荒郊野外，等不到天亮，夜晚的露水就能把他淹死，或者满地的青蛙能把他给吃了。那可不行，自己生命中仅有的这段光阴，都是为全文德活着的，全文德死了，仇怎么报，大仇不报，活着还有什么意思呢？

他把拐杖的弯头挂在全文德脖子上，另一头攥在手里。他费尽了全身力气，全文德依旧纹丝不动。最后，他也只好靠着树坐了下来。他疲惫已极，看着远处的村庄里灯光闪亮，拼命向那边呼喊。没有人听见他的呼喊声。到后来，他自己也听不见自己的喊叫声了。临闭上眼前，他身上的筋骨一阵稀松，一股轻飘飘的感觉从脖子处升起来，他不知道那是悲伤还是快意。但很遗憾，那只有一瞬间的事情，此后他就什么感觉也没有了……

太阳照常从东方升起，照在两张挂满露水的脸上。光滑的拐杖在清晨的阳光下闪闪发亮，还有那棵树和树上的叶子，也都亮闪闪的。两个老人都半张着嘴，似乎一直在侃侃而谈，从黄昏谈到夜晚，从夜晚又谈到天亮。这情形让所有看到的人都感到疑惑。两个大半生都没有好言相对的人，临死时怎么会有说不完的话，简直像一对有着莫逆之交的朋友。当然，最想不通的是他们的子女。子女们是最先在渠岸边发现他们的遗体的。

陈年匪事

黄贵在厅房里吸了一锅水烟的工夫，长工地毛在门外套好了碾场用的碌碡。村街上飘荡着民国年间的阳光。身穿对襟白绸衫的黄贵走上太阳炙烤的街道，碌碡在前面开始滚动，地毛懒洋洋地挪动脚步，他们主仆二人走出1948年的村庄，向村子东头的麦场上走去。

这一年的麦子熟得沉甸甸的，像孕妇饱满的肚子。麦场摊开，牛顶着烈日开始了毫无乐趣的行走，黄贵就心满意足地站在麦场边上。翻滚的麦子像金色的火苗在蹿动，灼得他两眼发烫。他抚摸了一会儿满场上饱满的麦穗，然后兴致勃勃地向一棵槐树走去，到树下脱掉白绸衫，把黝黑发亮的脊背仰靠在树根上坐下来。

地毛在麦场上接着牛粪，无精打采的，走一阵就把一个粪耙伸到牛屁股后边。他看见东家在槐树下伸了个懒腰，靠着树身躺下了。东家不来麦场时，那片树荫原本是他的天地，他劳作一会儿就要去避荫凉，需要的时候，也会把光脊背靠在树身上歇晌。但现在，他目光四处巡视，他得找个麦垛的背阴处歇息一会儿，看着东家舒服地躺着，他一时间也感觉到乏困了。天空像一面支离破碎的镜子，树荫的缝隙处滤下一些幽静细密的光斑，洒在黄贵身上。地毛把粪耙挂在牛屁股上，向一堆麦垛背后走去。田野上吹过一阵凉风，在碌碡安稳的吱扭声里，在麦秸秆扑哧扑哧的破碎声中，他们主仆二人都开始了夏日里必不可少的午睡。

黄贵临睡前曾想起临村的吕先生。吕先生几天前从县城回来说，五凤山口又开始打仗了，是解放军和匪兵在展开拉锯战。五凤山是一处险要的关隘，距离村庄不到一百里路程。现在从麦场上看过去，那里既安静又平和，绵延的群山像一幅山水画，一点也看不出有战事的迹象。一切都还很遥远。黄贵想。他这样想着喉咙里就响起了鼾声。他梦见长工地毛又在黑夜里偷懒。地毛就是这样，他总是在自己想偷懒的时候就随意偷懒。没有得到草料的牲口饿得在圈里尥起了蹶子，自己的女人趴在窗户上不住声地叫唤地毛，地毛却一直没有答应。黄贵着急了，翻了个身，想自己爬起来去喂牲口。忽然，他觉得脖子上凉冰冰的，像爬了一条蛇，他打个冷战，陡然间睁开眼，发现脖子上放着一把明亮的刀子。十几匹马围着他“嘚嘚”地扣着蹄子，马蹄上挂着麦草，一些光滑的麦粒从马蹄上滚落。

“莫不是睡死了，快把你的狗眼睁开。”一个人吼道，边吼边抖了抖明晃晃的钢刀。

一股热乎乎的东西从裤腿里流下来，黄贵知道坏了，遇见北边来的匪兵了。他把脖子从刀下往外抽，刀却像加了弹簧，不停地又挤过来。拿刀人说：“我的儿，下塬的路从那厢走咯？”在黄贵看来，要下塬实在是再简单不过了：沿着麦场边的大路一直向南走，过两道沟，下了坡就是通往塬下的官道。但是他心里清清楚楚，嘴巴张开后却鸦雀无声。他是个哑巴，他从小就是个哑巴，只有吃饭时才和正常人一样嘴里咂吧出一丝响声。

那人生气了，说：“装聋卖哑的儿咯！”说着话左眼下的一块红痣“突突”跳个不停，抡起刀片在黄贵的光脊梁上拍了一下。黄贵的后背上顷刻现出一道鲜红的印记。“下塬的路到底怎么走，你说还是不说?!”他喊道。黄贵也着急了，生怕半空中的刀落下来，使劲抠着喉咙，嘴里发出一串“咕咕”的响声。那人更加恼火，一把揪起黄贵的裤带把他提上马背，对后边的人说：“走，叫这家伙给我们带路，带错了路再收拾他。”

十几匹马就地兜了个圈，掉转马头，尘土飞扬地向村口的马路上奔去。

寂静无声的麦场上，牛停止了行走，悠闲地站在麦场上用鼻子嗅着麦香。炎阳当空，一声蝉鸣飞出树荫，在燥热的空气中滑落。

地毛从麦垛背后钻出来，浑身哆嗦不停，站在槐树下愣了一会儿。他知道落到杀人不眨眼的土匪手里，黄贵再也不能躺在树荫下当东家了。这个事实来得过于突然，他来不及思想对自己到底意味着什么。站在槐树下愣了好长时间，最后，他认为老牛不能和他一样无所事事地站着，它应该行动起来。他提起鞭子脆生生地甩了几下，黄灿灿的麦粒又开始从碌碡下边挤蹿出来了。

黄贵的女人是正午时分来到麦场的。女人脚步轻快地在路上走着，手里提着一个盛满凉开水的罐子。

女人越走越近，地毛忍不住大声对她说：“哑巴叫匪兵抓走了。”

女人仍摆动腰身在走，眼看着走到槐树底下，地毛又喊了一声，女人手中的罐子就沉闷地跌落了。女人在槐树下盘着腿坐下来，放声大哭以前，她说：“地毛哥哎，东家都没了，还碾场做啥呀么？”

地毛发现黄贵的女人今天分外白净。他一直觉得哑巴的女人也应该是哑巴，或者至少是个瘸子，不应该是这么白净而又口齿伶俐的女人。

地毛说：“他没他的，场不碾不行咯！”

地毛又说：“我做了多半年工，哑巴虽然没命了，我不活不行咯！”

女人听了地毛的话，立时就放开了哭声。

地毛这么多年就精心打碾过一回麦场。女人的哭声像琴弦在耳边嘤嘤嗡嗡，弄得他浑身的筋骨都抖擞起来。半下午起麦场时，女人已哭得嗓子嘶哑，才断断续续地止住了哭声。地毛坐在麦场上歇息了片刻，来了一股风，三下两下，一场新麦被干干净净收拾出来。这场麦足够他一年的工钱了。东家后院的柴房里有足够的麻袋，跑回家去取麻袋时，先走进了二门内的厨房。厨房的锅里有女人为黄贵准备好的鸡汤，他不慌不忙盛了一碗，像东家那样坐在厅房的圈椅上品咂了半天，然后才夹着一沓麻袋出了门。

黄昏的麦场上涂抹了一层夕阳焦黄的亮光。远天已变成暗蓝色，蠓蠓虫一团一团在空气中飞舞。

走上麦场，地毛远远看见黄贵伸着腿在槐树下坐着，女人像蝴蝶一样舞动着蒲扇，正身前身后给他扇着凉风。

女人一看见地毛，大声野气地吆喝说："地毛哥，东家累了，你还不赶紧收拾麦子，天眼看着要黑了！"

地毛把一沓麻袋摔到了一堆麦上。回头看了看，槐树下伸腿坐着的的确是东家黄贵，女人像蝴蝶那样轻狂地摇曳着。北边来的那些匪兵一向是杀人不眨眼的。地毛想。地毛大老远问女人说："真没事？"女人眯着眼看了看地毛，女人说："那些天杀的，半道上发现他不善言语，硬生生从马上把他扔下来了。"

暮霭从田野上聚拢过来，很快笼罩了麦场。女人搀着黄贵回家去了，地毛一个人磨蹭到月上中天，才把一场新麦攒进了麦场中央的麦囤。麻袋是派不上用场了，夜里，他把几条麻袋铺到麦囤边上，灰心丧气地在上面躺下。像往年一样，新麦上场后的这些天，他又得披星戴月地照看麦场了。

一场雨，播下的秋苗憋足劲疯长的时候，传说塬下的战事已经结束。匪兵吃了败仗，在北塬上全军覆没。那一段日子，村外的路上时常有溃散的伤兵，三五成群的。

秋苗作务过一茬，稍稍有了空闲的时间，黄贵的女人就心疼起黄贵来。黄贵自从被匪兵扔下马头，一天到晚身子又困又懒的，晚上，也没有先前对女人那么热心、那么兴味盎然了。女人说："天杀的匪兵！一个英武的男人一摔就不英武了。"女人问黄贵，"你为什么不揪住他们打一顿去，你不打我心里憋屈着呢！"

马路上是每天都有溃兵经过的，这些人虽说挂了彩，腰上依然挂着杀人武器。黄贵在村口站了几天，最后只能远远给他们吐几口唾沫，以发泄心头的愤恨。

黄贵压根儿也没有想到，他去村口破庙背后的包谷地里解手时，一个匪兵会撞到他手上。他正蔫头耷脑地撒着尿，眼望着头顶破庙的屋檐，忽然感觉几尺外的草丛里蠕动了一下。提上裤子去草丛里踩，一脚就踩出个大活人来。这人满身污血，他踩一脚就杀猪似的哼一声。要不是后来看见他的帽徽肩章，黄贵差一点儿以为他是逃难的外乡人。他灰白的脸上，左眼下有一块红疤。这立即使黄贵受了刺激，他稍微一愣就发疯般扑过去，一顿拳打脚踢，直到这个匪兵连哼哼的力气也没有了，自己才心满意足地回家了。

这一顿饱打让黄贵消了许多天来的闷气，夜晚躺在炕上，终于舒舒服服睡了个安稳觉。

第二天，黄贵心想这个落魄鬼一定跑了。他吃完早饭在村子里闲转消食的时候，又转到破庙背后。匪兵还躺在庙墙根儿上，身上的血迹已结了痂，脸色发青，一看见黄贵就大口大口喘粗气。

“哑巴爷，我反正活不了了，要打你一次打死我咯！打不死你是孙子！”匪兵说。

黄贵却不想再打他。他虽然欺负过自己，自己已经用拳脚做了报复，有什么必要把他打死？看着那个人半死不活的样子，他心里想：活该！回家之后，就决心不再想这件事情。

这天一整天时间里，他由不得自己，一忽儿还是会想起他来。想起后心里就乱糟糟的，一阵子后悔打得他太轻，让他捡了便宜，一阵子心里又寻思说，他水米不进躺在荒郊野外，会不会被饿死？或者被野外的狼给叼吃了去？想着想着就不敢再往下想。万一他死了呢？老天爷会不会给他记上一笔，说是他害死了人命？他惶惶不安的，晚上睡着了，睡梦里也老出现些神神鬼鬼的东西。

天色微明，地毛在圈里喂牲口，女人在打扫庭院，趁他们不留意，他迅速揣了几个馒头走出屋门，来到破庙背后。

匪兵打着鼾声在草丛里睡着，嘴里叼着一撮青草。他一甩手就把几个馒头扔了过去。

一连三天，他每天都给破庙背后扔几个馒头。这事还是被地毛发现了，地毛说："给畜生还值得糟践粮食，用土车子运到村东的土壕埋了算尿！"地毛那天在麦垛背后也是受了匪兵惊吓的，他说干就干，天擦黑预备好推土车，夜深人静时，和黄贵推着土车到了破庙后边。地毛揪住匪兵的衣领先给了一个耳光，确认他身上没有武器了，又踩了几脚，一使劲把他扔进土车里。匪兵闭着眼一声不吭，做出一副听天由命的样子。地毛气喘吁吁地推着车，在黑夜的土路上一步步往前走。黄贵在前边引路，黄贵没有把推土车指引到村东的土壕，而是引进了自家的后门。

女人提着灯在后门内立着。女人帮黄贵把匪兵抬下推土车，对地毛说："地毛哥，东家才没有你那么狠心呢！东家要行善积德，这事不许你给外人乱说。"

匪兵就这样被安顿在黄贵后院的柴房里。这家伙长得五大三粗，胃口特大，一日三餐比地毛吃得还多。女人心疼囤里的粮食，催促黄贵去给他买些草药，早一点儿敷好他的腿伤也好叫他早一天走人。黄贵在镇子上买了治红伤的刀口散，敷了不到半月，匪兵竟然夜里能代替地毛给牲口添草料了。又过了些日子，他虽然腿还有点瘸，但行走已没有多大问题，面色也养得红红润润的。

苞谷秆长得一人高的时节，有一天月色微明，后半夜里，匪兵出了黄贵家的后门。在后门口，女人把一袋干粮放到他肩膀上，他就"扑通"一声给黄贵跪下。

"爷，我给你叫爷呢咯！"匪兵跪在地上说。

黄贵给女人比划了半天，女人就告诉他："掌柜的说了，你才是他爷哩，他是你孙子！"

匪兵走了。

又过些日子，秋粮也收获完毕。

几个穿着军装的人在一个早晨来到村庄，村里的男女老幼被召集到村中间的皂荚树下，人们在这些人口里听到一个新鲜的名词：

解放。一连开了几天会，村庄就宣布解放了，黄贵和地毛就一起成了新社会里的村民。

新社会很快让地毛尝到了甜头。黄贵不再是东家，不再吆喝地毛下地干活，但地毛却比以前起得更早。他不是任何人的长工了，他是自己的长工，他为自己种地觉得心里舒坦。他又分得了黄贵一半厅房，连圈里的骡马也拉了几匹。现在完全用不着黄贵的女人夜里提醒，他知道该怎么侍弄自家的牲口，什么时间添草，什么时间添料，这些都清清楚楚刻在脑子里。

刚解放那阵子，地毛一见黄贵就觉得很不自在，心口像堵着什么东西。后来当上农会的干部了，感觉才稍微好了些。

农会是穷人的组织，地毛不但穷，还有积极加入组织的愿望，加上脑子又活泛，很快成为农会干部。他走村串乡给人讲说旧社会的苦，工作组干部时常说的新鲜名词，没多久就被他掌握，而且一开起会来就吊在嘴上。

没想到这样的风光没有几年，忽然要成立合作社了。地毛很失落，心里很不乐意，因为牛和地都要交到社里去了，尽管开起会来他照样能过嘴瘾，毕竟又什么都没有了，他想不通。他一看见黄贵又觉得心里堵得慌。黄贵解放前有牛有地的日子里，整天游手好闲戴一顶瓜皮帽子满村街上转悠，这样的日子永远也轮不上他了。他嫉妒黄贵，后来当了农业社的小队长，他最喜欢给黄贵分派活儿了，看着黄贵点头哈腰的样子，他感觉心里顺气。

队长地毛对黄贵说："黄贵，你去饲养室喂牛去吧，你夜里时常睡不着，怀念你解放前的好光景哩，你喂牛去，你睡不着刚好夜里给牛添草。"

黄贵不是农业社里的好劳力，平日半晌活就累得直不起腰。他认为当饲养员是队上对自己的一种照顾，所以一点儿也不敢偷懒。

饲养室和生产队的保管室只隔着一堵墙。有几个夜晚，黄贵起身给牲口添草料的时候，听见保管室那边好像有动静。但每次等他打开饲养室的门，外面就悄无声息了。他留了心，大冷天蹲在保管室的后门外守候。地毛背着一麻袋豌豆，手里又提着半麻袋苞谷，探头探脑从门洞里钻出来。黄贵一把将他抓住，揪住地毛的衣领就往饲养室拉，嘴里气愤地呜哩呜啦喊着。

地毛吃了一惊，等看清是黄贵，心里才踏实了，大方地让他揪着。两个人一同来到饲养室门外的铁钟跟前，黄贵把铁钟在黑夜里敲得炸响。

闻讯赶来了几十个社员。地毛对黑压压的人群说："抓住个贼呀！偷了整整一麻袋豌豆么！"

社员们解开麻袋一看，果然是一麻袋豌豆。

地毛又说："还有半袋子苞谷呢。"

在黑影里又找到一个麻袋打开，果然半袋子是苞谷。

黄贵长了一张无用的嘴，心里给自己辩解着，嘴里却只能含混不清地乱叫，始终揪住地毛的衣领不放。

地毛从腰上拿出系着烟袋的旱烟锅子，明明灭灭吸了一口，说："黄贵，你不要嚣张。你不但是贼，你解放前还和土匪有联系哩，你窝藏过匪兵。"

地毛当夜就把黄贵关在大队部里。第二天，又叫民兵押着，送到了公社。公社的干部被地毛领着，在黄贵家后院的椿树底下，挖出了一堆国民党兵痞的血衣。铁证如山，无须黄贵亲口交代，他立即被定性为坏分子。

地毛因此当上了生产大队的大队长。地毛给别人说，他之所以没有很早揭发黄贵，是看他的表现呢，可狗改不了吃屎，他是不劳而获的本性不改。

戴上四类分子的帽子，黄贵就不再是普通社员了，一有运动地毛就命令民兵把他押上台子批斗。地毛坐在主席台中央，边用白搪瓷缸喝水润嗓子，边指着黄贵说："你不叫黄贵，叫你哑巴是侮辱你的人格哩。你解放前就通匪，和匪兵是亲戚，你应该叫土匪才对。"

黄贵并不反对这个外号，因为很久以来，已没有人叫他的名字了，不是叫他哑巴就是叫他"黄世仁"。他已经不在乎自己拥有什么名字。

黄贵的儿子是解放那年出生的，名字叫解放。黄解放不喜欢“土匪”这个外号，一听见别人这样叫他爹，就使劲朝他扔土坷垃。

他长到十三岁上，大队长地毛从公社开完会回来，喝了点酒，脸上红扑扑的，在村街上碰见去上学的解放，就打着酒嗝对黄解放说：“黄解放，你不姓黄，你是你妈和匪兵在柴房里生的，你也应该叫土匪。不信你回家问你妈去。”

黄解放听了这话气得连连跺脚，学也不上了，立即跑回家去质问他妈。

黄贵和女人正围在桌子上吃着早饭。女人做饭的手艺越来越不行了，一碗面糊里有上百个面疙瘩，黄贵用筷子一个一个把它们都挑拣出来，放在桌子上。儿子黄解放站到了门口。黄解放气势汹汹地说：“妈，我是不是土匪？是不是你和匪兵在柴房里生的？”

黄贵的女人吓得大惊失色。女人走过去给了解放一个耳光，系上围裙下厨房去了。

黄贵坐在灰蒙蒙的阳光下，使劲地回忆十三年前的那个夏天。那一年兵荒马乱的，记忆中许多事情都含混了，模糊不清了。但有一点是肯定的，匪兵住在柴房的那段日子，女人夜夜都在自己怀里，除非是地毛贪睡耽搁了喂牲口，女人心疼黄贵，才自己到后院里去。他从那一年后一直不大精神，也很少让女人畅快过，但女人从来没有为这事埋怨过自己，因为他还不是一点儿能力都没有了。黄解放应该是自己生的，黄解放一生下来眉眼鼻子都像他，不是他生的又能是谁呢？黄贵这样想着就用指头蘸了点茶水，在饭桌上写道：你不叫土匪，叫黄解放，是我亲生的。

眼看着黄解放就长到二十岁了。一个冬天，麦苗挂一层薄霜的日子，村口来了一伙口外的商贩。这些人牵着牛、羊，还有骡子和马，在村口撑起木棍搭好帐篷驻扎，准备用带来的牲口兑换四邻各村的粮食。

一个身穿翻毛皮袄的商贩把两只羊牵进黄贵的家门。进了屋子，看见黄贵和女人正在热炕上坐着，他就“扑通”一声在地上跪倒，用头磕着地说：“哑巴爷，我来看望你了。”

这人长得又丑又老，细密的血管像蛛网一样爬在脸上。黄贵一时半会竟想不清他的来历。听见商贩又说：“我知道哑巴爷你心好咯！你要是还像以前那样心好，就把我的儿子叫我带回去咯！我背了兵痞的名，至今还没有讨上老婆，你不会忍心看着我绝了香火吧!?”

黄贵的女人听了这话，捂住脸箭一般向后院里跑去。等到黄贵和客户人撵过去，女人已经舒展腰身吊在了后院里的一棵椿树上。

地毛借机扣押了拴在村口的众多牲口。他又指挥村民拆了帐篷，抢夺了几件翻毛皮衣，并且把招惹是非的商贩打得半死。这伙人抬着气息奄奄的同伴，当天就逃得不知去向。

黄贵女人坟上的车前草绿了两季，大队长地毛就因为贪污救灾粮被公家法办。村里没有了地毛，地毛发明的外号从此也再没有人提起了。那时候黄贵的儿子已经离家出走了多年，丢下黄贵一个人还活着。

黄贵活到临死的前几年，突然发现吹唢呐的事很适合自己。这玩意不需要舌头，只要有一口气就能吹响。他哑言哑语一生，现在抱住唢呐竟什么都能说了，说得曲曲折折抑扬有致的，成为远近闻名的吹手。吹手黄贵出外演出的范围很广，方圆有几十里。他演出并不为了挣钱，一来为打发光阴，再就是，他一直指望着能找到自己的儿子。

一年腊月，黄贵去参加一户人家的周年祭奠仪式。演出是在入夜后进行的，先是演唱秦腔，最后由他独奏唢呐曲。他用小曲正回味着死者淡而无味的一生，猛然听见夜空里有人喊：土匪，土匪。是儿子解放的声音。他立时心慌意乱起来，演出还没有结束，就夹起唢呐离开了那户人家。

天上飘着雪花，他冒雪摸黑在村外找了几遍，没有看见儿子解放。他以为儿子回家去了，连夜又往家里赶。一路上的雪花像棉团似的裹在身上，风雪搅得满世界混混沌沌的，他在冰天雪地里整整跋涉了一夜。

第二天，人们在本村东头的土壕中发现了他。雪已经把他掩埋了，只有黄亮的唢呐头露在雪堆外边。黄贵死了。

暖风吹过天亦寒

1

秘书汪子谦坐在熙熙攘攘的人民剧场里，突然感觉四周的掌声里挟裹着一股热浪朝他汹涌过来。他脸颊涨得生疼，身上一阵燥热，片刻工夫，浑身上下已焐出一层虚汗，终于没有心思去琢磨阳城市为什么会一夜之间刮起学唱京戏的旋风，也没有兴致去探究这场京剧票友电视大赛的深远意义了。脑海里剩下一片空白。只有王市长那粉的脸、红的唇、大红的剧装在舞台上晃动，煞白的舞台灯光也格外刺目起来。

这出妓女苏三的唱段王市长已学了好些时日，尖着嗓子唱起来，一板一眼自然都很和弦，演出空前成功。一个长发披肩性别难辨的人上台去发给王市长一纸聘书，他一连串的兼职后头又添了个票友协会名誉会长的头衔。王市长精神抖擞地从后台迈出来。

工作很忙哩。他对前排迎上来的几个人讲，抱歉我先走一步了。

汪子谦忙给几个部门的头头解说，这几天送温暖工作着实安排得紧呢，王市长今天还要下梦远。

一堆头头于是起身恭送，掌声又涌动起来。王市长笑容可掬地和众人握了手，汪子谦相跟着，出了人民剧场。

腊月的太阳懒散地挂在高空，对天寒地冻的阳城视而不见，冷淡地散发着白光。凛冽的寒风飕飕地刮着，使人禁不住打了几个寒战。钻上车稍稍温热了些，汪子谦看看表，已近上午10点了。

政府办刘副主任怕误了送温暖的行程，方才已电话和汪子谦联系说，他仍在政府门口等着。车到了政府门口，果然远远就见他像热锅上的蚂蚁一样正来回走动，旁边站着《阳城日报》金记者。王市长皱了皱眉头就想，这样张扬地在市政府门口等，想叫满世界的人都知道我王致远出席票友大赛耽搁了送温暖工作？叫别的同志看见了会怎么说，怎么想？为什么连这点常识都没有呢？

刘主任一跑过来，王市长就一脸严肃地讲，访贫问苦是节前市委市政府工作的重头戏，政府办务必要高度重视，周密安排！

刘主任被说得诚惶诚恐，不停地点头说是是是，好像真是他不务正业影响了市委市政府的周密安排。他谦恭地接受完批评，一把拉过金记者，匆匆忙忙钻上了政府办的面包车。

街道上已挤满了蠢蠢欲动的人群。甩卖存货的喇叭也放肆起来。喜好节前狂购的阳城人拎着大包小包在马路上如梭地穿行。来往的车辆终于没了平日的耐性，瞅着缝隙就锲而不舍地挤窜。王市长的车艰难地穿过人头攒动的市区，出了道北，又驶过阳水大桥，才奔上了去梦远的阳梦高速公路。

京剧艺术真了不起呀！王市长在后座上余味无穷地说，我看完全可以代表先进文化嘛！

汪子谦搜肠刮肚想说些奉承话，无奈往日里挖空心思地早说尽了。大脑空空之际，忽然灵机一动打开了音响，CD机里仍放的是《玉堂春》，呜呜咽咽的怪叫声在车内弥漫开来。他每逢这时都要使劲憋住气鼓动耳膜，可苏三那年代久远的哀怨却始终在耳边绕来绕去，没完没了。他不由得不佩服王市长的好素养，从吱哩哇啦的怪叫声里竟也能品出艺术味来，他恨气自己修养太差，一丁点儿艺术细胞都没有。他瞥了瞥风度儒雅的王市长，王市长正眯缝着眼斜靠在后座上，手指在座位上轻轻弹着，鼻子里哼哼不已，全然一副如痴如醉的样子。

听了一路戏，车到了梦远县城时，怪叫声才戛然而止。王市长伸了个懒腰，从古代的烟花艳事里挣脱出来，揉了揉眼，干哼了几声。汪子谦趁机回过头来说，王市长，每次陪你听戏我都觉得自己像夏天野地里的兰花草，在甘甜清凉的雨水里滋润着哩，真是享受！

王市长微微一笑说，这就是艺术的魅力呀！你悟性不错，进步还蛮快嘛！

不行不行。汪子谦口里说着不行，心里却一阵热乎。

2

慰问完市糖厂，按县上的安排，下一站是去阳平镇风村慰问一户孤寡老人。车快到阳平镇时，王县长汇报说，阳平镇是我们县上撤乡并镇的示范镇，现在又搞了个工业园区，国内外五十多家财团都准备投资哩。

搞定的有几家？王市长问。

建成投产的有一家，叫神奇制药公司。王县长说，神奇公司的拳头产品“一条鞭”壮阳胶囊，专家论证说和美国辉瑞公司的产品不相上下。公司老总杨伟听说你要来梦远，前几日就托我请你去公司视察指导，你看是不是顺路看看？

王市长含混地嗯了一声说，国有企业戏不大，看来以后还是这些私营老板要唱主角呢。你们引进个企业也很不容易呀！

王县长就说，所以还要市长多关照哩！

车过了阳平镇二三分钟，到了阳平工业园区。园区内的水泥路面修得很宽畅，路两边各有一条近二十米的绿化地带，绿化带上每隔一段有一片小树林，林子里有石椅石凳，造型十分别致。园区的十字路口有一尊汉白玉雕塑，一个半身赤裸的女人露着双乳在寒风中抖着。园区面积不小，十分空旷，空地上稀稀落落长着些杂草，杂草的枯茎在淡漠的日光下闪着灰白的亮光。远处有一片孤零零的厂房，想来大约是神奇制药公司了。

一行人到了神奇公司的办公楼前，见四层高的楼房是很悦目的天蓝色。方才在厂门口鼓掌的男女员工这时在办公楼前又分列两排，彬彬有礼，面带笑容。楼前正中有一根用紫红色大理石砌成的圆柱，高有七八米的样子，柱顶鼓着个圆形的包头。王市长摸着光滑的柱身问杨总，这是文化柱吧？杨总连连点头称是，说这是上海一家广告公司给创意的文化柱，叫王市长一眼就看出来了。大家围着王市长看着圆柱，嘴里啧啧着说，不是王市长见多识广，我们真搞不懂这叫文化柱哩。

看完又拥着王市长向楼上走。这象征着神奇文化的石柱造型有些独特，很容易让人联想到人体的某个器官，惹得王市长临上楼又回过头来从远处瞄了瞄。几个女工立时脸色绯红神情忸怩。饭局是早就安排好的。杨总和王市长初次见面，难免有些拘谨，气氛就不很热烈。吃完饭在会客室喝茶时，王市长拿出随身携带的黑皮笔记本说，经营中都有些什么困难，说说看？

杨总忙不迭从包里抽出一本彩印的公司资料双手递给王市长，说目前公司发展势头很好，已经开始申报国家GMP认证了，只是……他看着王市长，余光又向王县长一闪，打住了话头。

王县长在一旁说，我们哪些地方做得不够，请多批评。

杨总就又说，只是有一点小小的麻烦事，我们公司这一百亩地是从凤村征来的，凤村的农民时常来厂里堵门、闹事，不得安宁。上回县公安局抓过一次，可过后他们还是来骚扰。

为什么闹呢？王市长问，是不是欠了人家农民的征地款？

王县长忙接过话说，征地款可是一分钱也不欠的，这些农民只因嫌地价低就闹，镇上县上做了不少工作，可他们根本不听，动不动就闹，归根结底还是农民素质低，太低，根本不理解县政府发展经济的良苦用心！

王县长露出恨铁不成钢的样子。

农民的素质是低了一点，王市长说，要多给他们讲道理嘛！工业园区发展起来了，可以带动许多相关产业，用发展的眼光来看，是利国利民的大好事，有什么好闹的？

王县长给杨总使了个眼色，杨总就乘着酒兴说，我想能不能把我们和国有企业一视同仁，给公司也设个公安处，把枪配上，工资我给发，闹一个抓一个，不信治不服这帮刁民。这事我给王县长也汇报过，王县长说要市上批准呢。

王市长听完不吭声，眼睛看着屋顶的吊灯，手指在笔记本上轻轻弹着。这帮家伙一有几个臭钱就牛皮得不得了，连公安局都想收编，专政工具能随随便便交给资本家？他看看王县长，王县长只顾低着头慢慢呷着茶。

我看这样吧，王市长说，农民闹事的事县上要好好研究研究，拿出切实可行的解决方案为企业排忧解难。当然啦，对群众闹事的处理要慎之又慎，要多想些办法，只要工作做到家，问题总会解决的。

杨总听完脸一红。王县长批评他说，喝了几杯酒，咋胡乱说呢？私营企业怎么能设公安？

王市长话锋一转又说，富才同志呀，我看你还没有杨伟同志思想解放嘛！只要对经济发展有利的事，就要敢想敢干。私营企业设公安的问题是体制改革中出现的新问题，你回去后可以和杨明同志商量商量，把杨伟同志的意见考虑考虑嘛！

杨明是梦远的县委书记，今晚陪省上领导去北山访贫问苦去了。

杨总听了王市长的话，面色又红润起来。王县长点着头说，我们一定好好商量，请王市长放心。

王市长合上笔记本，刚要起身，杨总凑过来说，我们公司全体员工有个愿望哩，想请王市长给题几个字，王市长你看……王县长就说，大家都知道王市长是文化市长，杨总也想沾些文化气呢！王市长含蓄地一笑说，扶持私有企业我们都责无旁贷呀！杨总一听忙招呼人拿来笔墨纸砚，摊开宣纸，自己恭恭敬敬地在一边把纸摁着。王市长抓起毛笔看了笔锋，把笔头在砚台里蘸饱了墨，略加思索，挥毫写道：打造一流产品，改善群众生活。写完了觉得拿壮阳药来改善群众生活这个提法多少有些调侃味，拿着笔正在迟疑，一圈人已使劲鼓起掌来。他便把字左右端详了半天，问汪子谦，有王右军的风格吧？汪子谦忙说，对对，是王羲之的字体，跟《兰亭序》拓下来的字没有两样。大家就附和着说，王体好王体好！汪子谦心里嘀咕，原来王市长的字体跟他唱戏的扮相竟有些相像，婀娜多姿，飘忽不定，想来艺术门类虽有不同，灵性像是相通的。

离了神奇公司去凤村的路上，王县长郑重地问，那神奇公司设公安处的事，可以办？王市长眯着眼说，公安的管理有一套现成的条条框框，按说是不宜乱开口子的。王县长迟疑了半天又问，那就等一等再说？王市长随口说道，等中央研究后再说吧！

3

离神奇公司约三里地就是凤村，村口停着一辆小车，阳平镇镇长已在寒风中等了几个时辰。

王县长一下车给王市长介绍说，这是镇长崔良同志。崔良忙迎上去握着王市长的手说，市长好市长好。镇长身后跟着个三十出头的小胖墩，嘴唇翻得老大，崔良给市长县长介绍说，这是凤村村长。村长又握着市长、县长的手摇了一阵。村长和所有人都握了手，然后才一溜小跑在前面引路。

走着进村吧！王市长说，农民是我们的衣食父母，大家时时处处要注意形象，说话办事不能刺激他们。

一行人于是在前面走，几辆车缓缓在后边跟着。

村里很阴冷，西斜的太阳像沾满尘埃的镜子，灰蒙蒙地散着淡淡的虚光。街道的石子路上落了好多枯黄的树叶，一阵冷风吹过，树叶在脚下翻转滚动一阵，又荡到空中，旋即向行人脸上身上扑打下来。满街上见不到一个村民，街道两旁人家的屋门都紧闭着，只是偶尔有一头猪、一只羊从马路上横穿而过，几只母鸡在柴草堆里抖动着单薄的翅膀。正是年节前最喧闹忙碌的日子，凤村却像是一座空城，死一般的沉寂，隐隐有一丝异样的气氛。

崔镇长边走边给王市长介绍情况，像有意要打破沉寂似的大着嗓门说，咱们要去家访的人叫凤平章，上过朝鲜战场，无儿无女也没有老伴，是个孤寡老人，境况可怜。王市长听后一笑说，古代有种官职叫平章事，相当于部长一级呢，这老人名字取得有些意思。王县长说，先人还指望他捞个一官半职光宗耀祖哩，没想到落个孤家寡人光剩下吃救济了。他又揶揄崔镇长道，你看你管部长呢，权大得很嘛？崔镇长急忙摇头说，我不敢我不敢。一行人就大笑起来，脚步把路上的落叶踩得嚓嚓作响。

村长在一堵土墙外立着，走近一看，土墙上掏着个门洞。低头进了门洞，院子里空荡荡地长着些蒿草，草已枯了，碎叶铺了一地。院子一角有一间茅草房，一个佝偻着腰的老人在房门口站着。这老人有七十多岁，虽说佝偻着腰，个子依然显高，穿一件油光发亮的大衣，敞着领口，露出像榆树皮样的肌肤；花白的头发下有一张黑瘦的长脸，脸上挂着陈年的污垢。他的胡子像三荒地里的野草，生得杂乱无章，白而混浊的眼睛跟薄云遮盖的星星差不多，好像有一丝亮光，又像没有。王市长在前面一进门洞，这位叫凤平章的老人就大声招呼，声音很怪异难听。

一行人进了屋，凤平章从屋角拿出一截砖头支在地上，跟杂技演员一样摇摆晃晃地坐上去，还没坐稳，就晃着头说：来来来，炕上坐，稀饭夹馍一摞摞，七个盘子八个碗，领导爱吃，一进门就抄、抄，光是个抄！

村长操着公鸡嗓子说，甭抄了！市长、县长亲自给你拜年来咧！

凤平章惊天动地地左顾右盼，目光落在坐在炕沿的王市长身上，他恍然大悟般地拍打着骨瘦如柴的大腿。能一天到晚四平八稳坐着的当然是大领导。

好，好！他说，市长来了才要抄好么！怕啥呢！凉的热的一起上，抄好了再到窑子一浪，过得跟神仙一样！

一屋子人都很尴尬，王县长俯在耳边对王市长说，是个油疯子，神经病！

王市长却不在意，脸上依旧挂着笑。农民辛苦一生，临老十有八九不是疯子就是痴呆，不见怪的。他笑着问凤平章，老人家身子骨还硬朗？

凤平章晃着身子说，硬朗么，不吃药也硬朗！

王市长又问，今年收成好不好？

凤平章把手放在耳边问，啊？你问地里的事哩？

村长说，问地里的收成呢！

凤平章就说，水地里种的春药，旱地里栽的草，收成都好！

王市长很有涵养地收起了笑脸，向屋内四周环顾。这间用土坯垒成的屋子除了寒气和咸臭的气味，实在没有什么可资浏览的物什，屋角里支着一口破锅，锅旁的水缸用几道铁丝箍着；土炕占去了屋内一半的空间，炕上铺张旧席片，炕角堆着一团烂棉絮。王市长看着看着就想起戏文上的几句唱词，是程派唱腔，很凄婉：人有失意悲怀抱，更有饥寒哭号啕……

一走神鼻子竟有些发酸，眼眶也跟着湿润起来，好像有一种遥远的情结一瞬间被唤醒了，一股新鲜的东西在他身体里慢慢地蠕动，连喉结也上下蹿动得很剧烈。他瞅着凤平章摇摇欲坠的胡子，很想说几句脱了官气的安慰话，可一开口却说：老人家，相信随着西部大开发的全面启动和全市经济战略的结构性调整，你会早日过上幸福生活的！说完把装着慰问金的信封塞到凤平章手中。这时县政府的人也已把米面搬了进来。王市长握了握凤平章的手，一行人就出了凤平章的茅屋。

我看市长一来，个个比儿还孝顺么！凤平章在王县长身后大声说。

王县长脸上挂不住，又不好发作，咳了口浓痰骂道，啥货色嘛！崔镇长以为是骂他，就脸红脖子粗地把村长拽到最后边，犟着脖子训斥，村长被训得脸上红一块紫一块，呼哧呼哧喘着粗气。

凤平章出了土门东张西望，见面包车上有几个大纸箱，拉住车门就问，市长市长，还发大彩电呢？

王市长听后有些愕然。汪子谦忙跑近去一看，原来是从神奇公司临走时杨总给送的三箱“一条鞭”。

这不是彩电。汪子谦说。

不是彩电是啥？叫我看，叫我看是啥？

凤平章抓着车门不放手。王市长看了看他，怅然若失地上了车。镇长又训斥村长，村长终于被训得眼急，跑过去一脚把凤平章踢倒，连拉带拽往门洞里拖。王县长向身后一挥手，所有人立即钻上车。车发动起来，凤平章又扑到面包车边把轮子抱住，死命地喊，土匪打我呢！土匪要我命呢！

一瞬间几十家屋门哗啦啦打开，上百号人拿着锄头铁锨急奔过来，把几辆车团团围住。

4

王市长思忖了半天终于打开车门的时候，拿着农具的群众早已把四周围得水泄不通。凤平章已被金记者等几个人搀扶起来，一伙村民揪住村长要打，另一伙立即围上来把村长护住。凤平章还在声唤。王市长一下车，一同来的干部们马上就拥过来护着。群众却并不往跟前挤，反而自动向后退了几步，给王市长面前留出一块空间来。王县长大声喊，这是市政府王市长，大家不要乱来，听王市长讲几句话。嘈杂的人群立即静了下来，村民们这时才确信，真的来了市上的大头头。王市长拨开汪子谦朝前站了站，大声说，父老乡亲们，你们的这番苦心我领了，你们有备而来，无非是找我解决问题嘛！你们王县长也在这里，有什么问题大家提出来，咱们共同商量解决办法！

人群又是一阵嘈杂。有个村民喊道，我们的问题县长解决不了，专门要给市长反映呢！

王市长摆摆手，又大声喊，你们推选几个代表，到凤平章家里来，咱们政府年前送温暖的目的，就是为了体察民情，了解民意，解决实际问题嘛！你们选几个代表慢慢来谈，其余群众就不要围观了。

王市长话一出口，人群中挤出几个人来，对王市长说，代表早选好了，我们三个向市长反映。一个代表对人群说，大家散开，各自忙去，话我们会说。围观的人群慢慢松动、散开了，三三两两聚在街道两旁。

王市长再次来到凤平章的茅屋，往炕沿上一坐。如今时常有群众谩骂当官的嫌贫爱富，找这么个地方来现场办公，本身就是一种姿态。王市长深知领导大凡一摆出平易近人的姿态，事情往往就成功了一半。果然几个代表很顺从地跟了进来，捡了几块破砖在地上坐下，镇长和村长没敢进屋，王县长、刘主任、金记者进屋后也从屋角搬了几块砖围坐下来。王县长一坐下就说，我请王市长批评我，事情……

王市长摆了摆手说，叫村民代表说吧。汪子谦做着记录，不到十分钟，大家就听清了事情的来龙去脉；神奇公司征了凤村一百亩地，征地款四百万，地圈了一年，只付了三百万，这三百万其中有二百万被阳平镇政府截留给工业园区修了路，搞了绿化，一百万付给村上后修路盖学校花去五十多万，据说吃喝账又报了二十多万，到群众手里一人才分了三百元。神奇公司征用的是一马平川的水浇地，剩下的大部分是旱地坡地，难怪凤平章说水地里种的春药，旱地里种的草呢。村民们为征地款多次到县政府堵过大门，不曾想政府后院还开着个拐门，自然是几天几夜没堵住一个头头，带头闹事的还被公安局拘了几个。胆大些的本来串联着今天要堵县长，想不到连市长也堵住了。

我们啥也不想干，只是要自己的钱呢，吃喝嫖赌的钱我们也认，那剩下的总该给我们吧！

镇长嘴里一句实话都没有，每次找急了就哄说快了快了，过后就拖，把人往死地拖！

我们拖不起，求市长给个说法。

三个代表你一言他一语还没说完，王市长就严厉地对王县长说，我多次给你讲过农民是我们的衣食父母，要爱民如子的，可你们怎么就忍心挪用村民们的卖地钱呢？以牺牲农民利益来搞工业园区，那“三个代表”还要不要讲？你们梦远是个农民大县，农民不满意，县委县政府还怎么代表广大群众的根本利益？对三个代表可要全面理解深刻体会呢，决不能浅尝辄止断章取义啊！

王县长头上冒了一层冷汗。工业园区是市上要求搞的，梦远的财政连饭碗都保不住，不挪用征地款拿鸟搞？怪只怪崔良这狗日的有眼无珠，把阳平镇弄得鸡飞狗跳墙，矮子里拔将军选了凤村这么个是非之地，算是把人给丢扎了。

王市长又说，稳定是节前工作的重中之重！对凤村的问题一定要站在政治的高度来看待、处理，万不可掉以轻心！

王县长脸色铁青地吸着烟，不停地拿笔在本本上画着，寻思着今天不来真的，怕是过不了关。他看王市长住了口，立即表态说，都怪我政治水平低，工作没做好，王市长批评得对。王市长你今天是现场办公呢，你说咋办就咋办，我听你的。

王市长又扭头对几个村民代表说，春节到了，全国上下都要过一个祥和欢乐的节日，你们要多给群众做工作，不要影响全市安定团结的大环境。问题摆出来，解决要一步一个脚印地来。我看年前先由县财政和神奇公司各拿出十万元，由镇政府组织尽快发到群众手中，叫村民们好好过年。剩余款项年后县委县政府一定要拿出可行方案，争取及早解决。你们看行不行？

几个村民代表没想到市长说话办事这么利落，还是大领导水平高讲道理。但问题说得太轻巧，有时又难免叫人不放心。一个代表说，镇长到时候再不给钱咋办?

王市长说，你们要相信我，相信市委市政府。

我们相信市长。代表们连忙说。

王县长从地上站起来拍着胸脯说道，王市长，我坚决按你说的办，这二十万三天之内一定筹齐，后边的解决方案一开年立即研究……

凤平章这时抖抖索索从门口走过来，身上挂着柴草和灰土，一进门给王市长跪下说，王市长，王市长，是救命钱哩……说着用油亮的袖头抹着眼泪。

王市长忙下炕拉起他说，你是革命军人出身，搞这一套干什么。起来起来……他见凤平章老泪纵横，不觉眼眶也有些湿润。

车出凤村时，夜幕已降临了，村民们知道事情有了眉目，自发地在街道两边夹道欢送。王市长兴奋得满脸通红，嘴唇跟刚嘬过奶头似的紧紧吮着，像生怕那又甜又腻的味道流了似的。到梦远县城时，县城里已灯火通明。王县长要留王市长吃饭，王市长说不了不了，改天你到市里来，我做东请你，辛苦了一天，早点儿回家吧！王县长听得受宠若惊，临别时又趴到车窗前说，我今后一定把工作做好，不辜负你的期望。车子开出很远，汪子谦从后照镜里还能看见王县长在路边摇手。

汪子谦早就发现王市长有农民情结，今天见他对农民的事格外用心，不禁暗暗为凤村人庆幸，王市长拍了板，问题终会解决的。

5

节日是在祥和、欢乐的气氛中度过的。阳城市节日期间没发生一件影响社会安定的大宗突发事件，作为常务副市长，王市长功不可没。相邻的平汉市却闹得不亦乐乎，恐怖分子炸舞厅，下岗职工堵铁路，农民上访，市民游行，简直一团糟。整个节日期间王市长很充实，兴致很好。阳城电视台一直在播放京剧票友大赛的实况录像，王市长除过一些必不可少的应酬，就津津有味地坐在电视机前。艺术的魅力是惊人的，他常常一陷进去，就拔不出来。

秘书汪子谦晚饭时应付了几个朋友灌了几杯酒，情绪空前高涨。晚上电视台要重播票友大赛开幕式的盛况，他早早回到家招呼妻子坐在电视机前，自己很悠闲地躺在沙发上吸着烟，慢慢地等。年前的梦远之行使他对王市长又添了几分敬仰，那么复杂的场面三言两语就搞定了，雷厉风行，帅才！看来领导有意无意之间，都能做些惠及众生叫人仰慕的事来，虽然问题的解决都是王市长拍的板，可自己一想起来心里仍十分的受用。

快看快看，妻子在沙发那头蹬了他一脚。王市长着红披绿地登了台。王市长身材瘦小，装扮个苏三还真不赖，可惜颧骨略高了些，一副苦命相。

妻子看了几眼撇着嘴说，你可不要整天跟着王市长也学成了娘娘腔，做精作怪，丢人现眼！

汪子谦没好气地顶着，这叫艺术！懂不懂？少见多怪！

妻子又看了几眼，索性起身就走。这也叫艺术？当官的都假模假样学个娘娘腔，难怪老百姓遭殃呢！说着话去厨房收拾锅碗。

汪子谦一个人躺在沙发上生闷气。这女人就是素质低，一窍不通，不可理喻！女人一走，他也看不下去，就想，王市长也真叫人别扭，学戏不会学个威武雄壮些的，偏偏就学个娘娘腔，惹得自己也跟着受气。转念又一想，威武雄壮的是艺术，娘娘腔也算艺术，不过是各人爱好不同而已，着实又无可厚非。这样一想，底气又足了些，顺手捡起一份《阳城日报》摔给妻子说，看看报，好好学学，娘娘腔能干出那样的大事？这期《阳城日报》的头版上有金记者采写的一篇通讯，题目叫《送温暖情深意切，解急难雷厉风行》，把王市长凤村之行写得文采飞扬。

妻子看都不看，依旧刷锅洗碗，嘟囔道，那些报谁看？有闲工夫看《华阳报》去，还图个热闹！

汪子谦本想驳她几句，但这女人说急了嗓门就大，叫左邻右舍听见影响不好，只好忍忍算了。

年后的日子过得很平淡，市政府节前像上足了劲的发条，节一过，就绽开了，上上下下都很懒散。王市长除过开会、看文件，一有空闲就到政府对面的公园里去吊嗓子。他的唱腔艺术日见精进，台面上也更显现出儒雅的做派。除过偶尔在戏文里忽而伤情、忽而悲愤之外，平日里总是高天薄云一副淡泊的样子，为官的意境似乎又高深了许多。他近来又新学一出叫《锁麟囊》的旧戏，是讲人生跌宕，富贵无常的。他每每唱到"人有失意悲怀抱，更有饥寒哭号啕……"时，仿佛就想起了凤村，想起了凤平章，汪子谦就从他眼里看到一片浩淼的波澜，禁不住鼻子也跟着发酸。

汪子谦闷在办公室里看报喝茶时，偶尔也会想到凤村，不知村民的征地款拿到了没有，是不是像王市长祝愿的那样过上了幸福生活。那天碰见金记者，金记者告诉他梦远流传着几句民谣，是这么讲的：

梦远有个王知县，不干实事专靠骗，节前说行千般好，
节后万事空空蛋，城里乡下都骗遍，知县还是王知县。

汪子谦以为金记者去过梦远，一问才知道是报社的同行回来讲的。他回想起王市长在凤村声色俱厉，王县长信誓旦旦的情形，就觉得群众的眼睛有时是错位的、挑衅式的，总要把领导放在哈哈镜里看，心里才舒坦。

在办公室待得无聊，就上街去转，转回来又一边喝茶，一边看报。汪子谦一边喝茶一边看报，看到一篇《送温暖拳脚相加，空许愿再无下文》的文章。文章说，梦远县阳平镇凤村征地款被镇政府挪用建工业园区一事，半年前就有村民因向来送温暖的某副市长反映而遭村镇干部拳打脚踢，继而引发上百名群众围堵市长专车事件，

某副市长为平息事态曾当面许诺由县政府分批兑现征地款，但时至今日，原欠的二百万元征地款不仅分文未付，该村又有一百五十亩耕地被强行征用，征地款仍被用于政绩工程建设。村民们为此事多次上访，现已有五人被当地公安机关扣留。

汪子谦把文章看完，才发现手里拿的是一份《华阳报》。《华阳报》据说是城市游民的机关报，不讲政治，格调也低，还时常登些无稽之谈造谣惑众，政府里既不许订，也少有人看。他是方才闲得无聊从街上转回来，顺手在市政府门口那个钉鞋的摊儿上捡的。

他对自己的无聊行径很是自责了一阵，但不久热气腾腾的茶雾就撩拨得他昏昏欲睡了。

沉重的湖

1

天快亮的时候，我忽然梦见自己掉进湖里，把一潭湖水激打得水花四溅。

当时我正行走在梦中的大街上，身边是无所事事的行人。我的影子在阳光下很蓬勃，尽情地向前方伸展开去。突然，在左前方，影子斜插过去的一块水泥地上，轰然裂开一条裂缝。我心里不停地提醒自己说，小心点，千万别掉到地缝里去。后来还真没有。但是我发现自己掉进了湖里。

湖水污浊不堪，水面上漂浮了许多杂物：袜子、塑料泡沫、腐烂的鱼、一缕缕麦秸秆——尤其是麦秸秆，浸过水十分柔韧，挨着你就紧紧绕在你脖子上，直憋得人胸闷气短，差一点没晕厥过去。一只猴子在湖底拼命地奔跑，一看见我脚下打了个趔趄，马上像被子弹击中那样四蹄朝天倒在地上。我大惊失色，一个激灵就醒过来了。

醒来时大约早晨9点钟左右。时值秋天，室外的阳光鲜亮而饱满，光线穿堂入室，给屋子里营造出一片淡黄色的薄雾。大自然阳光灿烂的景象难以消解我心头的惊悸，躺在阳光普照的床上，让身体舒展一阵，我浑身乏力地从床上起来。家里空空荡荡，妻子和儿子早早已出门去了公园。这是个星期六的早晨。

忧心忡忡地坐在阳台上的藤椅里，回顾着梦境中的遭遇，一片沉重的阴云压在了我的头顶。梦中的湖不是空穴来风，不知道受什么魔力的驱使，我们这个北方小城竟然吵嚷着要建造人工湖了。设想中的湖要建在流经城南的清水河的河滩上。我一年中最少有两次要走上河滩，那里埋藏着一个秘密，我只有坐在芦苇深处的一块石头上，看着弯弯曲曲的几条细水，触摸着过去岁月的纹理，一段隐秘往事带来的伤痛才能稍稍得以缓解。如果那里被白茫茫的水面覆盖住，沙滩，卵石，芦苇，甚至连我栖息的那块石头也沉没湖底，那无异于把一潭死水压在我身上。

我是个迷恋感性思维的人，现实中的湖虽说被炒得沸沸扬扬，可毕竟还停留在嘴上。可梦中的湖在这天提前向我走来，我预感冥冥之中有什么报应要降临了。

我正被自己的胡思乱想搞得心烦意乱，身穿黄马甲的送报人摁响门铃，把当天的早报送上了门。

这天报纸上铺天盖地的，依然是有关人工湖的争论。这场旷日持久的辩论没完没了，使我产生一丝侥幸的快感。在舒展腰身的一瞬间，我瞥见末版上有这样一条消息：一男子自曝数年前杀人命案。消息说，一名男子近日去滨河路派出所投案自首，声称八年前曾杀过人，死者是个出生不足一月的婴儿。他自称从命案发生之后，数年来一直被噩梦困扰，白天黑夜都不敢闭眼，所以请求政法机关对自己依法惩办，以求得精神解脱。但是由于他拒绝向警方提供作案的详细情节，兼之其精神恍惚，思维混乱，因此被警方怀疑为精神病患者。据悉该男子以蹬三轮车为业，身份证显示名字叫王红军。

这条消息惊得我目瞪口呆。王红军犯有杀人罪，而且杀死的是一个婴儿，傻子都会把这件事和我联系到一起。在我们这所中学里，众所周知的事实是我的妻子在那年秋天休过产假，人们没有看到那次产假应有的结果，只看到门卫王红军在一个傍晚寂寞地从学校离去。这条简短的消息把一个秘密暴露到光天化日之下了，它比掉进梦中的湖水里更让我觉得窒息。秘密，一个只属于我和王红军的秘密，如果我的妻子知道这个秘密，相信她脆弱的神经立刻会绷断成几截。

几乎是条件反射，我弹簧般从椅子上弹起来，像条沮丧的狗一样在十多平方米的客厅来回走动。从惊慌失措中刚一逃离出来，我立刻像疯子一样冲出了家门。

有几户人家在这个早晨充当了无辜者的角色。他们报箱里的早报先是变成我囊中之物，随后又被当作垃圾，扔进楼下的垃圾桶里。我被自己疯狂的掠夺搞得浑身冒汗，几分钟之后，我发现这种做法既荒谬又愚蠢。我压根儿封杀不了报纸，就像无法阻止湖泊在这天进入梦境一样。放弃了无谓的努力，坐回在客厅的沙发上以后，想象之中，穿门过户的报纸这时已铺展在了许多人家的餐桌上。所有认识我和王红军的人这天都得到了一份意外的“早餐”，他们咀嚼着，别有用心的嘴因为激动和惊讶，正夸张地咂吧作响。

阳光依旧明亮，一群孩子的嬉闹声响亮地从楼下传过来。眼前的家突然变得不大真实了，客厅，沙发，镶嵌在墙上的门，都忽忽悠悠晃动。许多奇形怪状的东西包围着我，使我在家里一刻也不敢停留，我于是走出家门，走过铺满落叶的校园。通往学校大门的路上有两排高大的梧桐树，影子交叉陈放在水泥路面上，像豹头环眼的武士架起了刀戈长矛。几个老人坐在枯叶飘零的树下，驻足在他们垂暮之年的幽思和遐想里。我惶恐地从他们身边走过，他们平静而无悔的生活让我在步履匆匆中羡慕不已。

大街上稠密的人群给了我暂时的安全感。犹如一滴墨水滴进了池塘，我醒目的罪恶现在被众多的人群稀释和掩盖着。信步行走，满大街的报刊亭外边都悬挂着当天的早报，像血红的灯笼在秋风中来回晃荡。一辆出租车停在近旁时，我已经无力行走了，我下意识地钻进车里。

"送我去河滩。"我告诉出租车司机说。

车向河滩方向驶去。我蜷缩在座位上，一股无形的力量拥着我，我战战兢兢地回到了八年前的那个秋天。

2

那一年的秋天分外漫长。我整个秋天所做的唯一的事情，就是在妻子临产前漫长而焦急的等待。临产的日子终于到了，妻子在一个中午进了产房，我则有一丝担心，又有一丝喜悦地在玻璃门外的走廊上开始了更加漫长的徘徊。厄运已经向我眨眼，可我一无所知，完全被想象之中的喜悦搞得晕头转向。几个小时以后，一个身材矮小的护士从产房走出来。

"母子平安。"她从我身边走过时，轻描淡写地说，"还是个男孩呢。"

她说这话时有意多看了我两眼，这让我更加对自己的幸福确信无疑，一种从未有过的暖流盈满心怀。那天的太阳也像是专门为我预备的，分外明亮，可以轻易地看见玻璃门内的灯光和重重叠叠的人影。又过了好大工夫，人影像云团一样消散，陆续有医生走出产房，妻子这时也被人从产房推出来。她脸色苍白，仿佛经历了一次长途跋涉后的疲惫。我没有从她脸上看到一片幸福的光芒，相反，她一看见我，眼睛就暗淡地闭上了。我根本来不及多想，眼巴巴看着护士抱着婴儿出了育婴室的门，向我们走来。她轻手轻脚来到妻子床边，把包裹严实的孩子放到床铺的一侧。包裹里露出一张粉团一样娇嫩的脸。我使劲向这张脸凑近，护士的手指还停留在空中，阳光下白皙透明，轻轻一弹，包布又被掀开一点。我突然觉得眼前这张脸怎么这么奇怪，这是一张婴儿的脸，红光满面，嘴唇恬静地噘着，稀稀拉拉的绒毛遮盖住前额，但是看上去是那么与众不同，让我有几秒钟时间不住把目光在这张脸上搜索、探寻。随后的发现与其说是惊讶，毋宁说是张皇而不知所措。这是一张畸形的脸，没有耳朵，只在耳朵的部位矮矮地隆起一圈，像脸庞背后随意隆起的一条褶皱。我被自己的发现惊得浑身发怵。

妻子显然早就知道这个结果，她视而不见地抬起手，摸了摸孩子娇嫩的脸，又把他脑后发黄的头发轻轻地往下抚顺。她苍白的脸对着孩子泛起了笑容，没有察觉到那一刻喜悦已经凝固在了我的脸上。

这个孩子的出世让我有一种不祥的预感。我一定有什么难以饶恕的罪恶，所以上天用这样特别的方式对我做着惩罚。事实上，从那一天起，我的生活就彻底改变了。从幸福的巅峰上跌落是突然的，而走入命运的谷底却是令人不安的缓慢。在妻子住院的一周时间里，我整天愁眉不展，闷闷不乐。临出院的那天，我硬着头皮找到了医院的妇产科主任。这是一个被职业化的思维方式搞得过于冷静的人，瘦弱的身体被一袭白衣裹着，坐在办公桌后边狭小的空间里。她说："这算好的了。"她说着话拿出一本挺厚实的图册，"你瞧瞧，跛子，瘸子，一条胳膊的，半个脑袋的，谁也没有权利选择自己的形体呀。具体到你的孩子，算是不错了，长相是怪异了一点，但听力并没有完全丧失，就要靠大人好好抚育了。当然，从生命学的角度来看，这样的事情总是遗憾而又难以避免，不过假如后天发育好的话……"

她的话轻巧而充满哲理，但根本不能减轻我的忧虑和绝望。一个没有耳朵的孩子能出入于公众场合，能融入沸腾着欢声笑语的孩子们中间，能心安理得地漫步在林荫小道上吗？上学，工作，即便成人了又能怎样？生理不够健全，一生都会注定是残缺不全的。命运在这一年和我开了个天大的玩笑，漫长地等待结果，使我许多天里寝食难安。

那时候，我儿时的伙伴王红军在我的介绍下，已经进入我们学校做了一名门卫。第一次见到孩子，惊讶使得他好几天无话可说，他明白这个残疾的孩子对我意味着什么。此后的几天时间，他越来越看穿了我的心思。我没有初为人父的心花怒放，一看见他，不是神情呆滞就是唉声叹气，要么就一个人在医院外面的树林边上徘徊。

那个夜晚的到来，是我和王红军合谋的结果。此前有关孩子的问题，我们从来没有正面交谈过，只是用目光默默地交流着，谁也没有提说，但彼此都心照不宣。他那天踏着暮色走进我的家门，劳累了一天的妻子已抱孩子在卧室里睡去。我们一声不响在沙发上坐着，墙上的挂钟发出嘀嘀嗒嗒的响声，像暮鼓晨钟一样让人心神不安。

“你把孩子抱出来，交给我就行了。”不知过去多少时间，王红军说。

“现在吗?”我问。

我说话时一定嘴唇都在哆嗦，这神情立即把王红军故作镇静的神态击碎了。他胆怯地用双手把头抱住说：“快点去吧，把他抱出来。”

我犹豫了几秒钟，慢慢向卧室走去。卧室里传来一大一小均匀的呼吸声。我轻轻把孩子从沉睡的妻子身边抱起来，一转身立即和王红军走出家门，朝楼下走去。天色已晚，楼下的黑影里停放了一辆三轮车。

“你回去吧，把他给我。”王红军在黑暗中说。

我从来没有像那一刻那样憎恨王红军，他当时的声调冰冷冷的，好像不是在谈论孩子，而是在议论地里一棵庄稼。赌气似的，我抱紧孩子坐进车厢里。他只好也翻身骑上三轮车，我们立刻向漆黑的夜晚驶去。我没有想到王红军对这个城市已熟悉到了如指掌的地步，三轮车在小巷里拐来拐去，一直穿行在灯光模糊、行人稀落的地方。道路坑坑洼洼，车身也颠得厉害。我尽力把孩子抱得紧一点，以免可怜的孩子在生命最后的旅途中经受颠簸之苦。孩子一直睡着，幼小的身体把我胸前暖得一片温热。那样艰难的行走再持续几分钟，我想，我一定会失去勇气，随之打消罪恶的念头。但是，三轮车很快嘎的一声停了下来。耳边传来远处河水的流淌声，还有近旁芦苇沙沙的声响。我知道我们来到了河滩。

王红军在那个夜晚表现出我从未见过的残忍。车子刚停下来，我还没明白是怎么回事，他一把从我怀里抢走孩子，然后快步向芦苇丛的深处跑去。芦苇激烈的动荡声长久地敲击着我的耳膜，河滩上漆黑一片，星星点点的亮光在远处明灭着。四周稍稍平静下来，夜空里忽然传来一阵婴儿的啼哭声，尖细凄厉，撕心裂肺，像暗夜中的一声惊雷，使我在八年后的今天，回想起来仍禁不住浑身打颤……

我恐惧地站在暗夜里，王红军气喘吁吁地从芦苇丛里钻了出来。

"从大桥往西数第三拨灌木丛，边上有块大石头，记住了。"说完话，他独自蹬着三轮车向黑夜中驶去。驶出去没多远，他突然又跳下三轮向我走来。

"我在别处找着事了，"他说，"门卫的事，我下午已经辞了。"

我不知道自己是怎样走进家门的。妻子仍在熟睡，我坐在黑漆漆的客厅里，从卧室传来的任何一点动静都让我神经骤然间绷紧。窗外的天空在我提心吊胆的等待中逐渐变白。

"孩子，孩子，我的孩子呢?"

妻子发疯般从卧室里扑出来，惊惧把她的脸歪曲变形。她一把抓住我的衣领，我像根基不稳的木桩那样在她狂风暴雨般的袭击中左右摇晃。我从麻木不仁的状态中清醒过来了，极度的悲伤这时才真实地笼罩了我。我无言以对，在哽咽中抱着她。她哭喊得声音嘶哑，身体在颤抖中把最后一点精力都消耗殆尽了。

后来，我能安慰她的只有欺骗。我告诉她，孩子被一个好心人收养了，一个残疾儿根本不可能融入正常人的生活，与其一生都看着他垂泪，倒不如早早把他送人的好。庆幸的是，我编造的谎言她竟然深信不疑。但是几天之后，她突然对我说："你把孩子抱回来，让我再看一眼好吗？就看一眼。你告诉那家人放心，我们不会反悔的。"

我佯装痛快地答应了她，然后就走出家门。谎言中的那家人自然无处寻找，我只好来到河滩。妻子的慈母之心感动着我，我这个歹毒的父亲也难以把离世的孩子从心中抹去。按照王红军那天夜晚的交代，我找到一块大石头。在石头周围凌乱的芦苇丛里，看见一平方米见方的一块空地，一堆新土松软地蓬松着。我悲从中来，站在一堆新土跟前，想把一个父亲的忏悔毫不掩饰地传达给孩子，然而我的喃喃自语只能像天边的孤雁一样盘旋在低矮的空中。人鬼殊途，阴阳两隔，孩子已永远无法感知了。我从来没有像那天那样失落和哀伤过，坐在荒草萋萋的河滩上，直到半下午时分，我才失魂落魄地回到家里。

“那户人搬家了。”我说这话时不敢看妻子的眼睛，感觉只要她稍有怀疑，我立即就会精神崩溃。我当时真的急需一场眼泪，需要一场号啕大哭，好像只有这样才能洗刷我曾经犯下的罪过。也是在那天，我明白了后悔是这个世界最无可救药的顽疾。然而奇怪的是，妻子听了这话后再没有追究，她流着泪，独自向卧室走去。从此以后，她变得沉默寡言，完全像变了一个人。这情形直到我现在的儿子出生之后才稍有好转。

另外一个世界里的孩子，我后来能带给他的关爱是那么虚假而微不足道。春天的时候，我把采集的野花放在他头顶一片干硬的土地上；等冬季来临，第一场雪的时候，我用芦苇编成一个席子，然后铺盖在他冰凉的身上。失去意义的举动能带给我短暂的安慰，而能给孩子的，只有一个父亲在尘世无谓的守望。

每年当中这两次非同一般的出行，像蚂蚁一样不断蚕食着我的神经。敏感使我不像是年近中年，倒更像孤立无助的老人。行走在隐秘的生活里，我背负着前所未有的伤痛。而蒙在鼓里的妻子，她对伤痛的表达方式比我更要纯粹和直接。她除去沉默寡言，时常夜半三更把我从沉睡中摇醒。“我想看看我的孩子。”她在黑夜中告诉我。旷茫而深邃的夜晚里，随后就响起了她突如其来的哭声。那一刻我就感到岁月在磨损着我生命的同时，也让我在对往昔的追忆中显得无地自容。

3

我现在从出租车里钻出来，又一次向河滩走去。

秋天的河滩上凄凉冷清，沙滩不再像夏季那样闪着耀眼的光斑，岸边成片的芦苇杂乱无章，一艘过去年代遗留下来的小船沉没在芦苇丛中、乱石堆里。我循着记忆，找着几棵干枯的灌木，又看见了一块硕大冰冷的石头。当我痛心疾首徘徊在石头周围的时候，从河川里吹过来的冷风使劲地摇曳身边的枯草，仿佛冬季已然提前来临了。

当年埋着孩子的那一块空地上，季节的更迭已使它和周围的芦苇连成一片。芦苇匍匐在地，覆盖了地面，毛茸茸的杂草也填充了地面上所有的缝隙。

一阵狂风从河道上刮过来，一时间，纸屑，空饮料瓶，拖着尾巴的塑料片，一起被送上低空飘荡。整个河滩都忽忽悠悠动荡起来，一丛丛干枯的灌木在风中拥挤，磕碰，枯黄的树叶一拨一拨在河滩上翻滚。成片的芦苇丛中，风声也扯起响亮的哨音。我看见成群结队的孩子从芦苇丛中奔跑出来，他们跳进水里，攀上低矮的小树，蹿进灌木丛和乱石堆中，跳腾着，追逐着，叽叽喳喳地嬉闹着，杂草的枯茎在轻快的脚下发出清脆悦耳的爆破声……

四周归于寂静后，我仍旧寂寞地在石头上坐着。我的眼睛向四野空洞地望去，原本空无人烟的上游有一群建筑工人正在忙碌。那里搭起了高高的脚手架，密密麻麻的钢筋架管上有不少影影绰绰的人影，像一个个猴子吊在树上。一道高大厚实的堤坝在我眼睛张望的那一小会儿，已经迅速升高。有一群高举彩旗的人在堤坝下面欢呼，欢呼声给河道里立刻又聚拢了一股狂风，风声呼啸着从我耳边掠过。我一时间惊讶，事情怎么会这样，人工湖不是还停留在高谈阔论中吗，怎么已经有人开始在河滩上施工呢？照眼下这种迅雷不及掩耳的进度，一个崭新的湖泊很快就要建成。我恍惚中看见了波光粼粼的水面，它在建筑工地的周围尽情荡漾着。美好的憧憬催生着这些人心中的狂热，他们挥汗如雨地劳作着，根本无暇顾及坐在远处一片枯枝败叶中的我；而我的愤懑，这时也显得那么可笑和微弱。我的孩子，梦中的湖正在向他走近，我不敢想象从此走向河滩，就会面临一潭沉重的湖水，它正在凝聚，压得我双腿发软，差点儿不能从石头上站立起来。

惩罚总是指向过去时代的放纵。我站在秋天的河滩上心想，或许惩罚沉重急骤一些，我的罪恶感才会得到艰难而彻底的释放。绝望现在使我变得冷静，我已经不堪重负了，就像和我同样煎熬了八年的王红军一样。我诧异自己在最后的绝望中又想起王红军。一次罪恶的合谋之后，整整八年，我甚至在回忆中都不敢面对他。但是他现在真实地向我走来，我步履蹒跚地从河滩离去，把脚步挪到了王红军投案自首的滨河路派出所。我要寻找王红军，我不知道这个可怜的伙伴这些年是如何过来的。

4

位于滨河大道上的滨河派出所里，有个装修一新的值班室。我站在值班室的门口，问里面的几个人："你们知道王红军吗?"

我的话一说出口，就像一片枯叶落在水面一样无声无息。门卫室的三个人正在下棋，我再一次说我要找王红军的时候，他们的眼睛才离开了棋盘。他们瞥了我一眼，其中一个人说："这里没有叫王红军的呀。"

"就是八年前杀人的那个王红军。"我提醒他们说。

"噢，你是说他呀，每次从派出所门口经过都探头探脑、鬼鬼祟祟的那个人，他是叫王红军，在滨河路上蹬三轮的，精神不大正常。"一个人说。

"他住在哪儿呢?"我问。

"还能住哪儿? 新桥底下有个城中村，到那儿找找看。"

我走出派出所向新桥走去。我这时候觉得，只要找着王红军，我的罪责似乎就会减轻许多。听他们的意思，这么多年王红军一直在这个城市里，这是出乎我意料的事情。我一路上都用目光在行人中搜寻，但是直到桥头，也没有看见王红军的影子。我走下一个缓坡，来到新桥底下。空气污浊的桥底下真的聚集了好多人，看样子都是在这个城市里蹬三轮、捡破烂，或者靠下苦力谋生活的。他们有的躺在桥柱子旁睡觉，有的三三两两聚在一块玩着纸牌。一堆堆蒿草在四下里铺展，上面堆着肮脏的被褥，边上是横七竖八的自行车、三轮车。我的来到显然惊扰了他们，躺在铺位上的立刻翻身坐起，警觉地看着我，好像我是个闯入他们村庄的外乡人。一个三十多岁、目含着敌意的小伙子向我走过来。

“我找王红军。”我抵挡着钻进鼻孔的臭味，大声对所有人说。

我的话引来一阵前仰后合的大笑。刚刚坐起的人又倒身躺回到铺上。那个小伙子也抽动了一下嘴角，转过身去，又旁若无人地继续他们的纸牌游戏。

“他找王红军，还有人要找王红军！”躺回床铺上的人仍然笑声不止。

“他是个酒鬼，又没力气，你找人干活找谁也不该找王红军。”一个精瘦的老人半坐起身子，把我当作了找人干活的主顾，“他还是个精神病，到处张扬说自己杀过人。他在这儿住了几年了，夜里见了毛毛虫都吓得叫爹叫娘，有那个胆嘛！”

“王红军是住在这儿吗？”我问他。

我的一意孤行仿佛让他感到气馁，他指了指远处一根柱子，耷拉下眼皮不再理我。十几米外的地方有一堆孤零零的蒿草，好像远离村庄的一片麦场。我向王红军的床铺走去。凌乱的草堆里倒放着一堆空酒瓶子，浓烈的酒味弥漫了周围几米的空气。那个下午，我一言不发地坐在属于他的那块地方，一群无所事事的苍蝇扑闪在我的身边。我觉得自己非常想念王红军。

记忆中的王红军总是那么聪明而又善解人意。我们出生在同一个村庄，小时候的他就显露出过人的聪明之处，总是能在一块草地即将割完时及时发现另一块，而且除了告诉我，然后就机警地保守新地点的秘密。这个儿时的伙伴陪伴我上到高中毕业，我考上大学那年，他没有像别的同学一样选择复读，而是果断地回家务农。记得我背起背包去大学报到的那个早晨，他很早就来到我家，冒着蒙蒙细雨为我送行。我们走过青草茂盛的田间小路，走上狭窄的灌溉渠的渠岸，最后一起来到尘土飞扬的小镇。我始终没有找到合适的语言安慰他，只是默默地并肩和他走着。到了小镇的车站上，王红军说："其实，谁该干什么，是天定的。"

那个清晨把我们的生活从此一分为二。我坐在开往城市的车上，看着回到小路上的他不断缩小，最后成为碧绿的庄稼地上的一个黑点。当时我唯一的心愿就是，等我学业有成，一定要回来看他，把他从茫茫的庄稼地里解救出来。然而我又一次想起当初誓言的时候，已经是六年之后了。我毕业后在一所中学做了教师，在妻子怀孕那段百无聊赖的日子里，想起了王红军。我为他找了一份在学校做门卫的工作，当我专程回老家告诉他这个消息的时候，完全蜕变为农民的他，已经被田野里艰辛的劳作弄得麻木了。他当时神情木然，只有双眼透出茫然而激动的亮光，大概压根儿没有想到少年时代的友谊能收获如此意外的成果。他二话没说就打起背包，坚决地把媳妇扒拉到一边，在两个孩子羡慕的目光中来到了城里。王红军脱去自己老婆缝制的衣服，穿上学校发的工作服坐在门卫室后，就变成了像模像样的城里人。

在王红军迟来的向往之中，我帮他来到城市。但是短暂而悠闲的生活，却让他付出了替我充当凶手的代价。他生命的鼎盛时期在我们村子那片青青的草地上，他那时候给了我割不完的青草，根本没有想到多年以后，当年身体孱弱的我用一个噩梦样的经历回报了他。

大桥下这个不为人知的村落里，午休过后的三轮车夫懒洋洋地重新上路，一群刚在火车站搬运完货物的民工拖着疲惫的脚步从外面回来。我坐到夕阳西下，一直没有人来搭理我。和我搭过话的老人出了一趟工，蹬着三轮车汗流浃背地又回来了。见我仍坐在一堆蒿草中间，他好奇地看着我问："你不是警察吧？"

我莫名其妙地摇摇头。

"那就好。我和他在这儿待了几年了，王红军最怕两种人，一是警察，再就是小孩。鬼知道这家伙脑子里咋想的，他一喝酒就嚷嚷说他掐死个小孩，警察要抓他。可警察从来就没招惹他，倒是他三天两头往派出所跑，说要投案自首。警察又不是傻子，哪有自己说自己杀了人的，都管他叫神经病。不过我劝你还是别等了，王红军几个晚上没有回来，要么搬家了，要么是出啥事了。”老头一边拍打着三轮车垫布上的尘土，一边和我唠叨。

我现在觉得不单是对于孩子，对于王红军，我也同样是有罪的。我固执地坐在大桥底下等到黄昏临近。正前方的河道里亮起一片通明的灯光，像暮霭中燃烧的一簇火把，天空被映照得火红。我又看见了高高的脚手架，不过它现在已经转移到了河的下游，下游的堤坝也正在迅速升高，一个浩大的工程似乎马上就要大功告成。湖水不久就要汹涌过来了，可桥底下的这些人却一点儿也不知道躲避。他们悠闲地把烟头叼在嘴上，微弱的亮光在昏暗的大桥下闪烁不定。不断临近的灾难让我慌乱不堪。我来不及拍打粘满柴草和灰土的屁股，不知道是害怕湖水，还是害怕王红军踏着夜色真的向我走来，惊恐地向河岸上跑去。身后的世界一片嘈杂，我能感觉得到，自己仓皇的离去，犹如一场不大光彩的撤退。

5

我逃离了即将被湖水淹没的“村庄”，又一次向滨河路上的派出所走去。不能再等了，我现在被自己的良知追赶着，我要让所有人知道，是我杀了人，我把自己的孩子活活掐死，然后又抛尸在河滩。我一路小跑向派出所奔去，脑子里只有一个想法，去自首！和王红军一样寻求一个本来就属于自己的惩罚。

我来到派出所的时候，值班室里已经亮起白炽的灯光。先前见到的几个人，一个也没少，仍在聚精会神地下着棋。

“你不是要找王红军吗？”我一进门就有人抬起头来，认出来是我，说，“告诉过你到大桥底下去找嘛，怎么又回来了？”

我想起了那些精力充沛的建筑工人，王红军在大桥下面的“家乡”在我的脑海中已经沉没了。

“那里是一片湖水，知道吗？人工湖开始蓄水了！”我告诉这些毫不知情的人说，“大桥底下早成了水汪汪一片了！”

我的话让他们全都觉得不可思议，几个人同时把目光转过来，眼神怪异地看着我。

“我不是来找王红军的。”我郑重地告诉他们说，“我是来投案自首的，八年前，不是王红军，而是我杀了人，死者是个婴儿，而且……”

三个警察捂着嘴咯咯笑了起来。一个黑脸的中年人，看样子是老公安了，目光炯炯有神地盯着我，问道：“你看见湖泊了，你说人工湖几个小时里已经建成了？这是你说的吧？”

我立即回答说是。

“你是不是王红军?!”他厉声问我。

我知道自己当然不是王红军，然而他的问话具有强大的威慑力，让我张口结舌，不知道怎样回答。

“你就是王红军！”黑脸警察肯定地说，“凡是王红军杀了人，一概不予追究。”

我面红耳赤地从值班室走出来，听见身后的嘲笑声越来越大，走出去有十几米，还有人上气不接下气地说：“怎么又出了一个王红军，神经病！”

我又一次走向河边的时候，夜幕降临了。滨河路上的路灯昏黄地亮着。一个自乐班在马路对面的吹拉弹唱，聚拢起了一堆优游自在的人群。我站在无边的暗夜里，近在咫尺的湖所有人都视而不见，然而，我却真实地看见了一片黑黢黢的湖水。我看见波浪正在水面上滚动，它顷刻间聚集为巨大的浪潮，像滚滚车轮一样向我倾轧过来了。

洗脚水

我坐在大街上给人钉鞋，看见邮递员长太骑着摩托车过来。长太穿一身绿色制服，手上戴着白手套。我以为他是来给我送信的，送我老婆黄小毛的信，可他来到我跟前后，只是斜着眼看我给一只凉鞋绱底子。他看了一会儿，说：顺子，怎么好久没看见你老婆黄小毛了？

我知道他这是在拿我开心。长太和我是一条巷子的，在我们那条巷子谁不知道我老婆几个月前和人跑了，至于和谁跑了，跑到什么地方，长太不知道，我也不大清楚。但长太这天似乎存心和我过不去，看见我不搭理他，就用皮鞋蹬我的钉鞋机，把我那台灵巧的机器蹬得左右摇晃。我抬起头看了看他，不明白他为什么要这样做。我转念一想，我好赖是有过老婆的人了，不像他眼下还打着光棍，有过老婆的人是沉稳的，遇事不急不躁的。我于是等到钉鞋机像人一样立定，继续给一只凉鞋绱底子。

长太说，他妈的，你真是不识好人心！反正是钉鞋，为啥不把摊儿摆到滨河路上去？兴许你在那里能看见你老婆黄小毛。

长太的眼睛在阳光下挤成一条缝，像一只不怀好意的猫。他说完话把脏兮兮的手套重新套在手上，冲地上吐了口唾沫，很不屑的样子，跨上摩托车走了。

我坐在尘土飞扬的大街上，心想我已经寻找了几个月了，连我老婆的影子都没见着，难道他那么轻巧的一句话，我就能看见我老婆了？我不大相信长太，因为我很早以前就讨厌他。我老婆黄小毛没有离家出走前也讨厌他，一看见他骑着摩托车往风里雨里钻，把自己搞得泥猴似的就直撇嘴。奇怪的是，黄小毛以前不是那种人，她以前要是对人很挑剔的话，就不会成为我的老婆。

我和黄小毛从前是一个纺织厂里的工人。那时候我是一名挡车工，她比我晚上班几年，一进厂就给我当徒弟。我舞弄机床的本领比舞弄钉鞋机要熟练、有技巧得多，这让黄小毛佩服不已。在我的三个徒弟当中，黄小毛最乖巧，也最讨我喜欢。她给我打过饭，洗过工作服，偷偷溜出工厂大门帮我买过香烟，还允许我一边开机床，一边用手摸她瘦小的屁股。当然，那都是谈恋爱时的事了。等到她正式做了我的老婆，她的屁股就不再那么瘦小，而是一天天变得丰腴起来，惹得长太垂涎三尺。长太有一次问我说，顺子，你能把黄小毛娶到家，是不是因为你忒会洗脚，每天夜里都端着洗脚水给她洗脚？长太还说，我要是把黄小毛的脚抱在怀里，保准比你洗得仔细，洗得舒服。我听了他的话哈哈大笑。我说，我不给黄小毛洗脚，倒是她每天都给我洗脚呢，洗得又仔细又舒服。

现在回想起来，长太当时那毛躁、嫉妒的神态仍历历在目。不过我没有诓他，我说的都是实情。黄小毛之所以从我的徒弟变成我的老婆，就是从她给我洗脚开始的。所以，我母亲后来不止一次说，我这辈子倒霉就倒霉在一盆洗脚水上。

在我们的纺织厂没有倒闭以前，我一天到晚泡在饭馆里。我以为那样的日子会永远延续下去，因此无忧无虑，时常把自己灌得醉醺醺的。我每次喝酒，黄小毛都在边上陪着，她一边给我倒酒一边点烟，等到我喝得东倒西歪了，就叫一辆三轮车把我扶上去，然后送回单身宿舍。有一天夜里，我坐在三轮车上被夜风一吹，肚子里翻江倒海，一上宿舍的楼梯就开始呕吐，断断续续吐了几层楼不说，还吐脏了黄小毛的鸭绒棉衣。我心里挺内疚的，我想就算她是我徒弟，我也不该吐脏她的鸭绒棉衣呀！可我心里这么想着，身体早不听指挥了，一进门就横躺在床上昏睡过去。睡梦中，我感觉谁在抠我的脚心。我心想谁他妈在抠我脚心，抠得我身上一阵痒痒？我迷迷糊糊睁开眼，看见黄小毛在床前坐着，面前放着一盆洗脚水，正在给我洗脚。我当时都不敢相信自己的眼睛。她怎么能给我洗脚？此前我虽然拉过她的手，摸过她的屁股，趁她不防备的时候亲过她，但从来没想过她会给我洗脚。我的脚又脏又臭，平时连我自己都不愿意碰它。我半坐起身子看着黄小毛，我当时的表情一定傻呵呵的，惹得黄小毛立即抿着嘴笑了。

我妈说了，睡觉前用热水洗个脚，那样睡着才解乏、舒服。黄小毛说。

我这人有个缺点，别人对我有一丁点儿好，我就会牢记一辈子。自从黄小毛给我洗过一次脚，很长一段时间，我不好意思再去摸她的屁股。当然，我也不许车间里别的男人去摸。我想我要摸就要剥光她的衣服，把她搂在怀里，然后尽情地、得意忘形地摸。我忍不住把这个想法告诉了黄小毛。我以为她会生气，她却并没有生气，而是捂着肚子“咯咯”地笑起来，笑得前仰后合、浑身乱颤，笑声差点儿淹没了机器的轰鸣声。末了，她大声对着我的耳朵说，那样我还是你徒弟嘛！那不是成你老婆了！她的话当即就提醒了我。我心想是呀，她不应该只是我的徒弟，还应该是我的老婆啊！

没过多久，黄小毛真成了我老婆了。

我不晓得我们的纺织厂怎么一下子就倒闭了的，总之，我和黄小毛结婚不到两年，我就不能用自行车带着她一起去上班了，而是坐在大街上给人钉鞋。黄小毛给一家保险公司去跑业务。我白天坐在街道上，经常碰见从前在一个工厂里的熟人。他们说，顺子，你可得把你老婆看紧点，再不看紧她该和别的男人跑掉了。她那么年轻漂亮，怎么甘心跟着你个钉鞋的？我对这样的说法不以为然。黄小毛尽管早出晚归，但哪天夜里不给我洗脚，不洗了脚和我睡到一张床上？她明明是我的老婆，怎么可能和别的男人跑了呢？可是怀着这种奇怪想法的人还真不少，连长太都时常骑着摩托车，在大街上追逐黄小毛，好像她是一只任人猎取的兔子。黄小毛对我说，长太他到底想干什么呀！整天脏兮兮的还爱跟在我后边，像个民工！我听了这话眉开眼笑。我想我虽然是个钉鞋的，可黄小毛毕竟是我老婆，怎么着也不会对别人动心。

我这样高兴了没有多少日子，黄小毛突然就失踪了。

我母亲本来就不大喜欢黄小毛，认为她不是个踏实过日子的人。黄小毛和人跑了，她趁机怂恿我说，我早就看出来她是个不安分的，跑了也好，让你舅舅给你重找个老婆。我舅舅在一个剧团里拉二胡，时常走乡串户演出，在我母亲眼里他属于见多识广的一类人。我不同意我母亲的话，我说这年头上哪儿找肯给我洗脚的女人去？她肯给我洗脚，注定一辈子都是我老婆！

老实说，黄小毛出走的这几个月里，我没少到处找她。她自从跑了保险，生活仿佛和我隔了一堵墙，她认识的人我都不认识，人家也不想和我认识，我到那些人跟前去打听我老婆，他们的脸就板得像冬天的一块冰。我明知道长太这天可能在捉弄我，但一想起黄小毛，一想起她那盆热气腾腾的洗脚水，我还是忍不住第二天来到滨河路上。

滨河路上的那个小区，当年是我们城市有钱人的宫殿，住在里面空气又好，又能看远处的风景。只是那时候有钱人并不多，我坐在小区门口老半天也看不见一个人影。为了能找见黄小毛，我给前来钉鞋的人一律不收费，算是给自己积德行善。事实上，我三天来只给一个人干活，给一个中年妇女一连补了三双皮鞋。她因为我的免费很不好意思，但家里的破鞋又多，到第三天上，她拎着一双鞋走出小区，在大门口犹豫再三，最后还是决定去找别人。我大声在后边喊她，追过去硬是把鞋从她手里夺过来。我说，我闲着也是闲着，有活干正好能消磨时间呢。她说，你这小伙子一看就是个好人，好人都会有好报的。

人们无意中随口说出的话，常常会像预言那样应验。就在中年妇女离开不到一根烟的工夫，我猛然就看见黄小毛了。

起先，我看见一个梳着大背头的男人从小区里出来，挺着肚子，胳膊上挽个女人。那女人向这边走出三两步，我马上认出是黄小毛。她的头发染成了棕红色，穿着一款裙子，露出来的两截胳膊像透明的白玉，和那个气宇轩昂的男人走在一起，她看着又自在又惬意。我一时间都有点怀疑她不是我老婆了，这还是那个夜晚给我洗脚、掖被子，在我下巴底下说着乱七八糟的梦话的黄小毛吗？她怎么和那个男人走在一起，比和我要般配得多？简直就是天成地造的一对！

我坐在一片树荫下吃惊地张着嘴巴，几次想喊她的名字，喉咙里却像卡着一颗鸡蛋，怎么努力也发不出响声。我以前从来没觉得黄小毛有那么神气，那么好看，穿上漂亮衣服是那么招人喜爱。我不敢看她了，低下头打量她身边的男人。男人西装革履，长得白白净净，更叫我自惭形秽。他们缓步从我身边走过去，皮鞋敲打水泥地面的声音又亮又脆。一股陌生的香味还从黄小毛的衣服上飘下来，钻进我的鼻子，弄得我鼻子里又痒又酸。

我始终不敢抬头，两只手慌乱地拾掇地上钉鞋的家当。我把钉鞋机扔进一条蛇皮袋子时因为用力过猛，蛇皮带子里发出一声刺耳的尖叫。我吓了一跳，提起蛇皮袋子朝马路的另一头走。我能感觉到黄小毛回头看了一下，她一定神情一愣，立时呆在那里。我不敢回头，疾步往前走着。我看见白花花的阳光在眼前直晃，面前的柏油马路像一条永远走不到尽头的皮带。我急得眼泪夺眶而出了，看不清前方的路，也不知自己究竟要奔向何方。

那天傍晚时分，我正悲伤地躺在床上，门外响起敲门声。打开门一看，是黄小毛回来了。

她没有我想象的那么尴尬，手里提着大包小包，像外出旅游了一趟。我母亲一看见黄小毛就坐在客厅里哭，哭得伤心欲绝。她边哭边数落说，我怎么就那么命苦！你爹死得早，又要了你这么个儿子，好像八辈子没见过女人，是个女人你都肯收留到家里！

我理解我母亲的伤心。我母亲以前是街道办事处的一名干部，在我们那条巷子，曾经也是有头有脸的。我老婆和人私奔的事让她很丢脸，她希望我能像个男人，把黄小毛赶出家门，或者至少也狠狠地训斥一顿。

我和黄小毛待在另一间屋子里，听着我母亲一浪高过一浪的哭声，也想和黄小毛说点什么。黄小毛不在身边的时候，我一想她就咬牙切齿，怨恨的话像草一样在脑子里疯长。可眼下一看见她，看见她费力地从别人家给我拎回了那么多东西，我心里就原谅她了，所有的怨气都烟消云散了。

夜里，我忐忑不安地坐在床上，把两条腿吊在床边。我等着黄小毛给我做点什么。我想虽然她撇下我走了几个月，但如果还给我做那件事儿，说明心里还有我，否则，就真不是我的女人了。自从我们结婚之后，我一直喜欢用这种方法来验证我们的爱情。

在我等待的工夫，厨房里发出一阵窸窸窣窣的声音。不一会儿，黄小毛端着一盆热水进来了。我母亲也跟了过来，她站在黄小毛身后用手指着我说，天底下哪有你这么没出息的男人？难道洗脚水是迷魂汤？你喝了迷魂汤就迷糊，就中邪，就不分东西南北？我那时已经坦然地闭上眼睛，等待黄小毛对我的又一次伺候。我心里直笑我母亲，我哪里会被一盆洗脚水迷惑？我一闭上眼就想起滨河小区那一幕，那一幕早把我给击垮了。黄小毛撇下好日子不过，赶回来给我洗脚，这是我的福分，不是所有人都像我一样有这个福分。

黄小毛这次回家以后，我心里挺感激她。我回报的方式只有一种，就是更加拼命地钉鞋。我认为想开个纺织厂让黄小毛仍旧给我当徒弟，整天跟在我屁股后头，那是一点可能都没有了。唯一的可能是我把鞋摊儿开成门店，最好能开成连锁店，让我们的日子尽快好起来。当然，这不但得靠力气，还得靠时间和耐心。我担心黄小毛没有这个耐心，躺在夜晚的床上，我一遍又一遍地展望我们的未来。我说，等满大街都有了我的连锁店，我就想办法给你买一辆面包车，到时你就不用骑自行车，而是开着私家车去跑保险了，再也不怕长太用公家的摩托车眼红你了。

我对于未来天花乱坠的描绘只持续了一年。

一年过后，黄小毛在一天清早出门去，再没有回来。

我母亲年老后眼泪比雨水还多，每次看见我收了摊儿孤孤单单回家，就禁不住泪水涟涟。她说，你该给你找个女人了，没有女人你过的这叫什么日子嘛！我说我不是有老婆吗？我一个女人都养活不了不能再找个女人！我母亲很无奈，找来我舅舅做我的工作。我舅舅说，黄小毛不是你老婆，她是一只鸟，你以为她是你老婆可她还是一只鸟，你拢不住她。

我说，就算她是一只鸟，也是一只爱给我洗脚的鸟，等我把好日子给准备好，她迟早会飞回来。

我仍然坐在大街上给人钉鞋，好几次碰见长太，他再没有走过来蹬我的钉鞋机，我就知道黄小毛这次一定走得很远了。

黄小毛在的时候，我没有钱给她买面包车，她走了半年之后，我终于花五百块钱买了辆报废面包车的篷子撑在街道上。这样我坐在里面钉鞋，冬天就不会感觉到太冷，夏天也不再那么热了。

在我们结婚的第六个年头，黄小毛又回来了。

那时我已经在巷子口盖了一间临建房，雇了四个工人，把鞋摊变成了红火的擦鞋店。我心想黄小毛回来得真是时候，她不用再辛苦地往外跑了，可以站在柜台后边轻轻松松地收款了。但黄小毛从回家的第一天起，旁边就站着个男人。黄小毛说，他们是生意上的伙伴，一起在城里要做大生意。黄小毛还说，靠你挣那点钱能干什么？一个月的收入不够我保养这张脸。我不明白为什么我母亲越骂她不要脸，她反倒越重视自己的脸。是不是正因为我母亲的辱骂，才让她感到了维护脸面的重要性？

她带回来的那个男人时常三更半夜给我家打电话，把黄小毛从我的被窝儿里叫走。我感到很生气，把这事告诉了店里的一个顾客。他也是我们巷子的，据说是个诗人。他听了我的事后问我，你认为你老婆还爱你吗？我说，每天都给我洗脚！他痛苦地闭上眼想了一会儿，他说，夫妻？洗脚水？他摇了摇头，最后什么也没有告诉我。街坊邻居们在背后笑话我，长太甚至说，黄小毛已经不是你老婆啦，不晓得是谁的老婆！经过这些年的教训，我发现关于黄小毛的事情，别人知道的总比我要多。但我还是不相信这些话，更相信自己的感觉。黄小毛白天在外面奔忙一天，晚上回家不管有多晚，都要把我的脚从被窝里拉出来，用清水洗得干干净净。难道这还不是我老婆？这样的待遇除了我，谁还有资格享受？

黄小毛和那个男人在我们的城市里奔忙了三个月。三个月过后，我发现男人的西装变得皱皱巴巴，料定他的生意不会成功。我希望他早点滚蛋，不要用没准儿的事情再引诱我老婆了。后来，他果然灰溜溜地走了，但临走又没忘带走了我老婆黄小毛。

我舅舅这次来到我家后，一坐进沙发，就把脑袋夹在两条腿中间。我看他那样坐着难受，就提醒他把脑袋抬起来，不要扭了自己的脖子。我舅舅脸色铁青，歪着脑袋骂我说，黄小毛把亲戚朋友的脸面给丢尽了！连我这张老脸也给丢尽了你知道吗?！这回你该死心了吧?！

我看着我舅舅，嘴上没说什么，心里却在想，这事怎么能怨黄小毛？如果她和那个男人把生意做成了，自然就不会走了，要怨也得怨那个晦气的男人。

我舅舅又说，黄小毛爱糊弄你，你看来也爱被糊弄，不过你记住，她就是给你洗上两辈子脚，这辈子也不是你的女人！

我这几天就给你介绍个在超市上班的，你先谈着，谈成了就结婚。

我说，黄小毛虽然不在家，可还是我老婆，我要是背着她和别人谈对象，算不算找情人、包二奶？

我舅舅骂我道，你他妈别再犯傻了！这事就这么定了。

长太和我店里一个擦鞋的姑娘搞上了对象，我知道后很支持他。他不是老暗恋我老婆吗？看来这家伙终于死心了。我对长太说，你一个满大街跑着送信的，以后不要再念想我老婆了，找个擦鞋的多好，擦鞋的才能和你踏踏实实过日子。长太同意我的看法，他憨憨地冲我一笑，对我说，那是那是，我不能像你，这辈子找了个爱飞的鸽子……

长太的话让我很受伤。长太眼下一点也不敢小瞧我了，但是这句话还是让我很受伤。我有时候就想，黄小毛想过的那种生活，我大概这辈子也没能力给她，所以她才三番五次往外边飞。兴许我舅舅的话是对的，我是不能再等她了，我得为自己打算，找个能实心实意和我过一辈子的。

我舅舅介绍给我的姑娘叫韩婷婷。我怎么看都觉得她和我不像一家人。我问韩婷婷，我说韩婷婷你今年多大了？韩婷婷说，我今年二十五啦。我又问，你今年二十五可我都三十三了，我比你大那么多，我们能成吗？韩婷婷说，可以，只要你真心实意爱我，我就会考虑嫁给你。我问，怎么才算真心实意爱你？她说，比如凡事都让着我，不惹我生气，对我父母和对你父母一样孝敬，每天晚上都哄着我睡觉，还要给我洗脚……韩婷婷是个喜欢唱歌的姑娘，会唱很多流行歌曲。在她唱过的歌曲中，我记忆最深的是这样一首歌：亲爱的／我希望当我们年迈／番茄汁在／亲爱的你也在／我们一起喝番茄汁／吃泡菜……

这首歌把我感动了，我每天哼着它打开店门，坐在暖洋洋的柜台后边。店铺里响起“刷刷刷”的擦鞋的响声，我嘴里仍然哼着这首歌，觉得这些是世界上最美妙的声音。我上班时哼着它，下班后也哼着它，韩婷婷也被感动了。她问我说，你会像歌里唱的那样爱我一辈子吗？我看着韩婷婷，眼睛里水汪汪的。我想谁肯和我一起过喝番茄汁、吃泡菜的日子，我就爱她，爱她一辈子，给她洗一辈子脚。

我这样想着，感觉我已经爱上韩婷婷了。

我在春天飘扬的柳絮中开始谋划新生活。我用几年积蓄按揭了一套房子，给新房里添置的各种各样的物品，连我自己都眼花缭乱。我喜欢和韩婷婷一起为新房买东西，她的眼光叫我羡慕，也让我感到了自己的老旧和落伍。我因此不再反对她挽着我的胳膊，和我一起走在大街上。我的新生活已经降临了。我想，等新房的窗户上安装好窗帘，我就可以美美地和她睡到一张床上了。

新房安装完窗帘那天，我异常兴奋，带着韩婷婷下楼去吃饭。刚走在小区的路上，大老远看见长太骑着摩托车过来。长太把摩托车在我前边停下，车的后座上跳下来个人，我一看，是黄小毛。我最少有三年没有看见黄小毛了，差一点没认出她来。她变得又黑又瘦，像大病了一场，虽然嘴上涂着口红，看起来却一点也不精神，显得又憔悴又邋遢。

长太说，我不想带她来找你，可她非要见你不可。我没有办法，我实在没有办法！长太说完话白了黄小毛一眼，很不高兴地掉转车头走了。

她是谁呀？韩婷婷拽着我的胳膊问我。

我看见黄小毛不大自然地站在马路上，从包里抽出一张纸巾，轻轻地擦着鼻子。她的鼻子上渗出不少油渍，上面还长了几个雀斑。

她到底是谁呀？找你干什么？韩婷婷不停地追问我。

黄小毛干咳了两声，显得有点装腔作势。她咳完马上用纸巾捂住嘴向我走来，她一边擦自己的嘴巴，一边把肩上的挎包摘下来。我感到肩上压来千斤重担。她把包挂到了我肩膀上。

韩婷婷这时似乎才明白过来，对我怒目而视。我躲避开她的目光，她生气后一甩头发，扭身向大街上跑去了。

黄小毛说，走，我们回家去吧。

我站着没有动。我说，我有老婆了，你看我马上就该结婚了。

黄小毛看着我，嘴角一撇笑了。她说，你个傻瓜！我们还没离婚呢，别人凭什么给你当老婆？走吧，我们回家去！

她说着话拉了拉我的衣襟，又拍了一下我的肩膀。我一时间感觉她的话似乎有些道理，就糊里糊涂在前面带路，和她穿过几栋楼宇来到新房。她进门后在房子里转了一圈，她转了一圈后坐在沙发上，对我说，你这几年有点长进，东西虽然买得不算太好，大体都还行，还算有点眼力。听她的口气，这些好像专意是为她准备的，她现在进行了宽宏大量的验收。她从沙发上起来，给自己倒了一杯水，正得意地喝着，我舅舅的电话打过来了。

我舅舅说，李来顺，你他妈真是个混蛋！黄小毛会那么好心回来看你？她一定折断翅膀飞不起来了，要不然她会回来看你？你如果不想把你妈活活气死，就立即把她赶走！

我舅舅的嗓门很大，我担心黄小毛听得清清楚楚。我忽然也想起来了，黄小毛这次回家后两手空空，不像以往那样带很多新奇的玩意儿，一进门就给我显摆。她或许真是把生活过得破败不堪，这才跑回来了。如果真是那样，我怎么能忍心把她赶出去呢？

听了我舅舅的话，黄小毛脸色阴沉下来。她一生气就阴沉着脸，用牙齿去咬下嘴唇。我看见她的嘴唇本来就干得厉害，生怕她把自己的嘴唇给咬破了。我说，我舅舅老了，你别和他计较了。

但这个电话还是搞得黄小毛情绪败坏。她在沙发上坐不住，烦躁地在屋子里走来走去，后来走进卧室，看见了卧室里那张宽大无比的床。那是我为韩婷婷准备的，黄小毛如果晚回来几天，我就会和韩婷婷躺倒到这张床上。现在，黄小毛一挺身躺了上去，她舒服地伸了懒腰，又喘了一口气，仿佛才从刚才的沮丧中解脱出来。

为了赶回来看你，我坐了一夜火车，都要困死了。她说。

她说完话突然用一只手支起脖子，在床上看着我说，来顺，给我洗个脚吧，我妈以前说过，睡觉前用热水洗个脚，那样睡着才解乏、舒服。

这时我母亲的电话打过来了。我母亲的声音隔着几条街传过来，像她的脚步那样缓慢乏力。她说，你等着吧，你和黄小毛没享过什么福，就等着和她受一辈子罪吧！你什么时候才能像个男人，才能像个男人啊！？

她说着话在电话里号啕大哭。我知道我没法安慰我母亲。黄小毛怎么说也给我洗了那么多年脚，她现在要我给她洗一次，这不算过分。我母亲一直希望我能像个男人，我也希望自己像个男人，我们的想法一致，效果却永远无法吻合。

我当初给新房里安装太阳能热水器的时候，那个安装的小伙子告诉我说，只要地球不毁灭，太阳不爆炸，我保证你家永远都有热水用。现在，我很方便就给黄小毛打了一盆热水。像她以前那样，我用一根指头伸进水里，试了试水温，然后把一盆水端到床前。

黄小毛闭着眼疲惫地躺在床上。窗台上飞来两只鸟，叽叽喳喳地鸣叫，它们嘹亮的叫声丝毫没有打扰她，她依旧闭着眼睡着。我把她的脚从床上搬下来，帮她脱掉袜子。她的脚不像我的脚那么臭气熏天，我抱在怀里像抱着两条光滑的鱼。我刚把两条鱼投进水里，它们立即活蹦乱跳起来，快活地在水里游动，随后一个缠绕住一个，我怎么使劲也掰不开了。

我听见床上有一种响声，搞不清那是什么响声。我以为黄小毛已经睡着了，可这时才发现她尽管闭着眼，眼皮底下却有什么东西在快速蹿动着。不一会儿，那东西冲出眼皮，像溪水一样从眼眶里流出来了。

附 录

《月光下的麦田》	《延河》	2013年8期
《房顶上的吉米》	《青年文学》（下半月）	2009年12期
《房檐下的靠靠》	《青海湖》	2007年7期
《艳婚记》	《星火》（双月刊）	2008年1期
《小偷来喜的爱情生活》	《短篇小说（原创版）》	2007年4期
《灯光》	《当代人》	2006年1期
《香草回家》	《星火》（双月刊）	2009年4期
《竞选村长》	《天津文学》	2010年7期
《套子》	《芳草》（小说月刊）	2007年2期
《秒杀时代》	《延河》	2012年8期
《私刑》	《延河》	2014年1期
《一个人的村庄》	《四川文学》	2010年7期
《步步高》	《中国作家》	2014年9期
《半个世纪的谋杀》	《短篇小说（原创版）》	2006年2期
《陈年匪事》	《芳草》（小说月刊）	2008年2期
《暖风吹过天亦寒》	《延河》	2003年10期
《沉重的湖》	《延河》	2005年5期
《洗脚水》	《福建文学》	2007年9期

图书在版编目（CIP）数据

小说里的村庄 / 高远著. -- 北京：作家出版社，2015. 9
（文学陕军新梯队作家书系）
ISBN 978-7-5063-8360-8

Ⅰ. ①小… Ⅱ. ①高… Ⅲ. ①故事－作品集－中国－当代
Ⅳ. ①I247.8

中国版本图书馆CIP数据核字（2015）第233061号

小说里的村庄

作　　者： 高　远
责任编辑： 秦　悦
特约编辑： 冉晓雄
装帧设计： 回归线视觉传达
出版发行： 作家出版社
社　　址： 北京农展馆南里10号　　**邮　　编：** 100125
电话传真： 86-10-65930756（出版发行部）
86-10-65004079（总编室）
86-10-65015116（邮购部）
E-mail:zuojia@zuojia.net.cn
http://www.haozuojia.com（作家在线）
印　　刷： 三河市紫恒印装有限公司
成品尺寸： 152×230
字　　数： 206千
印　　张： 15. 75
版　　次： 2015年10月第1版
印　　次： 2015年10月第1次印刷
ISBN 978-7-5063-8360-8
定　　价： 42.00元